SHORT STORIES OF LIFE SERIES

改变一生的小故事

杨雪◎编著

时代文艺出版社
SHIDAI WENYI CHUBANSHE

图书在版编目（CIP）数据

改变一生的小故事 / 杨雪 编著. —长春：时代文艺出版社，2011.4（2023.7重印）

ISBN 978-7-5387-3571-0

I. ①改... II. ①杨... III. ①故事－作品集－世界 IV. ①I14

中国版本图书馆CIP数据核字（2011）第054841号

出 品 人 陈　琛

选题策划 朱凤媛

责任编辑 苗欣宇 田　野

装帧设计 孙　俪

排版制作 沈　荣

改变一生的小故事

杨雪 编著

出版发行 / 时代文艺出版社

地址 / 长春市福祉大路5788号　龙腾国际大厦A座15层　邮编 / 130118

总编办 / 0431-81629751　发行部 / 0431-81629758

官方微博 / weibo.com/tlapress

印刷 / 永清县晔盛亚胶印有限公司

开本 / 710×1000毫米　1 / 16　字数 / 252千字　印张 / 15

版次 / 2012年1月第1版　印次 / 2023年7月第3次印刷　定价 / 58.00元

比什么都珍贵

002 / 比什么都珍贵

005 / 爱的执著

007 / 爱情故事的结局

009 / 粉红色的纱裙

013 / 诺尔玛·希娜的服装

014 / 爱的新生

017 / 我多么可怜你

019 / 归来的爱

020 / 向妻子道歉

021 / 时令鲜花

024 / 终于没有说出心里话

026 / 误会了半个世纪

027 / 深深的爱

029 / 蓦然回首

032 / 姑妈的情书

035 / 一百万美元

038 / 吸引异性的秘诀

040 / 椭圆形的肖像

042 / 死心塌地爱到底

044 / 狮口中的爱

045 / 相濡以血

046 / 真挚的爱意

048 / 我想告诉你我爱你

049 / 爱情胜似遗产

051 / 爱情和金钱

目录
Contents

052 / 我钟爱的女人

055 / 天堂的玫瑰

056 / 街对面的真心

057 / 假面舞会

061 / 黄昏恋情

065 / 爱情真义

068 / 妈妈的秘密

071 / 那131级台阶

073 / 最佳配偶

075 / 卡车司机的遗言

078 / 金合欢花

080 / 改变故事的结局

082 / 本周太太不在家

086 / 真爱无悔

生活的方式

092 / 生活的方式

093 / 重新做一个梦

095 / 爱上圣母玛丽亚的小女孩

098 / 大人物

101 / 深夜搭便车的女人

103 / 抬头挺胸好处多

105 / 拯救灵魂

107 / 贾金斯先生

110 / 旅伴

115 / 幸福的挂历

117 / 彩色的梦

120 / 在生活的琐事中感到满足

122 / 学无止境

123 / 聆听教训

124 / 荒野

126 / 灌木丛中的钻石

129 / 看不懂的故事

130 / 生命的时刻

134 / 危险人物

135 / 梦幻人生

137 / 无论你的生活如何卑微

139 / 把行动和空想结合起来

141 / 谁说行家总正确

143 / 童年的朋友

145 / 或许你该早点知道

147 / 彩票

150 / 向往乡村的鞋匠

151 / 搭顺风车的异乡人

153 / 要帮助，不要教训

155 / 当玫瑰开花的时候

156 / 雪崩

159 / 知识尘埃

163 / 亲爱的，照照镜子

165 / 一双真正的牛仔鞋

168 / 永不融化的记忆

169 / 过几天再说

170 / 我所发现的生活

172 / 信号

永恒的光芒

176 / 永恒的光芒

177 / 金婚

179 / 约会另一个女人

180 / 我是重要的

181 / 言语难诉的爱

184 / 弟弟不再讨厌

186 / 秘密花园

187 / 希望的播种

188 / 柯蒂

192 / 橘子

195 / 亲爱的，我还活着

196 / 泰尔玛·瑞

199 / 永生的鲜花

202 / 奶奶

206 / 深情的祝福

208 / 弗利克斯回来了

209 / "绞死他！"

211 / 礼物

213 / 生命的冒险

214 / 塞格林根的小理发师

215 / 麻雀死后飞到哪儿？

217 / 怀念墨菲太太

219 / 祖母的礼物

220 / 公园的午后

米达斯的金手指

224 / 米达斯的金手指

225 / 财富属于享受它的人

225 / 痛苦的俭省

226 / 磨坊主的金子

227 / 17岁的百万富翁

228 / 一条冻鱼的魅力

229 / 幸运的爱迪生

230 / 常怀一颗感恩的心

231 / 一双短袜

233 / 轻信带来的烦恼

STORY

比什么都珍贵

比什么都珍贵

威尔·帕克摘下头上早已被汗水浸透的牛仔帽，没精打采地坐在一家小酒馆里。他刚刑满释放，从得克萨斯州来佐治亚州威特尼镇找工作，可几天前他的老板麦考利却因他有前科将他解雇了。

他从桌子上拿起一张报纸，想看看有没有什么招工启事。突然他的眼睛一亮，一则征婚启事吸引了他的注意力。

"需要一个丈夫，年龄不限，但能劳动，照顾家庭。如有意，请和石片路的艾丽·迪斯摩联系。"

他将启事又读了一遍，心里纳闷：到底是一个什么样的妇人登广告找丈夫？不管这些，去试试。

石片路在威特尼镇外的一座小山上。艾丽·迪斯摩夫人的房子是山上唯一的一幢房屋。她的丈夫一年前死了。此时她正在厨房里忙着，听见有敲门声。她拉开门，见门外站着一个相貌英俊的男人。他年约30，身材高大，一双湛蓝色的眼睛不时流露出痛苦而又无奈的神情。

"我就是艾丽·迪斯摩。"她今年才25岁，但长年的艰辛生活，使她脸上过早布满了皱纹，显得十分衰老。

"我是看了广告来的。"威尔看着面前这位邋遢的女人，有点难为情地说道。她的背后还藏着两个探头探脑的小男孩，一个约4岁，一个约2岁。

威尔走进屋，他注意到整个屋子凌乱不堪，地板在脚下嘎吱作响，破旧的家具油漆斑驳。但厨房里溢出阵阵烤面包的香味，使他不住地咽唾沫。他已经整整两天没吃什么东西了。

"你饿了吧？"艾丽问道。

"是的。"威尔不得不老实回答。

"那你等着。"艾丽转身走进厨房。

威尔坐在椅子上，他不知道自己为什么会到这里来，这个女人需要的是一个可以支持这个家庭的男人，可他一文不名，还是一个刚放出来的杀人犯。他想走，但香喷喷的面包却使他动不了身子。从饭厅里可以看到厨房里艾丽正在做饭，她不时地往炉膛里添柴，炉火将她的脸映得红红的，他突然觉得她很漂亮。房间里烤面包的香味，两个小孩的打闹、嬉笑声，还有在厨房里做饭的妇人，所有这一切都洋溢着一种家庭的温暖，从小失去双亲并度过10年铁窗生活的威尔对这一切感到十分陌生，他生活的世界历来是冰冷而残酷的。他的心突然感到一阵悸动。

威尔在艾丽家住下，他俩谁也没谈过结婚的事情。威尔整天在地里忙着，他觉得过得很充实。他将艾丽的破房子整修一新，还养了一大群蜜蜂，将蜂蜜拿到镇上去卖，换点钱以补贴艾丽家用。

不久，威尔在镇上图书馆找到一份工作。一周25美元。他将钱全部交给艾丽。他很感激艾丽，感激艾丽的家使他这个饱尝辛酸的孤儿尝到了人生的温暖。可是，每天傍晚，夕阳西下，艾丽带着两个孩子叫他回去吃饭时，望着在夕阳下那三个踽踽而行的身影，心里便会涌上一番苦涩。他不止一次地想把自己过去的一切，详详细细地告诉艾丽。

那是十年前的事了。那时，他的朋友丹尼尔正疯狂地追求一位姑娘。一天，丹尼尔欲火难忍，想施暴力迫使姑娘就范。姑娘拼命挣脱，转身取下墙上的猎枪，正巧他进屋，见此情景，便在姑娘头上打了一拳，姑娘倒地身亡。为此，他被判了10年徒刑。可他没有勇气把这一切告诉艾丽。

每当他在镇上卖掉蜂蜜匆匆赶回去时；每当他干完活回来，看见烟囱里升起的缕缕炊烟时；每当四个人高高兴兴围坐在桌旁用餐时，他都感到一种说不出的幸福和快乐，他感到自己已渐渐成为这个家里的一个成员了，他害怕一旦艾丽知道自己过去的一切，会将他逐出家门。

可是，不久之后，命运又一次将他逼上了绝路。

一天上午，威尔正准备下地干活，几个警察横在他的面前。

"你叫威尔吗？"

"是。"

"你被捕了。"

他们不由分说地给他戴上了手铐。原来，夜里有一位姑娘，在图书馆附近被人谋杀。在她的身上有封用报纸上的铅字拼起来的信："今晚10点，你在图书馆门口等我。"

威尔因涉嫌谋杀案再度被捕。

"不！你们不能带走他。"艾丽不顾一切地扑了上去，紧紧地抱住威尔，"他是我的丈夫！"

"你们放开她，我走！"看着艾丽发了疯似的和警察扭打成一团，威尔不由得一阵心酸。他大吼了一声，头也不回地走出家门。

身后传来了艾丽撕肝裂胆的呼叫声："威尔，为了这个家，为了孩子，一定要活下去！"

两个多月的相处，她已经深深地爱上了威尔，她相信威尔是一个善良、正直的男人，绝不是一个杀人犯。为了证明威尔是清白的，她将房子作了抵押，向银行借了一笔钱，为威尔请来了镇上最好的律师，并在报纸上登了广告，她将平时省吃俭用积累下的一点储蓄，全部用来奖励那些可提供线索的人。

法庭开庭了，由于几个证人都证明威尔那天晚上不在作案现场，再加上律师的据理力争，陪审团宣布威尔无罪，当庭释放。当法官宣布这个判决后，艾丽的眼泪不由自主地涌了出来。威尔望着她，两眼噙满泪水。这条铁一般的汉子，从小到大不知吃了多少苦，受了多少委屈，从来没有掉过一滴泪，此刻却在法庭上失声痛哭。他知道艾丽为了证明他的清白所付出的代价。她给予他的情和爱，是自己一辈子也偿还不清的。

结婚前的那个晚上，威尔将自己过去坐牢的事情告诉了艾丽，请求她的原谅。"别说了，威尔，这事我已经听说了，那不是你的错。让我们开始新的生活吧。"第二天，威尔穿上平时最好的衣服，艾丽也打扮得漂漂亮亮的，两个小家伙也是焕然一新。威尔想给艾丽买个戒指，但口袋里只有九块五角钱。那天，威尔借来一部汽车，带着一家四口向教堂驶去，经过一家首饰店时，威尔将车停下来。过了一会儿，威尔从店里兴冲冲地走出来，拿出一个很大的钻石戒指给艾丽看，"待会到教堂，我要亲自给你戴上。"他顿了一顿，"可惜是个假钻石。"威尔不无内疚地说道。"只要是你送给我的，就比什么都珍贵。"艾丽在他耳边轻轻说道。

当时，二次大战正激烈进行，美国全国上下掀起了一股参军热潮，威尔自然也在应征之列。12月20日，他收到海军部寄来的一封信：欢迎您加入美国海军陆战队。此时，艾丽已有身孕，她多么希望威尔能陪在自己身边，亲眼看见他们的第一个孩子出世。可是，此时威尔已经不属于她了，他属于祖国。

分别的日子终于到了。这一去也不知是生离还是死别。她在威尔怀里不停地啜泣："为了我们，为了肚里的孩子，一定要活着回来。"

威尔强忍住自己激动的心情，竭力不让眼泪流出来："我答应你，一定活着回来。"他松开艾丽，蹲下身去将两个孩子紧紧抱在怀里，"在家好好听妈的话。"平常两个十分顽皮的男孩，此刻也庄严地点点头。

威尔站起身来，将艾丽搂在怀里，然后转身离去。他尽量不让自己往后看，泪水却止不住流了下来。艾丽站在杉树下，目送着威尔渐渐消失在远方。"我爱你，威尔，一定要活着回来！"她在心里不住地念叨着。

一晃4年过去了。1945年8月，二次大战终于结束了。在攻打菲律宾的战役中，威尔为了掩护战友，失去了一条腿，被国防部授予战斗勋章。他终于又回到威特尼镇了，可是家没了，艾丽也没了。1942年8月她死于难产，房子由于到期没有交还抵押金，已被银行收回。两个孩子被送到孤儿院寄养。他拄着拐杖倚靠在四年前和艾丽分别的那棵杉树下，望着那孕育他们爱情的小屋，一切还是和4年前一样，草地上鲜花盛开，鸡群在外觅食，屋顶还飘起阵阵炊烟。但这一切已不再属于他。所有的往事一并涌上心头，他仿佛听见艾丽的啜泣声："一定要活着回来，一定要活着回来。"他想象着此时此刻如果艾丽还活着，看见他载誉归来的情景，泪水不由得夺眶而出，一滴接着一滴打湿了脚下的土地。

他从孤儿院将两个孩子领回，再到教堂取回艾丽的遗物。在艾丽留下的遗物中，威尔又看到了那只假钻石戒指。"只要是你送的，就比什么都珍贵。"艾丽的轻轻细语又在威尔耳边响起。

爱的执著

圣诞节前的一个夜晚，大片的雪花在空中飞舞，伦敦市郊的一所教堂里，仍有灯光透出。

白发苍苍的老牧师已经在白天主持了三个婚礼，现在，还剩下最后一对新人站在他面前。他们身后是寥寥无几的双方亲属。

新郎新娘着装朴素，一望而知属于生活并不富裕的那种阶层，然而他们气质高雅，可以看出都受过良好的教育。

老牧师已经累了，他渴望早早结束这桩平凡的婚礼，以便早早上床休息。简洁的仪式很顺利地进行着，年轻的新郎新娘带着一脸的庄严，甚至可以说还有一点儿悲戚，一言不发地受着众人的"摆布"，与白天的三个婚礼那喜气洋洋的场面相比迥然不同。

"显然他们也累了。"老牧师想道，他又戴上花镜，例行公事地开始了那句每个婚礼都不可或缺的问话："莫里斯先生，您爱您的新娘子吗？"

"我……我不能肯定。"沉静的新郎迟疑着说出了这样一句话，家属们和老牧师都安静下来，他们显然对新郎的回答感到震惊。

牧师注意到端庄的新娘也是一怔，但又旋即恢复了常态，依旧目不斜视地望着前方。

新郎自己打破了宁静："我并不知道自己爱不爱她，我只知道她在全心全意地爱着我，而我则一直对她抱着一种无与伦比的依恋之情。从见到她的第一面起，我就知道，我的余生要与她拴在一起了，我们必将在一起相携相挽着走过一生中剩下的所有日子。小时候我是一个十分依赖父母的孩子，等我长大了，除了我的父母，我的那份情感又在她的身上发掘出来，即使我们有短暂的分离，但我的心是充实的，她的一颦一笑、一举一动都好像仍在我身边，我不能想象真要失去她我的生活会变成什么样子。我仍然清楚地记得我们大学刚毕业时同甘共苦地度过的那些日子，我带着外出找工作未得的一身疲惫与沮丧回来时，她会端出仅剩的一块面包，并撒谎她已吃过而让我独享；当然我也记得自己没钱给她买高档的服装与昂贵的首饰，她却穿着破旧的衣服安之若素；她背着我出去给饭店端盘子洗碗，回家来却仍强撑笑颜骗我在富人家里找到了家教的清闲工作。我只知道我将因她对我所赐的一切恩惠而感激她，我只知道我将用我的后半辈子去为了她而努力奋斗，我只希望不再让她重新经历以前的那些艰苦日子，不必为了房租和明天的面包发愁，不必再去忍耐那些我们曾经为之忍气吞声过的呵斥与白眼。我不知道我的这种情感相比她的来说有没有资格叫做爱，我只知道对于她对我所倾注的爱来说，我的这些情感太渺小了。所以我说我只知道她爱我，并不知道我是否是在爱着她。"

所有的人都沉默着。端庄文秀的新娘眼里蕴着晶莹的泪，但她努力克制着不让它们掉出来，她抿着好看的嘴角，秀气的下巴痉挛着。

这次是牧师打破了沉寂，他将脸慢慢地转向新娘："尊贵的小姐，请问，您爱莫里斯先生吗？"

"我……也不知道。"她清了一下喉，继续说下去，"我也只知道他爱我。虽然他不能给我买钻石首饰、别墅和高档服饰，而我到目前为止的渴望仍只是过上衣食无忧的生活，但他在我心中仍是最能干最无可替代的。我们没有别墅，但我们一起背着背包郊游却让我感觉快乐如在天堂；没有高档礼服，我们不能参加豪华的宴会和沙龙，但我们一起在陋室里和着舒缓的钢琴曲跳舞时，却让我觉得我们就是这个世界上最高贵的公主与王子；我们有时只能吃上面包与喝白开水，但我们点起蜡烛坐下来吃时，那种情调胜过了任何豪华的烛光晚餐。我知道现在我们仍然很穷，但我记得去年情人节时，他将一枝红玫瑰递给我时的那副又得意又调皮的神情，可谁又知道，就为了买到花店里这最后一枝处理的玫瑰，他捏着仅有的1英镑在店外的寒风中整整站了两小时。我们是很穷，但我们有纯真的感情在，我相信凭他的才干，我们终有一天会过上幸福的生活。我将为了让他成功而奉上自己的一切。我也不知道这是不是一种爱，我不知道用'爱'这个词来表达这种情感还够不够。"

新娘说完已是泪流满面，教堂大厅再次静下来。

老牧师这次没有说话，他越过众人的头顶望向大门，却又像在望着大门以外的什么地方。屋外，雪不知何时已停了，大地一片银白。远处传来风琴伴奏着的《神爱世人》的旋律，稚嫩的童声轻轻重复着最后一句，"让爱永埋心底，让爱永埋心底。"月亮从云中出来，将屑屑的银辉洒在这片圣洁的土地上……

爱情故事的结局

所有的爱情故事都是以"从前……"开头的，这个爱情故事也一样。那是20多年前的事情了。

一位来自美国俄勒冈的作家和一位来自瑞典斯德哥尔摩的医生在旧金山的一家餐厅相遇了。他们一起游览整个城市，走走谈谈、谈谈走走。下一个周末，他要到西雅图去，她也去了，又在一起谈谈走走。然后，这两个只有柏拉图式纯友谊的朋友分手了，约定最好不要互相写信。当这位女士驾车南行时，她有一种奇怪的感觉，就像是离开了自己最好的朋友。

然而，他们还是写信了。他们的书信跨越大洋、来来往往，交流着工作、家庭情况、哲学和对大自然的共同爱好。显然他们是不会再见面了，因此他们在书信中都非常坦率、诚恳。两年后，那位瑞典医生获得了到西雅图工作一年的机会。于是，这两个人又相会了，并开始共坠爱河。但是，他已经有了一个必须承担义务的家庭，而她也认识到了这一点，不愿意破坏他的完整家庭。于是，他们又一次依依不舍地道别了。后来她嫁给了另一个人。

许多年来，她一直会想起他，幻想着"如果"和"只要"。

大约20年后，她做了一个梦。在梦中，他和他的妻子站在自己的厨房里。他的妻子既没有伤心、也没有生气，而是把丈夫推给了她。她猛地惊醒了：这个梦究竟意味着什么？他的生活中又发生了什么事情呢？

就在同一时间，在地球的另一端，他正在互联网上查找她的名字。但是，什么也没有找到。连续几个月，他不停地在网上浏览。后来，她也在地球的这一端输入了他的名字。他们终于通过网络连在了一起。他的妻子去世了，她也已经离婚了。而且，他们谁也没有忘记对方。

于是，书信和电子邮件又一次在两个大洲之间穿越。在七月的一天清晨，她接到了一个电话。她已经20年没有听过他的声音了。他现在正在科罗拉多州的丹佛市参加一个医疗会议！在3小时之内，她就登上了飞机，把一切都押在了一次没有事先准备的突然会面上。她在一间挤满了300人的会议室中认出了他。光阴仿佛又倒回到20年前。虽然物换星移，但他们依然年轻，仿佛一切都没有改变。

11月初，他带她飞到了他在瑞典的家，度过了两周的时光。这次旅行感觉就像度蜜月一样。

他们一起上街购物，装饰他刚建起的新房子。他们在斯德哥尔摩老城区铺着鹅卵石的狭窄街道上漫步，还爬上了一栋百年老屋的四楼，去见他85岁的妈妈。老人给了她一个紧紧的拥抱。她见到了他3个已成年的孩子，他们都对她表示感谢，因为她使他们的父亲开心了，而且还在她离开时送了她一份礼物。她还见了他的好朋友们，他们一起欢笑，就像老朋友一样。

他们俩在万灵节晚上一起到了墓地。墓地上点着许多蜡烛和小灯笼。他告诉她，每天他穿过树林来到这块灰色的墓碑前时，他心里有多么麻木和痛苦。在他妻子的墓前，她泪如雨下："我一直都想得到他，但不是以此为代价，绝不是！"他们握着对方的手，慢慢明白了：什么事情都有个缘分。

他每天都会把早餐送到她床上。他们又开始谈谈走走、走走谈谈。时光流逝，岁月无痕。他们一起打扫卫生、一起做饭、一起娱乐。他们欣赏音乐、大声朗诵。他们在清晨和夜晚点起蜡烛，以驱走寒冷冬日的黑暗。他们在林中漫步，寻找他以前常去的地方：他和他的妻子年轻时每年春末为孩子们清理出来过五朔节的草坪，游泳时嬉戏的石头以及孩子们以前曾经来玩过的、树干上有个大洞的树。

他们背上帆布包，跳进他的小船，花了一个半小时，从斯德哥尔摩群岛的24000个小岛中穿过，到达了他的百年小屋。在航行中，波罗的海突然一度发怒，波涛汹涌。她紧紧地抓住上下颠簸的小船，以免被抛出去，而他则安全地把小船驶出了波浪。我要把自己的生命托付给他，她想，我已经这么做了。

他们坐在只有一间房的小屋里，风在外面撞击着红色的木板门，屋角的火炉温暖了整个房间。他们脱下了一层层衣服，也脱下了一层层孤独。烛光在小小的窗户玻璃上闪动，也在他们的眼中跳跃在这个荒芜的角落里，世界只剩下他们两个人。

他们每一天都会有更多欢笑，都会更爱对方，也都会更了解对方。他们每一天都认为生活已经美好到了极点，然而，第二天他们都高兴地发现自己错了。

后来，这两个饱尝独居滋味的人同意生活在一起，就像吃饭和呼吸一样自然。"我们有两个美妙的住处，我们彼此深爱对方，其余的都不重要了。"他说。

她点点头。她相信，命运既然让他们超越了20年的光阴和6000英里的距离走到一起，就绝不会让他们失望。

最后，这个多年来一直为别人的爱情故事写结局的女人终于完成了自己的爱情故事。

粉红色的纱裙

埃丝特站在衣柜旁边，考虑是穿海军制服还是穿灰色的羊毛裙子加开襟羊毛衫。埃丝特不喜欢作决定，尤其是在选择衣服方面，有时这件事甚至会令她头疼。

并不是她没有衣服可穿，也不是衣柜里的衣服不够多。她只是没有信心选择出适合不同场合穿的衣服。

今天，他们将要参加一个在公园里举办的音乐会。在这种室外活动中，听众们可以悠闲地坐在草地上，用吸管喝着柠檬水。在这种场合，年轻人很可能会穿上牛仔装，中年人则会穿上休闲裤和夹克衫。埃丝特不想穿得不符合自己的年龄，也不想穿得不适合坐在公园的草地上。

她很想把丈夫叫进卧室，征求他的意见。在他们的婚姻生活中，她经常这么想，但从来没有真正这么做过。这一次，她又开始同这种想法作斗争了。她振作了一下，拿出了那套灰色的羊毛裙子和开襟羊毛衫。她一件一件地看了看，叹了一口气，把它们铺在床上，旁边是丈夫送给她的生日礼物———一条珍珠项链。然后，她开始换衣服。

突然，她想起了一件年代久远的事情。这件多年以前发生的事曾经使她少女的心受到了伤害。

他比埃丝特大3岁，是一个优秀的中学高年级学生，而埃丝特只是一个低年级的学生。他们不在一起上课，也从不走同一条路，但是埃丝特经常可以远远地看到他。

对埃丝特来讲，他是她曾见过的最优秀的男孩子。他不仅个头高大，体形匀称，而且有一头波浪般的黑发垂在他的前额和肩膀上。他穿一双白色的帆布鞋，显得非常悠闲自得。但是埃丝特心里明白，这并不是真正的他。

通过暗地里调查，找到了他所在的班级和他的住所，也探听到他的名字叫艾伦。

但是埃丝特从没有接近过他，更没有和他打过招呼。在学年末，埃丝特从学校的女同学那里听说，他在埃丝特妈妈当收银员的那家商店找到了一份包装食品的暑假工作。这个消息令她心潮澎湃，激动不已。

埃丝特的妈妈通常下班回家之前要在店里买一些食品，所以埃丝特没有理由可以到商店里去。但是埃丝特知道，艾伦可能会在这个夏天之后就离开学校，因此她必须要做一些她从没有做过的事情。一个星期六，埃丝特到这家商店来买一包口香糖。她站在收银机旁，向窗外的停车场望去，痴痴地大张着嘴巴。

她妈妈想不看见都不可能。埃丝特看着艾伦胳膊上的肌肉在白色T恤衫下绷得紧紧的，他的头发在阳光下熠熠发光。当艾伦帮一位老太太把购买的物品放到车上时，埃丝特觉得他就像穿着一双白色帆布鞋飘过了停车场。

"埃丝特，你没事儿吧？"妈妈抓着埃丝特的胳膊，担心女儿会晕倒。埃丝特也觉得自己要晕倒了。她竟然如此入迷地看着那个只能在学校走廊的另一端和校园草地的另一边出现的、让她暗自倾慕的男孩子，这令她说不出话来。她的手在颤抖，害怕和困窘令她感到不安。她不能让他看见自己。

埃丝特和妈妈一句话也没有说就跑出了商店。她一路跑回家，甩上房门，然后倒在沙发上痛哭起来。

妈妈下班回到家，发现她在自己的房间埋着头看书。"埃丝特，"妈妈说，"你为什么不出去玩？你每天就知道坐在屋子里看书。其他的小姑娘都喜欢去俱乐部、出去约会或是一起逛商场，而你却总是在家里看书。"

埃丝特在书的遮掩下独自生闷气。妈妈总是想让她和别的孩子一样到外面去玩，但是她本人却喜欢看书和听录音机。况且，她出去的时间也不少。她不是参加了中学生橄榄球比赛吗？她不是每周都到图书馆去吗？妈妈还想让她做什么呢？

"我希望你开心，埃丝特。我想让你去见一个很棒的男孩子。"

埃丝特放下书，闷闷地说："妈妈，我不想见什么男孩子。"

"不，我希望你可以去见见他。他今天在店里看到你了，并且告诉我他想约你到大学里去跳舞。"妈妈说。

埃丝特跳了起来，喊道："妈妈！我不想去跳舞！我没有衣服可以穿！"

"埃丝特，你可是有满满一柜子的衣服呀！"

"但是——"

"我知道了。你是说没有适合跳舞穿的衣服，对吧？我给你钱，你到市区去挑几件你喜欢的衣服。我希望你可以在舞会上非常开心。"

"我还有什么选择？"埃丝特想。她总是会按照妈妈的话去做的。是的，她会去买衣服，但是她不会去跳舞。她会说她不知道该怎么跳，说她的脚扭了。

"那个男孩是谁？"她沮丧地问。

她妈妈笑着说："你会喜欢他的，他非常讨人喜欢。他就是刚刚来我们店里的打包工。"

埃丝特的心几乎要跳出来了。怎么可能？她不敢相信！她不敢和他说话！她整个晚上都很紧张。

埃丝特不知道该穿什么去跳舞，尤其是参加大学里的舞会。她在商店里转来转去，试遍了每一件衣服，最后挑了一件高领、七分袖、齐膝的粉红色纱裙。这时她意识到自己还没有配套的鞋子。当时流行买布面鞋，然后把鞋染成和衣服相配的颜色。于是埃丝特买了一双粉红色的鞋。

对埃丝特来说，这次舞会简直说是一场灾难。她坐在角落里，尽力表现得高兴一点，但仍然显得很忧郁。女大学生们都留着一头卷发，穿着圆领或无肩的上衣和黑色紧身长裙，没有人穿粉红色的鞋。她们看上去都比埃丝特更加成熟和老练。大家都在跳舞，只有埃丝特和艾伦没有跳。她确信艾伦这样做完全是出于对她的同情。

埃丝特内心极其慌乱，总是想缩到附近的墙角里去，但是艾伦似乎感觉还不错。他开始和她交谈，冲着她笑，走到舞池边给她拿饮料和小吃，与旁边的人说话。但是每当埃丝特看到舞池和那些漂亮的女大学生时，她就感到自己的穿着与场合很不搭配，同时也为她浪费了艾伦一个晚上的时间，还妨碍他和其他漂亮的女孩子跳舞而感到非常羞愧。

当天晚上回到家后，她把脸埋在枕头下伤心地哭着。她没有脸去见艾伦了。她把自己打扮得如此愚蠢，竟然穿着粉红色的裙子和粉红色的鞋，就像在主日学校里玩耍的六岁孩童，还呆呆地坐在角落里不能跳舞，作壁上观。她感到非常丢脸，而且她也肯定让艾伦蒙羞了。艾伦再也不会约她出去了，再也不可能了。但是第二个星期，艾伦给她打了电话，再次邀请她出去。

埃丝特感到有人拍了拍她的肩膀。

"准备好了吗？"

她转过身，面对着他，抻了抻裙子外面的毛衣。灰色的裙子，灰色的毛衣，灰色的头发。

"看起来不错。"他说。

"谢谢。只是我一身都是灰色的……"

"但是当你冲着我笑的时候，"他说着，摸了摸她的头发，"你的脸颊微红，你的眼睛就像是夜空里的星光。"

"你真的认为我这样穿还可以吗？"

"不只是可以，简直非常漂亮，埃丝特。"

他把她搂进怀里，他的怀抱让她感到非常温暖和安全。

"但是，埃丝特，你知道吗？"他说，"你现在确实很漂亮。但是我认为穿着粉红色纱裙和粉红色鞋子的你是最漂亮的。就在那个晚上，我爱上了你。"

埃丝特依偎在艾伦的胸前。她知道，她所作出的正确选择绝不仅仅是那件粉红色的纱裙。

诺尔玛·希娜的服装

第二次世界大战前，我们一家住在宾夕法尼亚州的阿德莫尔，房子每月租金50美元，几乎占了我丈夫工资的一半。我们要抚养两个孩子，连收音机也买不起。日子虽清苦，但我们生活得很愉快。在阳光明媚的下午，我用帆布小车推着孩子上街逛商店，只是逛逛、看看。我最想要的是一个价值15美分的水煮荷包蛋器（内有几个浅碟），我常常拿起它，仔细打量，再还给售货员。我没有多余的15美分来买它。可是这并没有让我感到不快和悲观，那时我们生活得相当知足，从来不抱怨什么。

我们常用风趣的谈话、小游戏和红红的大苹果款待朋友，宾主尽欢。

我们首次约会时，丈夫说我长得像诺尔玛·希娜——当时最走红的女影星。我有一头浓密秀丽的黑发，梳着时兴的发式：侧遮半边脸颊。的确，有几分说不出来的相似之处。

一天晚上，丈夫对我说他在商店橱窗里看见一件衣服，"我真希望能为你买下来。很适合你，穿上去肯定像诺尔玛·希娜！"

我笑道："别开玩笑了，那么漂亮的衣服，我在什么地方穿呀？"

然而，此后每天我推着孩子经过那家商店，都忍不住悄悄打量丈夫说的那件衣服。这是一件平纹薄花呢面料缝制的连衣裙，印有菘蓝色菱形图案，色彩协调、式样雅致、质感较强，就像电影里的那样。衣服紧裹在人体模特儿身上，裙子从腰到膝盖是绷紧的，到脚面却是伞状般地张开着；腰上束一条黑天鹅腰带，胸前别一朵用相同面料做的小花。煞是迷人。啊，这岂止是我所渴求的服装？这是所有女人都企盼的衣服——优美动人。标签上价格是20美元！

我劝丈夫别再盘算为我买这件昂贵的衣服，如果有20美元，我先得为家里每人买双鞋，这才是目前我们所急需的。

一天，我在翻找粉笔时，竟然发现了20美元！哦，原来这是去年圣诞节我丈夫公司额外发的钱——一周的工资，整整27美元呀。因为不习惯这么一笔意外收入，我们用7美元买了河虾、洋蓟和葡萄酒等，好好吃了一顿，余下的20美元卷起放到粉笔盒里并藏在抽屉中，随后就忘之脑后了。

哎哟！我们怎么能忘记这么一笔"巨款"呢？！数年来，我们一直严格按预算来开销生活费的，乃至这额外的收入竟变为一张美丽可爱的绿色纸片了，而不是立即把它换成鞋子或娱乐品了。我们乐不可支，手中摩挲着这张纸币，但最后又把它放回原位。

第二天晚上，丈夫腋下夹着个大盒子走进家门，我们无言地对视了一下，他把盒子放到了卧室去。静静地吃完晚饭，安顿好小宝贝们，丈夫压抑不住兴奋对我说："去穿上它，亲爱的。"

我走入卧室，换好衣服，站在镜子前注视着"她"；这是我的服装！的确完美无瑕，我就是诺尔玛·希娜！

于是，这件衣服成了我们家绝对美满欢乐的标志，没有任何一样东西能像它那样照亮我们的生活。每到周末，我就穿上它，与丈夫特别"约会"，我们用心中的音乐跳舞、倾心长谈，就像婚前我们常常做的那样。

自然，我们又有了新的希望和新的计划，但是，粉笔盒里的那笔钱却从不提起和动用过，毕竟，它给我们一种幻想和希望。要知道，在这个世界上，再多的钱也不能够代替我们所拥有的幸福和爱情。

现在，这件衣服放在衣柜抽屉底部已经很久了，虽然小花花边已有些卷曲，可颜色依然如新。每当回忆起过去那清贫而温馨的生活，就不禁想起这件衣服。有时，夜里睡不着，丈夫转向我问："想什么呢？"我会告诉他："想那件衣服。"

爱的新生

约翰扭转车头，驶离了乡间窄路，在一所破旧荒凉的农舍前停下。一直跟在车后面的滚滚黄尘追过来把我们罩住，我一把抓起那幅折着的地图，忍着一肚子气，拼命地扇。夕阳正在西下。

"好啦，"约翰说，"就是这个地方。我们进去看看，一定破烂得不像样了。"

"太热，你去吧。我在车上等你。"

"来呀，"他催我，"我要给你看看我当年挂起长袜等圣诞老人来的地方。"

"你去你的！"我不耐烦地说，"快去快回来。"

约翰便独自穿过一片高可及膝的乱草，向那幢老屋走去。

我们横越全国，在路上足足吵了一个月，现在是在回家途中。我们的婚姻濒于破裂，这次旅行本是想做挽救的最后努力。两人心里都明白，如果到家之前仍然不能言归于好，就只好分道扬镳了。这三个星期以来，我们没有亲热过。我们坐在车里像陌生人一样——各据一角，离得远远的。

约翰有事业雄心，努力苦干，最后成功了，我开始觉得遭他冷落，感到凄凉难堪。

"你进来吧！"他从一个破窗口喊，"我刚看到祖父的鬼魂从楼梯上走下来。说不定还有别的鬼魂要出现呢。"他在强作欢颜。我装作没听见。

最后约翰走回到车旁，手里拎着倒在草地上的一块"不得擅入"的告示牌。

"你不会要把这东西带回家去吧。"我说。

他没回答，但从衣袋里掏出铅笔，在告示牌上写了"小约翰在此睡过"几个字。他走回去，把牌子竖在破屋前，又进去了。

"怎么回事？"我想，"里面究竟有什么？"闷在车里热得要死。我走出来，穿过尘土飞扬的草丛，向前走去。

我进了屋，只见约翰站在那里出神，到处是尘土蛛网，还有天花板上落下的碎胶泥。他说，这是当年的客厅，也是招待客人的卧室。角落里从前摆着一张床，床头板有他祖父那么高，枕头靠着床头板，上面罩着方枕头套，枕套上有十字钩针织出的彩色孔雀图形。

我们走到厨房。他指出老灶和他祖母放柴的柴箱所在，他说时常替祖母拾柴火。

到了楼上，我们走进一个凄凉的大房间，只有一扇高大窗户。

"我从前就睡在这里的床上，常常幻想那个窗户直通上天。"

"现在我明白你为什么要回到这里来了，"我说，"当年你把这地方当做家，是吗？"

"不。不能算是家。不如说来做客罢了。老人家照顾不了我。我在这里住上几个星期，随后一位姑姑或叔叔伯伯就把我接去住一阵。无论到什么地方，我的皮箱总是放在床底下，等他们对我烦了，就开步走。我小时候大概是个累赘。"

"有一次，我到堂兄弟家去。墙上有一排挂衣钩，正好和我们孩子一般高。每个衣钩下面都有名字，谁也不敢使用别人的。啊，我想，如果我也能像他们一样，有自己专用的衣钩，就好了！后来我发现一个空钩子，就问婶母米丽：'可不可以把我的名字写在那个空衣钩下面？''啊，你用不着，'她对我说，'你下星期连人都不在这里了。'我跑到走廊上大哭大叫，后来她只好强迫我住嘴。"

"又有一次，我的堂兄弟克尔特脚趾受了一点伤，婶母米丽把他搂在怀里，替他包扎。我记得我站在门口望着，感觉世界上最美妙的事，莫过于有母亲包脚趾，搂得紧紧的，还说'不要紧的，一会儿就好了。'"

"我想，我一生想要的就是这么多。受一点伤或感觉寂寞的时候，有人搂着我；有一个地方住，真正是我的家，这星期，下星期，永久住在那儿，能有自己的衣钩，挂我的衣裳。"

约翰坐在积满灰尘的窗台上，拉我坐在他身边。他好像是闲谈，无动于衷的样子，但是讲得历历如绘，我心疼极了，不知不觉忘记了自怜自私。我见到很久以前这房间里那个寂寞孤独，没有母亲，才6岁大的孩子，我对那孩子突然有了爱心。

我听到冬天的狂风把这所农舍的窗户吹得嘎嘎响，就和当年所听到的一样，从结了霜的玻璃窗望出去，可以看到一轮明月。那可怜的孩子孤零零地睡在又黑又冷的屋子里，好像只有月亮是他唯一的朋友，给些光亮安慰他。

那天晚上祖父对婶母米丽说："我们一清早就把孩子送到你们那儿。他已经大了，可以给你们拾柴火。我下星期来领那头小牛。"

他想，他原来是和一头小牛交换了。他以后永远不能再在祖父的那辆漂亮黑马车上接连坐几个钟头，假装自己在赶着几匹腾跃的黑马了。

他穿的是叔叔的睡衣，大得差不多看不见人，他爬下床，蹑手蹑脚地走过冷冰冰的地板。他把食指放进嘴里，濡湿弄暖，然后在结霜的玻璃窗上擦出一块透明的地方，往外窥探。他望一望明月，小身子打个冷战。"月亮老公公啊，我求求您，"他祈祷着，"别让他们把我换掉。请您保佑我留在这里。"

"那一晚我大叫大闹，疲倦了才睡着。"

最后他不说话了，我发现我的手已经不知不觉地伸了过去，紧握着他的手。我抓紧的不仅是丈夫的手，也是那个惊慌已极、伤心欲绝的小孩子的手。

以后我每次看到约翰，就不能不想起那个小家伙，他只想要一个挂衣钩，只想要一个可称做家的地方，只想伤了脚趾有人来照顾他。现在我明白了，需要别人表示关切与情爱的，不仅是我一个人。我有了恬然的新心境，能了解他的意向，这才是最重要的。

现在他如果说："去擦擦粉，我们出去兜风。"我就知道他是在说："我爱你，来和我一起享受户外情趣。"有时候我们打算晚间外出访友，他忽然说："我们在前廊上坐坐算了，听听屋顶上的雨声。"我知道他的意思是："在这里和你一起，比到任何地方去都好。"

约翰和我离开那幢老房子，向黄尘滚滚的土路上驶去，我们的生活进入了新的境界。此后若干年内，我们俩如胶似漆。有时候我觉得有点恼怒，快要按捺不住，或是我知道他有些什么不大顺心的事，就一声不响地把手伸过去握住他的手，"不要紧的，一会儿就好了。"无论情形多么紧张，他的反应永远不变，总是抓紧了我的手。

有一天，约翰患了严重的大脑血栓症，不能动弹，陷于昏迷。救护车把他送到医院去，我一路上坐在他身旁紧紧抓住他的手，清晰地说："不要紧的，亲爱的，一会儿就好了。"

在短短一瞬间，他两眼睁得大大地凝视着我，我同时感觉到他抓紧了我的手。

他清醒了一刹那，抑或仅是反射作用？我不知道。可是我愿作如此想——在那一刹那，他知道他已经得到了终生向往的爱与安慰。

我多么可怜你

他们俩互相搂抱着躺在床上，她用鼻尖儿揉蹭着他的鼻子，小声地说："我多么可怜你，多么可怜啊……"

他似有愧意地微笑了一下，可是，听到她这种温存话，他并不痛快，这话有损于他那男子汉的自尊心，有损于他对她的爱，她是他唯一的女人，是他的妻子，他同她心心相印地生活已有二十五年。幸运的是，他们俩还没有凉下来，还没有失去往日年轻时的温情，在这种温情中，即使是默不做声和目光亲切地接触一下或微微一笑，都能表达出同样美好和无限的感情，表达出人世间幸福时刻所固有的那种感情。

　　她过去从未说过这种表示怜悯的话，他当即没有回答她。心里在想：持续了很久的往常幸福的一切，在这一瞬间完结了。也许她不再爱他，变冷淡了，力图用怜悯来代替爱情，所以才说出了这种老年人的冷冰冰的话……莫非是他们的生活已经进入一个静静的、纯理性的新时期，进入了一个刮着寒冷的北风、散发着凋萎气味、旷野上空的阳光已经变凉的临冬时期？

　　她说出自己的怜悯之情，是在夏季的一个早晨，在他们刚刚醒来的时候。在夜里，她还曾不断吻他，依偎着他，说的是完全另外一种狂热的、令人肉麻的、半疯半傻的话，实在使他神魂颠倒。可是现在，他突然生起气来，感到昨天夜里有某种虚伪的东西，而今天早晨才终于吐露了真情实意，这就是她那句破坏性的话："我多么可怜你……"

　　他把头扭向了窗户，开始瞧那没有完全掩上的窗帘因朝阳照射而呈现的琥珀色褶皱，瞧那市区潮湿屋顶的杂乱无章的布局——他瞧这些，是因为怕回头，怕碰见她的目光。

　　"为什么……你可怜我？"他问道，目光没有离开窗户，古怪地微笑着，差一点不能控制妨碍他说话和呼吸的过速心跳。

　　她默不做声，只是叹了一口气。

　　他接着又低声重复一遍："为什么？"

　　"你想象不到我多么可怜你，"她小声地说，"难道你就想不到，我们很快就得彼此离别了……还得离别这整个世界？"

　　顿时，一种不可避免的、确定无疑的、在前面等着他们的东西，从他的心头一掠而过，他随即恍然大悟，轻松地沉默起来，简直欣喜若狂（她对他没有撒过谎。可见他仍然可以期望得到世间不定期的爱），他小心翼翼地说："你还爱我吗？"

　　"也许比'爱'还要多一些。我祈祷命运，别让我活得比你久。"

　　"我也在想这一点，"他嘶哑地说，但是他正在想的并不是死亡时刻的最后一瞬间，而是希望她不要熄灭他们之间多年来一直亲亲热热的内在火苗，这火苗常使他俩回想起青春时代、快活的眼神、顽皮行为、对爱的贪婪以及对全部余生的期望。

　　"大概是你梦见了什么不好的事吧？"他这样问了一句，为的是安慰她，也安慰自己。

　　她把手从枕头底下抽出来，像抚摸小孩子那样抚摸着他的头，细细端详着他的脸，眼神那么温柔，那么亲近，想哭又想笑。

归来的爱

他们一行共6人，3个小伙子，3个姑娘，正动身去佛罗里达州的某海滨胜地度假。他们的纸袋里装着三明治和酒，在34号街他们搭上了长途汽车。纽约城阴冷的春天在他们身后悄然隐去。现在，他们渴望着金色的沙滩和滚滚的海潮。

车过新泽西时，他们发现车上有个叫温葛的人像被"定身法"定住似的一动不动，一声不吭。

在几天漫长的旅途中，年轻人的热情终于感染了温葛，他开始痛苦地、缓缓地对他们说起了自己的生平。这4年他一直在纽约坐牢，而现在他正要回家去。

"您有妻子吗？"

"不知道。"

"怎么会不知道？"大家都吃了一惊。

"唉！怎么给您说呢。我在牢里写信给妻子，对她说：玛莎，如果你不能等我，我是理解你的。我说我将离家很久。要是她无法忍受，要是孩子们经常问为什么没有了爸爸——那会刺痛她的心的。那么，那可以将我忘却而另找一个丈夫。真的，她算得上是个好女人，我告诉她不用给我回信，什么都不用，而她后来也的确没给我写回信。三年半了一直音讯全无。"

"现在你在回家的路上——她也不知道吗？"

"是这么回事。"他难为情地说，"上星期，当我确知我将提前出狱时，我写信告诉她：如果她已改嫁，我能原谅她，不过要是她还是独身一人，要是她还不厌弃我，那她应该让我知道。我们一直住在布朗斯威克镇，就在贾克逊村的前一站。一进镇，就可以看到一棵大橡树。我告诉她：假如她要我回家，就可以在树上挂一条黄手绢，假如她不愿我回去，那她完全可以忘记此事，见不到黄手绢，我将自奔前程——前面的路还长着呢。"

"呀，原来是这么回事！"年轻人一时不知道说些什么才好。

温葛拿出他妻子和三个孩子的照片给他们看。距布朗斯威克镇只有20公里了，年轻人赶忙坐到右边靠窗的座位上，等待那一棵大橡树扑入眼帘。而温葛心怯，他不敢再向窗外观望。他重新板起一张木然的脸，似乎正努力使自己镇静下来。

突然，晴天一声霹雳——青年们一下子都站起身，爆发出一阵欢呼！他们一个个欢喜若狂，手舞足蹈。只有温葛不知所措，呆若木鸡。

大橡树上挂满了黄手绢，20条，30条，也许有几百条吧——好像微风中飘扬着一面面欢迎他的旗帜。在年轻人呼喊声中，老囚犯慢慢从座位上站起身，向车门走去，他迈出了回家的步子，腰杆挺得直直的。

向妻子道歉

改变一生的小故事 | STORY

下班已经3个多小时了，可瑞艾还没有等到客户预约的电话。当他心里正烦躁的时候，听到了电话铃声。

瑞艾满怀期待地抓起话筒，听到的却是妻子不耐烦的声音："你在干什么？都几点了？你知不知道今晚我们请客？我忙晕了头却没有人来帮我！"

听到她的抱怨，瑞艾更不耐烦地答道："芭芭拉，我早跟你说过，最近我很忙，叫你不要请客人到家里来吃饭，你偏不听！你看，你不听我的话，现在还怪我，你自己去收拾局面吧，没见我现在正忙着呢？不跟你多说了，我还要等客户的电话呢。"

瑞艾怒气冲冲地挂上电话，却突然意识到，瑞艾刚才对芭芭拉的回答，完全是无意识的消极被动回应。她的抱怨合情合理：丈夫不在家，妻子一个人在厨房里忙得昏天黑地，客人晾在一边无人招呼。瑞艾不但不体谅她，反而作出更鲁莽的回答。

瑞艾就这样在自责中继续等着那该死的客户电话。瑞艾不想破坏他与妻子之间那美好的感情，可瑞艾却没有体谅她，没有耐心，没有了解她，在压力下大发脾气。瑞艾错误的原因在于瑞艾习惯地基于那一刻的感受，想也没想，说了不该说的话，瑞艾陷入了当时情况所导致的极坏情绪中。瑞艾再也不能深陷这种情绪中，再做出不该做的事。

好在客户的电话终于等到了，办完了事，已是深夜12点，瑞艾顺便在夜市买了一枝玫瑰，回家送给怒气未消的妻子，真诚地向她道歉："芭芭拉，都怪我太耍小孩子脾气，太不谅解你了。其实你是多么需要我的帮助！"

妻子破涕为笑，接过玫瑰对瑞艾说："嘿，都怪我不好！"

时令鲜花

这天又是星期四，艾惕安·卡尔吕手捧鲜花慢慢地朝蒙巴那斯公墓走去，他的太太吕茜尔就葬在公墓的七区。那是去年9月底的事了，当医生贴着吕茜尔的心口宣布"完了"的时候，他的精神生命也随她去了。他每星期四都来看她，决定到死方休。

艾惕安伏下身去将鲜花献上，每星期这时，他总是要自己追忆他们美满姻缘的历历往事。他始终不相信，那个完美无缺、快活得像孩子似的吕茜尔会离他而去。

艾惕安原先是个神态俨然、只知道工作、别的都不以为然的人。5年前，自从绝世姿色的吕茜尔下嫁给他后，就彻底改变了他的生活。那是一个多么好的女人啊，清新脱俗，妖媚无比，善解人意，从不做使人难堪和绝望的事，处处都能和他想到一起……

这次，在离吕茜尔坟墓不远处，有一个身着重孝的少妇跪在地上。她仪态不凡，神态肃然，满脸泪痕，面前也摆着一束美丽的鲜花。艾惕安在路过那座坟墓时，看到上面写着：安多华·龚斯当之墓。艾惕安猜想，这大概是她的丈夫。从少妇的神态上可以看出，他们夫妇的生活是无比和谐的。残酷的现实不仅使他失去了吕茜尔，也使这位少妇失去了爱侣。艾惕安感到，他和这位妇人真是同病相怜。

自吕茜尔离去后，艾惕安形单影只，寝食无味，工作也没了兴头。他觉得抚爱缱绻再也不会有了，连续弦再娶的想法，他都觉得是对吕茜尔的亵渎。

星期四，那位重孝的少妇又来了，艾惕安同情而且理解地看了她几眼，发现她献上的是一束蝴蝶花。

有两个星期四。艾惕安没有见到那位少妇，心里竟有点遗憾。又一个星期四，他们几乎同时来到墓地，彼此眼波倏地掠了一下对方。这天，他拿的是郁金香，她拿的是康乃馨。

从这之后，每个星期四他们都见面。她有时早来，有时晚到。但恪守星期四不变。

"不会是因为我吧！"他暗自思忖着。然而，每次等的时候，情绪总不免会起点波澜。现在两人都很经心于花的选择，瞅另一位献什么花的眼神似乎也更坦然。彼此暗中好像在比赛，花的品种亦愈趋名贵。

每次离去时，少妇总是行色匆匆，艾惕安怕她发窘，总是在她走得很远后，才离开墓地。

5月的一天，他来到墓地，发现墓地守卫抓着一个老妇人的胳膊，身边还有那位少妇。守卫告诉艾惕安，这位老妇人常偷少妇和他献上的鲜花，少妇显得很惶遽，央求守卫放了老妇人。艾惕安发现老妇人长相不俗，便问她为什么要这样做。老妇人低垂着目光，尴尬地说："要是您儿子的坟在那儿……而丈夫手那么紧，别说是买剑兰，就连买点紫罗兰的钱也不肯给……您会咋办？"

"我也会这么做的。"少妇面无惧色地说。

艾惕安转身对守卫说："我和这位太太每周都来换花，花总是要蔫的，放了她吧。"

守卫放了老太太，艾惕安给了她一些钱，少妇又加了点，老太太含着感激的泪去了，剩下他和少妇相对而视。他们第一次开口对话。

"方才的事，真得感谢您，你们男人就是说话有力。"

"因为我理解她，都是为了心爱的人。"

他们开始谈起了对爱侣的怀念，当彼此叫到对方的姓名时，都显得十分惊讶，之后又都变得很欣慰。看来，他们都在对方不在的时候，偷看过对方所去的墓座上的碑文。安多华夫人认为，自己失去的是天底下最好的丈夫，在安多华活着时，没有一个女人会像她一样得到那样的体贴和爱怜，只要是为了她，安多华无不尽心竭力。他很年轻就出了车祸，没有给她留下一句话就永远离开了，撇下她茫然无所依……

他们的共同点太多了，都失去了最亲爱的人，都没有孩子聊以自慰，都是满腹哀伤和对爱侣的无尽怀念……

紧接着的一个星期四，他们又都像有约在先似的走在了一起。

艾惕安讲起，他除教学外，还爱写剧本，在吕茜尔去世前，他的一个剧本已开了头，后来就再没有心思动笔了。安多华夫人也喜欢戏剧，曾专修过文学、戏剧和文学评论。她还鼓励艾惕安要写下去，为了死去的太太。

艾惕安好似突然活了过来。

在离开墓地时，下了一场大雨，只有一辆出租车，于是他们只好同车返回。

艾惕安有点激动，车外大雨滂沱，车内坐着一个与他有那么多共同语言的年轻美貌的女人，他心里突然感到惶恐，好像生的欲望又复苏了。

就在这时，吕茜尔的影子又浮现在他的脑海里，他很惭愧，自责地叹了口气。她十分解事地瞥了他一眼。分手时，艾惕安畏怯地小声说：

"是不是……总之……也许你会觉得唐突。但既然我们在同一天走同一条路，何不同租一部车呢？我来接你。"

她显得有些为难，踌躇片刻之后，决定还是由她叫辆出租车，去接艾惕安，因为她比他住得远，况且这样也不会被家里的老妈子看见。

于是成了一项程式：每星期四，她乘车到泵浦路，鲜花搁在膝上；他在门洞下伫候，手里拿着花束。这样几次后，他们几乎无话不说了。花当然是他们之间的一大话题。现在他们挑花搭配固然缅怀了死者，同时也兼顾着对方。

艾惕安重新开始写作。安多华夫人常常向他借书看，并不时向他提出中肯的建议，建议之妙颇使他意外。

吕茜尔周年那天，教堂里，艾惕安意外发现她也来了，悄然坐在最后一排。他大为感动。日月如梭，又是几个月过去了，艾惕安愈来愈发现自己离不开她，他不得不承认自己爱上了她。

在一次晚餐上，他大着胆子握住了她的手。她的目光里带着惊恐、恳切和爱慕，也紧紧地握住了他的手。艾惕安肯定地说："我以为跟你这样的女人一起生活一定很……"没等艾惕安把话说完，她马上缩回手去，脸上又挂起一层悲哀的帷幕，泪水滚了下来。

"别这样，并非一切对你都结束了……一年四季、周而复始，各个时令有各种鲜花，一味浸润于过去，不是上策。抚今追昔，在于体味人生，而不应究其本意。回忆过去的可贵，在于帮助我们生活，而不是妨碍……我相信，我们失去的爱侣一定希望我们活得更幸福。"艾惕安说完这些话，自己也觉得奇怪，朋友们也曾这样劝过自己，可无济于事，今天，他也这样劝起她来……艾惕安感到生活始终都那么美好。

下个星期四，他们又在一起时，彼此虽然很拘束、窘促，但他们终于挽起了手臂……

终于没有说出心里话

18岁的汉姆博每天忙完专业课后，不是踢足球、玩网球，就是到拳击俱乐部练拳击，从来不知道女孩子的事情。到了周末，要是他所在的球队没有比赛的话，他就直奔电影院，买票看故事片。

一个下雨的周末，汉姆博看电影之前，无意之中走进影院隔壁的小商店里。在糖果柜台后面，站着一个和他年纪相仿、亚麻色头发、长着一对酒窝的姑娘。他从未见过这样漂亮的女孩子！为了吸引她的注意，汉姆博向她不自然地笑了一笑，想说句俏皮话，可是声调却是颤抖和不自然的："请卖点糖给我。"

她把糖称了以后，装进一个白纸袋里。递钱给她时，汉姆博的手和她的手几乎碰着了。在回来的途中，他的手一直捂着这个纸袋，甚至不愿打开它。

那之后的一个星期中，汉姆博每天都生活在一个梦境般的世界里：到处是亚麻色头发和小酒窝；他总是模仿电影男主角那样喜气洋洋地和她讲话；她呢，每当他说完，也总像女主角那样嫣然一笑。

再下一个星期六，电影准时开演了。可汉姆博没有心思去看它，只是侧身走到隔壁小商店的门口。在转门那里，汉姆博踌躇了一会儿，脚伸出几次又缩了回来。他很想跟她讲句什么话，可是又想不出来。

附近有个公园，汉姆博走到那里，坐在一条石凳上，嘴里不停地预习将对她说的话。一会儿之后，他步入小商店，走到糖果柜前装作漫不经心的样子，寻找亚麻色头发的姑娘。刚抬头，瞟见眼前一位女孩子，男主角的那句话已经从他嘴边溜了出来："嘿，你真是个王后。"当他仔细看时，竟是一个戴黑耳环的黑头发姑娘。

汉姆博大吃一惊，没等她回答，就撒腿跑进电影院。坐下5分钟后，还不知道演的是什么。散场时天已黑了，他初步恢复了镇静，于是又鼓起勇气，重到隔壁转门那里去了。那个亚麻色头发有酒窝的姑娘正在柜台后站着。汉姆博尽可能压住激动之心，笔直地向她走去，并像电影演员那样装出微笑。他把钱放在柜台上说："随便给点什么。"

姑娘笑了，她把糖放进纸袋递给了汉姆博。他像电影中的人物那样，装作若无其事地说道："下次见！"

以后那几天真使汉姆博难熬，心里充满着一种浪漫的感觉。每天下课后，他都到那里去，装作看橱窗里的商品而偷偷看亚麻色头发的姑娘。他还从未有过热恋的感觉，在电影中小伙子初遇女郎是那么简单，而在实际生活里却是这样复杂。

再一个周末，汉姆博日夜想念的亚麻色头发的姑娘，在他等了很久以后，终于从商店后门走到了柜台前，没等他开口，她就对汉姆博说："你好。"

汉姆博觉得自己手表上的秒针几乎都不走了，他结结巴巴地说："看电影之前想买点糖果。"

她又笑了，这时，汉姆博才看清楚她有一双蔚蓝色的眼睛。她问："要巧克力还是奶糖？"

"两样都要。"

当她把糖放进纸袋时，汉姆博忍不住直直地看着她。她站得很近，把糖给他时，她的眼睛抬起来看着汉姆博。汉姆博正准备说"谢谢"，黑头发姑娘喊道："玛丽！"她就转身走过去了。

玛丽！多好听的名字！在迷惘中，汉姆博走到隔壁的电影院，喃喃地说："玛丽，玛丽……"

几天以后的一个下午，汉姆博和同伴汤姆闲谈。

"我的女朋友叫玛丽。"汤姆把他女朋友的相片拿给汉姆博看，"上星期我见到她，她把相片给了我。"

汉姆博的心忽上忽下地跳，问道："你和她认识不久，她就把相片给你了？"

"正是，"汤姆立即说道，"明天把我的相片给她。"

汉姆博极力想恢复他的自信："我的女朋友叫玛丽，她长得像琼·贝娜特。"

"哎哟，像琼·贝娜特？你有她的相片？"

汉姆博的心怦怦直跳，说："它在我卧室的抽屉里。"

汤姆迷住了："你下星期带来给我看看好吗？"

"可以。"汉姆博淡淡地说道。

当天晚上，汉姆博心中一直有一种说不出的味道，他想为了不在汤姆面前丢脸，最好尽快找到一张像琼·贝娜特的相片。母亲、姊姊和姨妈的相片没有一个像这位女明星的。他带着一颗沉重的心，踱到转门那里去，鼓起勇气来到糖果柜台旁。那位亚麻色头发的姑娘正微笑着站在那里。

"你好。"她说。

在那短短的一瞬间，汉姆博甚至想问她："你能给我一张照片吗？"不过，他嘴上只是说想买点巧克力。汉姆博想：唉！如果我能把她请到较僻静的地方单独谈谈就好了，可是怎么开口呢？

汉姆博转身走进了电影院。刚好，电影中的男主人公对一位女合唱队员说："在演出后我们见面。"她答应了，而且不久他们之间便盛开了一朵爱情之花。他反复记熟了这句话。

电影一散场，汉姆博就直奔糖果柜台。戴耳环的黑头发姑娘在那里，玛丽却不见了。

"她回家去了。"黑头发姑娘说，"你喜欢她，是吗？"

几个月以后，汉姆博乘地铁进城，在车厢里，玛丽突然走到他旁边坐了下来。

"你好，"她说，"好久不见了。"

汉姆博开始和她说话，火车的声音很响，他靠近她耳旁讲，以便使她容易听见。他闻到她身上散发出来的香水味，感到有一种说不出的愉快。他们肩并肩地坐到了汉姆博要到的那个站。在车门打开时，玛丽问道："你还到小商店吗？"

"不，"汉姆博回答，"不再去了。"

"我也不在那里工作了。"她说。

汉姆博的心猛烈地跳着。想要问她现在在哪里工作，可是车要开了，他只好夹在人群中下了车。那是汉姆博最后一次见到玛丽。

误会了半个世纪

有一对结婚50年的老夫妻，在大饭店举办了他们的"金婚"纪念日。

当服务生将一盘热气腾腾的清蒸鱼放到桌上时，老先生迫不及待地将鱼头及鱼尾巴夹下来放在小碟子上，双手端给老太太说："这给你吃。"

没想到老太太"哇、哇"地大声哭了起来，旁边的人十分惊讶。老太太说："我嫁给你50年，跟着你任劳任怨才有今天的好日子，我从来没有抱怨计较过，没有想到，在今天这样的场合，你竟然还是这样没良心，让我吃鱼头、鱼尾巴，你知道吗，我最不喜欢吃鱼头、鱼尾巴，却吃了50年。"

老先生听了不禁感慨道："50年前，当你不顾家人反对嫁给我这个穷小子的时候，我就对天发誓，这一辈子我一定要全力以赴，想办法赚钱让你过好日子，以报答你对我的恩情。一条鱼，我最喜欢吃的就是鱼头、鱼尾巴，自从结婚后，我就从来没有吃过它，因为我曾经承诺过，要把生命中最珍贵的东西都献给你。"

说完之后，所有的人都感到很凄凉。

这对老夫妻真的很恩爱，但他们显然犯下了一个错误：

缺乏沟通。

这件事并不是告诉你这位老先生未能与老妻共享福禄，也不是大谈为妻者的辛苦之道，而是告诉你这对老夫妻虽然结婚已50年，同枕共眠半世纪，却未必能够很好地沟通。在日常生活中，有多少夫妻是有话在心而口难开呢！

比什么都珍贵 | STORY

深深的爱

第一次世界大战期间草率成婚的人们当中，有一对性情热烈、引人注目的年轻夫妇克拉拉和弗莱德。他们住在芝加哥北边的密执安湖畔，我是他们的邻居。

克拉拉和弗莱德婚后，除了有几次短暂而炽热的共同生活之外，就是天各一方，长达几个月的教人烦恼压抑的分离。接着，他们像许多同代人一样，不得不回到平凡沉闷的生活轨道上，在惴惴不安的环境中，天天厮守在一起。

1919年五朔节后的一个晚上，他们争吵起来。几个月以前，他们已经有纠葛了。尽管他们还相爱，可两人的婚姻却已经岌岌可危。他俩甚至认为：总是他们两个人在一起，这既愚蠢又陈腐。所以，这天晚上有个叫查理的朋友要来接克拉拉，而弗莱德则跟一个叫埃雷妮的姑娘约好一起出去。

这对年轻夫妇一边喝鸡尾酒，一边等待查理来接克拉拉。弗莱德刻薄地开查理的玩笑，于是，争吵又爆发了。这天晚上，虽然他们的关系还没到决裂的地步，不过他们的确是准备分道扬镳了。

突然，一阵震耳欲聋的汽笛呼啸着打断了他们的争吵。这声音不同寻常，它突然响了起来，接着又戛然而止，令人胆战心惊。一英里以外的铁路上出了什么事，无论是克拉拉还是弗莱德都一无所知。

那天晚上，另一对年轻夫妇正在外边走着。他们是威廉·坦纳和玛丽·坦纳。他们结婚的时间比弗莱德和克拉拉长，他们之间存在的那些小芥蒂早被清除了。威廉和玛丽深深地相爱。

吃了晚饭，他们动身去看电影。在一个火车道道口，玛丽右脚滑了一下，插进铁轨和护板之间的缝儿去了，既不能抽出脚来，又不能把鞋子脱掉。这时一列快车却越驶越近了。

他们本来有足够的时间通过道口，可现在由于玛丽的那只鞋捣乱，只有几秒钟时间了。

火车司机直到火车离他俩很近才突然发现他们。他拉响汽笛，猛地拉下制动闸，想把火车刹住。起初前边只有两个人影，接着是三个，正在道口上的铁路信号工约翰·米勒也冲过来帮助玛丽。

威廉跪下来，想一把扯断妻子鞋上的鞋带，但已经没有时间了。于是，他和信号工一起把玛丽往外拽。火车正呼啸着，朝他们驶来。

"没希望啦！"信号工尖叫起来，"你救不了她！"

玛丽也明白了这一点，于是朝丈夫喊道："离开我！威廉，快离开我吧！"她竭尽全力想把丈夫从自己身边推开。

威廉·坦纳还有一秒钟可以选择。救玛丽是不可能了，可他现在还能让自己脱险。

在铺天盖地的隆隆火车声里，信号工听见威廉·坦纳喊着："我跟你在一起，玛丽！"

说那天晚上制止弗莱德和克拉拉争吵的是那列火车的汽笛声，这不符合实际；但是，铁路道口发生的事情的确截住了许多行人，查理就是其中之一。他没去接克拉拉，而是开车回了自己的家。他拿起了电话。

弗莱德拿着电话说："我想你是要克拉拉接电话吧？"

"不，跟你说就可以了，"查理的声音异常柔和，"我不去找她了，弗莱德，你告诉她。"

弗莱德问出了什么事，查理似乎不知从何说起，"你认识坦纳夫妇吗？"他问。

"坦纳夫妇？坦纳夫妇……"弗莱德竭力思索了一下，"啊，对了。他们一直不怎么出名，是他们吗？"

"不错……不怎么出名。"查理张了张嘴，还是把电话挂上了。

不久以后，邻居们到弗莱德家做客，把那幕惨剧讲给了他们听。

"……丈夫本来能脱险，可他没想走掉。他用胳膊紧紧抱着妻子，紧紧地抱着她。这时候那个信号工听见他说：'我跟你在一起，玛丽！'他俩紧紧搂在一起——火车前灯的光照在他们的脸上。他始终跟妻子在一起。"

蓦然回首

回到巴黎，我总是很高兴的，这次尤甚。因为一个半月来，眼前除了刺目的烈日、灼热的黄沙、罐装的淡水外，就是激动的阿拉伯人。一个长长热水澡，一顿美食之后，我虽然悠闲自在，可总觉得好像有什么事会发生。

果然，当我溜达进旅馆休息时，正是7点半，首先映入我眼帘的是托尼·阿瑟斯特——我在中学和大学时的同学。

他身材瘦长，优美而结实，就像许多有名的登山家一样。

"啊哈，吉姆！"他像小男孩般快活地冲我招呼，"见到你太好啦！"

"我也是。"我边回答，边盘算着该不该问候他的妻子卡伦，据道听途说，似乎他的婚姻不甚美满，所以还是决定少冒险为妙。

"你这些时间都在干什么？"

他略显诧异："你没看过报纸？"

"我待的地方是撒哈拉大沙漠。"我只好把采访石油勘探的事全盘托出。

"那么，你也没听说过《登山家夫妇的发现》那篇报道？"

我摇头："总不会是石油吧？"

他笑了："不是……它是写……噢，吉姆，在我遇见的所有人中，你是第一位不向我打听那事的人。鉴于你尚不知内情，我想跟你分享我的体验，我想从头说起——有些事对别人难以启齿……你是否觉得我企图恭维你？"

"的确有点！"我说。

服务员端来了饮料，我们边喝边谈。

"实际上，4年前就开始了。"他说，"那时，卡伦与我刚刚结婚。"

我回忆起了他们的婚礼——当时社交界的一件大新闻，托尼和卡伦周游列国，度过了一个漫长的蜜月。

可是后来，事情竟然起了变化。那并非由于他俩彼此厌倦，而是因为——卡伦厌恶山。她从未设法阻止托尼——他也小心翼翼地遵守约定，只是周末才去登山。卡伦从没说过他一个字，可是他知道她烦躁不安，这便弄得事事全都不对劲儿了。他为追求这桩除了婚姻以外的唯一乐趣而内疚。

托尼说："去冬，我组织攀登安第斯山，当然，我们的冬天正是那儿的夏天。我让卡伦随便在哪儿等我，就是不要到南美去，我想成为第一个登上拉多罗若沙山峰的人，怎能为她分散精力呢。卡伦没说什么，但我知道伤了她的心。为此，搞得我差点儿取消了一切计划。但是到了最后关头，我觉得这是自己的软弱。

"于是，我故意将出门的时间超过了原定的3个月……"他停顿下来，呷了口饮料，"6月里，我心舒气畅地回来，略感忏悔。……麻烦的是……"他突然变得嗫嚅起来了，我看见他的手指紧紧地捏着杯子，"她有了外遇。"

我什么也没说，没啥可说的。

"当天夜晚，她就全对我说了……她说她主要是为了惩罚我，因为我撇下了她……她很难过，请求我的饶恕。"

尽管天气很冷，但是托尼的前额汗珠晶莹。

"天知道。"他说，"我想，这事已经过去了，她再也不会对我不忠实了。卡伦那么美，总是神采飞扬，高傲矜持，从理智上我全能理解，可是从感情上说来却……"他摇了摇头，"我们再不能像夫妻那般了，这样过了几个月，大约是3周前吧，我对她说：'离婚吧。'"

托尼又说道："第二天，卡伦要我带她上山去。她认为如果能了解山——那使我心驰神往的山岭，也许，我就能谅解她。我们出发了，当然，并不是真去登山，但我也有预感——一旦我们真的登上高山，说不定能找到问题的症结。"

尽管他没有再谈细节，可我是能设想得出来，他俩是如何乘坐的那辆豪华的车内，看来又有钱又幸福，可有谁知道他们心事重重呢？

接着，托尼又给我讲了许多，使我知道了他们以后的一些事……

他俩在山前的一家小客栈内住下，互相之间体贴周到，彬彬有礼，但只是同伴，再不是爱人。

第4天，他俩在一处冰坡上吃午餐。远处不勒斯克山和罗沙山的雪峰壮观奇丽，托尼将望远镜递给卡伦说："看看吧。"

她举起望远镜，并未去调整焦距，刹那之间，托尼明白她什么也不想看。

"托尼，"她说，"看来还是不成，是吗？"

托尼心乱如麻，想说一切都会好起来的，但怎么也不能开口。这时，望远镜不知怎么从她手中滑了下去，眨眼工夫就消失在冰山的裂隙之间。卡伦惊呆了，惊呼道："噢，托尼！"

那是托尼的父亲赠送给他的珍贵礼品。托尼小心翼翼地挪到山崖边，向下望去，峡底深不可见，所幸的是望远镜就在距他们约70英尺的一块突出的岩壁边——托尼简直不敢相信自己的好运气。

"不！"卡伦失态的叫喊声，刹那间透出她对冰山的全部恐惧。

"别怕。"托尼说，"我用斧头固定绳子。"

她脸色苍白，向幽幽峡谷瞥了一眼："那么……请一定带上我。"

他俩面对面呆立了大约10分钟之久。15分钟后，他俩一起站在那岩壁边上，托尼捡起了望远镜。阳光从周围半透明的冰层折射出来，使人恍若置于令人炫目的神秘海底。

"那是什么？"卡伦突然喊道。

前方约20英尺远的地方，好似有什么影像映在冰墙上。托尼拉着她小心地摸着冰坡向前走去。

啊，竟是一幅粗犷美丽的雕刻画，像一张扑克牌那么大小。托尼当时在那雪峰下看到这个，背上的汗毛都竖起来了。因为他见过那画上的动物，在法国南部的山洞内，那些卷毛尖牙的猛犸像是几千年前才有的……

这时，托尼感觉到卡伦使劲捏住他的手——他朝上看去，便全明白了——他和她！就在他们头顶的冰内，犹如被关在一个晶莹剔透的水晶柜中，简直就是活人，没有丝毫腐变。那个姑娘在下面，离他们近些，她的头侧向上方，托尼无法看到，但是她那黑色的长发，奇特的绑腿，却显现得一清二楚……她双臂向上伸去，朝着那个男的。他差一点儿就够着她了……他脸上的怜爱和痛苦一览无余。他匍匐着身子，正向姑娘递过一根短棍子之类的东西……

最外行的人也能猜出：或许是她一脚踩空，或许失落了护身符，因而跌到一个只能进不能出的冰穴之中，他来救他，而雪崩发生了……

托尼沉默了，周围人声鼎沸，他却觉得置身于孤岛似的。许久，他才继续说下去："当时，我就意识到这一发现将轰动一时，就是古代巴比伦城的发现也不能与他俩相比。但是，使我震惊的不是那不可思议的人体的保存，而是那一种生死拆不开的挚情，他俩的爱越过千百年的时光，仍是那么栩栩如生……我突然觉得自己的渺小……"

不知何故，他突然缄口不言了。

"怎么样？"我敦促地快讲下去。

他的目光越过我向后看去，微笑着。原来是卡伦正朝我们走来。她朴素的黑色衣裙上仅带一样饰物——细细的金链上穿着那扑克牌大小的雕刻。她显得比我记忆中的更妩媚。

"噢，吉姆。"她对我说，"真是个愉快的巧遇！"

我慢慢地站起身来，此刻，我明白了托尼没说完的话，明白了他真正的发现何在。

她把手放在丈夫肩上："我来晚了，对不起，亲爱的。我打断你们的交谈了，是吗？"

"故事说完了。"我对她说，"可你并没有打断它，你就是故事快乐的结尾。"

我为他俩高兴，非常高兴。

姑妈的情书

自从我懂事那天起，姑妈就离开了我们，独自居住在一间小屋。

姑妈的态度并不好，但她从没有骂过我们。我们怕她，也不理解她。

我往往拿着母亲为她准备的可口而数量不多的点心，到她的小屋去。她会客室的百叶窗常年关着，非常幽暗。我总是在那儿等着姑妈出来。

她老是穿着黑色的衣服，在阴暗的会客室里显得娇小、瘦弱。

可是当她向我走来时，总感觉到她那充满活力、刚强不屈的威严；她的步子特慢，声音柔和甜蜜。每回，当我握住她的小手时，我老能看见她那褐色的双眼流露出柔和的眼光来。哎，姑妈年轻时一定很美。

我不相信，在她年轻的时候，没有男子向她求过婚。每当我走出姑妈的小屋，在她关上门的当儿，我觉得那儿肯定有一个神秘的世界。

当我长大，姑妈还孤独地守在那间小屋。

一天，我带未婚夫乔治去看望姑妈，告诉她我要订婚的消息。显然，她非常高兴，乐呵呵地问："他是英国人吗？"

我点点头。她转过身去对着乔治："你要在南非安家吗？你不计划回英国去吗？"

当我说到乔治准备在结婚之前回英国一趟时，她那纤弱的身子颤抖着，大声喊道："他不能回去！伊兰，你不能叫他回去！你得答应我不放他走！"

这时，我不知所措，我心中忽然闪现出一种感觉，姑妈已经老了。

第二天，我再去探望她。她正坐在屋前的平台上，呆呆地望着前方干枯的草原。她显示出一种孤独无依而黯然神伤的表情。我忽然不解起来：为啥从前没有人把她娶去，照料与爱抚她呢？记得母亲说过，她以前是一个美丽的姑娘，招人喜爱。可现在，她的美貌已随岁月而逝去了。

我走到她的面前。"坐下吧，亲爱的。"她说，"我想把自己的爱情故事说给你听，这样你就能知道在你俩结婚以前，为啥最好不要让你的未婚夫离开你的原因。"

"我第一次遇到理查·韦斯顿时，我还非常年轻。他是一个英国人，寄居在离我们家四五里外的小农场主温·伦斯布家里。"

"我们一见钟情，尽管直到我18岁生日，理查才向我表达爱慕之情。那是我一生中最快乐的生日。那天舞会上，我和理查翩翩起舞。在休息的当儿，理查把我领到屋外，在皎洁的月光下，向我求婚。没说的，我同意了。因为在如痴如醉的欢乐中，我根本不考虑父母亲会有啥意见。"

"父亲一直是个很固执的人。他憎恨所有的外国人。但是我一直瞒着他，整日和理查约会。当时，我的心中只有理查，别的啥也顾不了。"

"我们就这样度过了将近一年。有一天，理查失约了。他父亲死了。他不得不回英国去料理遗产。我不知道自己是如何度过那一天的，日月无光，田野也失去了昔日美丽的风采。"

"那天傍晚，我走到树林里去看望温·伦斯布喂养的几头牛犊。他曾答应过我，只要我愿意饲养，就把它们给我。就在我呆呆沉思默想时，小牧童詹提耶递交给我一封信。他说是那位英国老爷给我的。那可是我一生收到的唯一的一封情书。它把我的悲痛一扫而光。我的心中充满了甜蜜。理查仍爱着我，有了这封信，我感到我们并未分离……"

"姑妈，那封信一定很妙吧。"我说。姑妈从她昔日的旧梦中醒了过来，用她那双已经黯淡但仍温柔的眼光看着我。

突然，她飞快地跑进屋里。出来后把信搁在我手上。由于年深日久，信已褪色发黄了，信封边沿已经磨损了，仿佛曾被摩挲过上千回。让我大吃一惊的是，信未被拆开过。

"拆开，拆开吧！"姑妈颤抖着说。

我撕开信，读起来。

严格意义上说，它算不上一封情书。理查在信中告诉他那位最亲爱的"菲娜"该怎样摆脱她父亲的监视，连夜逃出家门，在一个浅滩上詹提耶会牵着一匹马在那儿等着她，把她送到史密斯多普，然后在那儿找他的知心朋友亨利·威迩逊。他会给她钱，安排她去开普敦，再从那儿前往英国。"亲爱的，这样我们就可以在英国结婚了。假如你不能保证你能在一个陌生的地方和我一道过日子，你就不必要采取这个重大行动。因为我太爱你了，不能让你感觉丝毫的不快。要是你没有来，我也得不到你的信，我就会知道：你不愿远离了你挚爱的亲人和故土。如果你仍然爱着我，由于你的胆小，不能单身来英国的话，我就会回南非来迎接你——我的新娘。"

我没再读下去。

"可是菲娜姑妈，"我气喘吁吁地说，"为什么你……为什么你……"

姑妈的身子由于急切地渴望知道信的内容而颤抖着，她的脸庞由于热切的期待而泛出红晕，眼里也放射出晶莹的光芒。

"亲爱的，大声读下去吧！"她说，"信里的一字一句，我都要听啊！当时我找不着可靠的人给我读……我年轻时，外国人是被深恶痛绝的……我找不到人给我念啊！"

"可是姑妈，难道你一直不知信里写的什么吗？"

姑妈低着头，两眼俯视着，像一个做错事的孩子，怯生生地不知所措。

"不知道，亲爱的，"她用小声说道，"你要明白，我没读过书，我是一字不识的啊！"

一百万美元

尼克要与伊丽莎第一次会面，他精心打扮了一番。好在他只有两套衣服，选哪套并不难。他叫了一辆出租车，将去湖岸街的地址告诉了司机。司机满腹狐疑地打量着他。

"先生，地址没弄错吧？"他问道。

"没错。"

车子虽然启动了，可是这司机的心里十有八九还在犯嘀咕：这穷小子干吗要去这么高级的地方？

车子穿过一幢幢豪宅，尼克好奇地注视着窗外。他哪里知道，他这辈子比那些置身豪宅的大半阔佬们还要有钱呀。车子行至一幢城堡似的大宅前停了下来，司机仍然将信将疑。

"肯定没弄错吗？"

尼克作了肯定的回答，付过钱后，他走到前门口。一位仆人打开门，要看他的名片。递上生意名片没什么必要，说不定上面还有无花果的污迹呢。想到这里，尼克干脆说："伊丽莎小姐要见我。"

"那好吧，先生。"仆人说完领他走进一间屋子。屋子里金银闪烁，窗上镶着彩色玻璃，垂吊的挂毯也很漂亮。尼克坐了下来。

"尼克先生呢？"柔和的声音打断了他的思绪，他站起身，与金发碧眼的苗条小姐伊丽莎打了个招呼。她请他坐在对面的椅子上。

在这摆满金银珠宝的房间里，他们坐着谈了一个晚上。尼克很是拘谨，说话也吞吞吐吐。临走前，他问伊丽莎可否还能来看她。她默默点头称是。

尼克去看伊丽莎越来越勤。虽说他们背景有别，但是在日常生活的表面之下却隐藏着两个人共同的思维层面。尼克吐露出自己的情感、想法和打算，伊丽莎心领神会，并渐渐地懂得：一个有哲学头脑的人能够坦然地面对生活的各种坎坷。

她深知这就是他个性的关键所在。尼克同样也从伊丽莎身上受益匪浅。她将他领入了英国文学和诗歌的殿堂。凭着惊人的记忆力，尼克很快就能大段地背诵经典作品。

尼克坠入爱河。在他的眼里，伊丽莎就是公主。他夜不成眠，工作无法集中精力，好出岔子，发起货来也张冠李戴。他知道娶她为妻是痴人说梦：一个太穷，一个太富。

可是，他们还是谈到了结婚问题。他们都清楚：结婚有两股阻力——她的双亲。她的父亲是个有头脸的人物，是一家大型肉食品包装公司的老板。他看不上尼克。

有一天晚上，尼克去看伊丽莎，她的父母刚好在家。伊丽莎决定摊牌的时机到了，尼克自然同意。不大工夫，伊丽莎把父母叫到了场。在此之前，一家三口人很少谈论过这件事。帕金森夫妇坐下之后，伊丽莎离开了房间。

尼克清晰地说道："帕金森先生、帕金森太太，如果二老应允我娶贵府千金伊丽莎，那是我无上的光荣。"

帕金森先生紧紧地闭口不答，眯着眼睛。转头对着妻子说："我来处理吧，亲爱的。"

帕金森太太一句话没说就起身离开，随手关上了门。尼克与帕金森先生都没有急着开口。气氛似乎紧张起来。

"小伙子，收入怎么样啊？"帕金森先生问道。

"很少，先生。"

"将来呢？"

"您是指什么，先生？"

"你生活的目标是什么？"

"寻找真理，先生。"

帕金森先生深深地吸了一口气，从1数到了5，以稳定自己的情绪。他面前的这位竟然大言不惭地说生活的目标是寻找真理，却不想赚钱。

"这话听起来很浪漫、很勇敢。大概你这人不太讲究实际吧。"

"您说得没错，先生。"尼克表示同意。

"你想娶走我的女儿，剥夺她的这一切？你给她的回报是什么呢？"他指的是这房间、这豪宅，还有这所有的奢侈享受。

尼克笑了笑："我的生活方式。"

"你的生活方式！"帕金森先生气愤之情溢于言表，"东跑西溜地做点无花果生意？让我的外孙子吃苦？不。我的女儿可不行。她的条件要比这强百倍。"

尼克从容不迫地问："您想为女儿要什么，帕金森先生？"

"钱，"帕金森先生答道，"我要她享尽荣华富贵，能过上现在这样的生活。

"那好，我会为她争取。"

帕金森先生大笑起来，"你说得倒轻巧，去哪里弄啊？"

"这事我得想一想。"

"好好地想想吧。"帕金森先生不无嘲弄地说。

尼克从不喜欢谈钱，但是，现在他的幸福全压在钱上了。他问道："需要多少钱你……嗯……我是指你女儿，才能幸福呢？"

帕金森先生顿了片刻才说出了答案。"一百万美元。"他注视着尼克，心想这下子可把小伙子的气焰给打下去了。

但是尼克仍旧镇定自若："给我多长时间呢？"

"从现在起，一年为限，"帕金森先生说，"一年赚上一百万，伊丽莎就是你的人。"他很得意，满以为这小子再也不会找上门了，于是便向尼克点了点头，起身离开了房间。

尼克一路走回家，盘算着怎么在12个月里赚够一百万。他终于想清楚了：靠做生意门都没有，必须另找出路。

次日上午，他找朋友商量一个新办法——赌马。

朋友劝了他好几个钟头，说赛马是行不通的。可是尼克主意已定，无奈之下，朋友建议他去加拿大马场碰碰运气。他虽说舍不得伊丽莎，可又想不出其他筹钱的法子。

赛马和赌博研究了3个月后，尼克卖掉了自己的无花果公司，告别伊丽莎，乘火车前往加拿大的蒙特利尔。

一开始，尼克赌注很小。通过实践和观察，他积累了经验。有人说过："获胜的唯一办法是看准稳操胜券的马，连续压注。"

"尼克正是这么做的。他物色好不受人在意的马，然后压注，结果常常得手，腰包也越来越鼓。

赌博、赛马的经验越来越丰富，尼克玩起了大赌。不出3个月，他就赚了40万，他的名字很快就响了起来。钱越聚越多，可期限也越逼越近。为了加快赚钱速度，尼克买了一匹马，美其名曰"哲学家"，有了自己的马，他只要大赢一下就能实现一百万元的目标。

尼克在"哲学家"身上压了5万美元，打赌该马不低于前三名。尼克泰然自若地看着赛马离开跑门。不久，便见一匹马倒下。接着，又有一匹马甩掉了骑手。接近终点线时，"哲学家"排在第五，但是它猛作冲刺，跃为第三，腾过终点线。尼克赢足了一百万！

尼克冲进马房。借了一个洗衣袋，将赚足的钱塞进袋里，一口气跑到赛场的出口处，叫了一辆的士。

他回到旅馆，打了两个包裹。一包是衣服，一包是现钞。

他还没来得及离开，就听见敲门声。尼克开了门。一位年轻的服务员递给他一封电报。尼克付了5元的小费后，关上了门。他吹着口哨打开了电报。一看内容，口哨声便哽在了嗓门里。他泪流满面，电报也面朝上的掉在了地上：

很遗憾地告诉你，我们可爱的伊丽莎昨晚去世了。

吸引异性的秘诀

同伴们都有了自己的恋人，但是，没有人会邀请害羞的姑娘艾丽斯。艾丽斯沿着走廊走着，耷拉着头，从她的样子来看，心情很沉重。一些丝带吸引了她，周围摆着各式各样的蝴蝶结，牌上写着：各种颜色应有尽有，挑选适合你个性的颜色。

艾丽斯在那儿站了一会儿，尽管她有勇气戴，但还为母亲是否允许她戴上那又大又显眼的蝴蝶结而犹豫不决。是的，这些缎带正是伙伴们经常戴的那种。

"亲爱的，这个对你再合适不过了。"女售货员说。

"噢，不，我不能戴那样的东西。"艾丽斯回答道，但同时她却被一条绿色缎带深深地吸引住了。

女售货员显得惊奇地说："哟，你有这么一头可爱的金发，又有一双漂亮的眼睛，孩子，我看你戴什么都好！"

也许正是售货的这几句话，艾丽斯把那个蝴蝶结戴在了头上。

"不，向前一点。"女售货员提醒道，"亲爱的，你要记住一件事，如果你戴上任何特殊的东西，就应该像没有人比你更有权戴它一样。在这个世界上，你应抬起头来。"

她用评价的眼光看了看那缎带的位置，赞同地点点头："很好，哎呀，你看上去令人兴奋。"

"这个我买了。"艾丽斯说。她为自己作出决定时的音调而感到惊奇。

"如果你想要其他在集会、舞会、正规场合穿着的……"售货员继续说着。艾丽斯摇摇头，付款后向店门口冲去。速度是那么快，以至与一位拿着许多包裹的妇女撞了个满怀，几乎把她撞倒。

过了一会儿，她吓得打了个寒战，因为她感到有人在后边追她，不会是为那缎带吧？真是吓死人了。她向四周看看，听到那个人在喊她，她吓得飞跑，一直跑到另一条街区才停下来。

卡森的杂货店是镇上每个姑娘都知道的地方，因为伯特——大家都喜欢的一个好小伙每个星期六下午都在这儿。

他果然在这儿，坐在卖饮料的柜台旁，倒了一杯咖啡，并不喝掉。"莉妮把他甩了，"艾丽斯暗想，"她将与其他人去跳舞了。"

艾丽斯在另一端坐下来，要了一杯饮料。很快她感觉到，伯特转过身来在望着她。艾丽斯笔挺地坐着，昂着头。

"嘿，艾丽斯！"

"哟，是伯特呀！"艾丽斯装出惊讶的样子说，"你在这儿多久了？"

"整个一生。"他说，"等待的正是你。"

"奉承！"艾丽斯说。她为头上的绿色缎带而感到自负。

不一会儿，伯特在她身边坐下，看起来似乎他刚刚注意到她的存在，问道："你的发型改了还是怎么的？"

"你通常都是这样注意吗？"

"不，我想正是你昂着头的样子。似乎你认为我应该注意到什么似的。"

艾丽斯感到脸红起来："这是有意挖苦吧？"

"也许。"他笑着说，"但是，也许我有点喜欢看到你那昂着头的样子。"

　　大约过了10分钟，真令人难以相信，伯特邀她去跳舞。当他们离开杂货店时，伯特主动要陪她回家。

　　回到家里，艾丽斯想在镜子跟前欣赏一下自己戴着绿色缎带的样子，令她惊奇的是，她的头上什么都没有——

　　后来她才知道，当时撞到那人时，绿色缎带被撞掉了……

椭圆形的肖像

　　我受了重伤，我的随从不忍心让我在外面过夜，就领我闯进了一座城堡。这是座巍峨地耸立在亚平宁山区多年的一座阴森而雄壮的城堡，绝不亚于拉德克利夫夫人在她的小说中所幻想的那种城堡。从各种迹象来看，城堡的主人离去的时间不会太久。我们主仆两人在一间最小、陈设最美的屋子里住下来。它位于这座城堡边上的一个塔楼里。看得出室内原来的装饰十分富丽，但现在已破旧不堪了。四壁悬挂着花毯和各种各样的战利品，此外还挂着许多惟妙惟肖的现代绘画，画框都是金色花纹的，连墙角都挂着画。也许是伤势过重，我的神志不甚清醒，只是呆呆地望着这些画出神。这时天色已晚，我吩咐彼德罗把百叶窗全都关上。把屋里的蜡烛统统点亮，然后拉开床前的黑天鹅绒帷幔。这样。即使我不能入睡，至少也可以安静地欣赏一番这些画，也可以读一读枕头上放着的一本小书，那是对这些画进行解释和评价的书。

　　我拿着书，一一对着画欣赏起来。不知不觉已至半夜，烛台的位置离我很远，我又不忍心唤醒酣睡的随从，费了好大力气才将烛台端在手中，以便照亮手中的这本书。

　　烛台上插着好多支蜡烛，交织的烛光照在了室内的一个壁龛上，原先这个壁龛被一根柱子遮住了。此时我转过身来才发现刚才根本没有注意到的一幅画，画的是一个妙龄少女。我朝画匆匆地瞥了一眼，就闭上了眼睛。连我自己都不理解为什么我会这样。稍后，我寻思一下，我之所以闭上眼睛是为了能平静地思考一下是否视觉欺骗了我，也为了能定睛看个清楚。片刻之后，我便睁开眼睛仔细地端详起这幅画像来。

　　我已经看得很清楚，再也不用怀疑什么了。烛光把画面照得通亮，刚才那种恍惚的幻觉已经荡然无存了，神志也变得十分清醒。正如我开始所见，画上是一个少女。只画了头部和双肩，用的是半身晕映画像法，和萨利的头像画法很接近。双膀、胸脯、明亮的头发和画面背景协调地融为一体。画框是椭圆形的，还镀了金，作为一件艺术品，这幅画真令人赞叹不已。但是，不论是作品的高超艺术，还是画中人的美色艳姿，都不至于这样突如其来地打动我的心弦。不管我怎样的神志不清，总不会把画中人当成现实活动中的人。我半坐半倚，一边认真地思考着，一边还是紧紧地盯着画像。就这样，大约过了一个时辰。我逐渐领会到了这幅画的构思、画法、画框的特色以及其中的奥秘，于是我把烛台放回原来的地方，然后仰面躺在床上。是的，是画中人的神情逼真生动的魅力，才使我初见这幅画时心情十分激动，由于躺在床上看不到画像，于是我拿起那本评述这些绘画及指明出处的书来。翻到标明椭圆形的肖像的那一页，看到了如下一段文字枯涩、词句含蓄的说明：

"她是个绝代佳人，无忧无虑地过着日子。当她与画家一见钟情、结为夫妻之后，命运开始变化。画家勤奋好学，严肃矜持，酷爱艺术。她天真活泼、美丽可爱。她热爱一切，心里只恨被她视为情敌的艺术，她恨那些调色板、画笔等，因为令人生烦的画具夺走了对她的爱。当她听说画家要给她画像的时候，又气又怕。但她天性温柔恭顺，为了丈夫她还是在塔楼顶上一间幽暗的小屋里一连坐了几个星期，那里仅有一缕光线从头顶照射到画布上。画家的心全部沉浸在他的作品中，已经忘却了世间除此而外的一切，因此他也丝毫没有注意到自己已经摧残了新娘的心。她毫无怨言，始终如一地展现着笑容，因为她开始理解这位享有盛名的画家的甘苦和如醉如痴的乐趣，是艺术的感召力使他夜以继日地专心绘画，她心里像一团火似的爱着他，可身体却日见憔悴。大凡见过这幅画的人，无不为之所动，皆认为是一个奇迹。从画面上不仅可以看出画家精湛的技能，而且也可以看出他对妻子挚爱的深度。当他的工作接近尾声的时候，他的专心致志也已到了发狂的程度，他不准许任何人进入塔楼，只顾两眼盯着画布，根本不理睬妻子的容貌。他甚至已经忘记了画布上涂抹的色彩来自妻子的朱颜。几个星期以后，除了嘴唇和眼睛尚未着色以外，其他部分都画好了。这时画家妻子的精神又突然地振作一下，待画稿完成后，画家站在自己用心血创作的画像前，一时看得出了神，过了一会儿，不禁自言自语道：'简直像活的一样！'说完猛地转过头去看妻子：她已经死了！"

（美）爱伦·坡

死心塌地爱到底

这个故事要从1950年初讲起，那时泰勒夫妇二人居住在马萨诸塞州瓦尔珊城的一所小寓所。

伊迪丝·泰勒确信自己是"当地最幸运的妇女"。她和卡尔已经结婚23年了，但每当卡尔走进房间时，她的心仍然怦怦地跳。而卡尔呢？也处处都表现出一个男子对妻子的爱抚。卡尔在政府仓库工作，碰到被派往外地出差，便每晚给她写信，每到一处，总买些小礼物寄给她。

1950年2月，卡尔被派到冲绳去，要在那里新设置的政府仓库工作数月。这次分别的时间较长，而且相距又很遥远。这次卡尔没寄礼物来，但伊迪丝心里明白，他是在储蓄，以便有一天买一幢自己的房子——这个梦想他们憧憬已久。

伊迪丝在孤单寂寞的日子中苦度时光。每次她预料他该回来时，他总是来信说他必须在那里"再待三个星期""再待一个月""就只再过两个月就可以了"。现在他离家已一年之久，信却越来越少了。不寄礼物来，她能理解。可不写信，难道就为省那几分邮票钱吗？

经过数周的杳无音信后，来了一封信："亲爱的伊迪丝，但愿我能用更体恤你的方式告诉你，我们今后不再是夫妻了……"

伊迪丝走到沙发前坐下。他已经写信到墨西哥办理通信离婚。他已和派到他住所服务的日本姑娘爱子结了婚。爱子今年19岁，伊迪丝是48岁。

讲到这里，如果我是在杜撰这个故事的话，下文就会是这样：弃妇不承认书面离婚，痛恨丈夫和那个女人，要为自己惨遭打击而报复。但我要讲的是实际发生的事情。伊迪丝没有恨卡尔，也许因为她对卡尔的爱历时太久，有欲罢不能之势。

她可以想象出那个情景，一个孤单寂寞的男子和那个女子经常接近。即便是这样，卡尔也没有轻易地做那不要脸的事。他宁愿离婚，也不肯戏弄那年轻的女仆。伊迪丝唯一不能相信的，就是他怎么会不再爱她了。总有一天，总有个原因，卡尔会回来的。

　　于是伊迪丝的生活目的便完全寄托在这个希望上。她写信给卡尔，要求和他继续保持联系。后来他来信说，爱子快要有一个孩子了。玛丽亚在1951年出世，接着在1953年又生了海伦。

　　伊迪丝给那两个孩子寄去了礼物。她继续写信给卡尔，卡尔也有回信：海伦长一颗牙了，爱子的英语很有进步，他自己的体重减轻了。

　　后来，她收到一封可怕的信，获悉卡尔得了肺癌将不久于人世。他最后的几封信充满了忧虑，不是为他自己，而是为了两个孩子和爱子。他一直在储蓄，准备把两个孩子送到美国去上学，但医院的费用把所有的钱都耗光了。她们将来怎么办呢？

　　伊迪丝知道，此时她可以送给卡尔的最后礼物只能是心灵的安慰。她写信告诉他，如果爱子愿意，她可以收养玛丽亚和海伦，在瓦尔珊市把她们抚养成人。爱子在世间唯一所有就是这两个孩子。可是她们跟着她，除了过贫困、奴役和绝望的生活之外，还能有什么好处呢？1956年11月，她让她们投靠她。不久，玛丽亚和海伦来到了伊迪丝身边。

　　伊迪丝知道自己已经是54岁的人了，做一个3岁和5岁的孩子的母亲该是多么难啊！但她不曾想到，卡尔死后不久，两个孩子把曾学过的一点点英语都忘了，不过玛丽亚和海伦都学得很快。她们眼神中的恐惧之情消失了，脸也胖起来。伊迪丝下班后，马上赶回家来，这是6年以来所未有的情形，甚至做饭也再度成为乐事了！

　　接到爱子的来信时，更是令人神伤的。"阿姨，请您告诉我她们的情形怎么样。玛丽亚、海伦哭了没有。"伊迪丝从爱子那词不达意的英文中看出了爱子心境的寂寞，而她自己是深知寂寞的滋味的。她觉得必须把孩子们的母亲也接到美国来。

　　她已下了决定心，但爱子还是日本公民，移民的配额有限，等的人又很多，要很多年后才能轮到爱子。那时，伊迪丝就给我写了一封信，问我是否可以帮忙。我把她的情况在报纸专栏里登了出来，有些人更积极地协助，于是各方面提出请求。1957年8月，爱子获准来美。

　　飞机到达纽约国际机场的时候，伊迪丝感觉到一种恐惧。如果看见那个把卡尔夺走的女人，恨起她来该怎么办呢？最后，走下飞机的是一个非常弱小的少女，伊迪丝最初还以为她是个孩子呢。她站在那里，手握着栏杆，伊迪丝觉得，要是自己有些害怕的话，那么爱子一定惊恐得近于不能自持了。

　　她喊着少女的名字，那少女便匆匆走下扶梯，投入她的怀抱。

　　当她们两人互相拥抱在一起的时候，伊迪丝的心中忽发奇想："我从前祈祷卡尔回来，现在他真的回来了——藏在他的两个小女儿和他所钟爱的这个温柔少女的形体里回来了。上帝啊，求你帮助我，教我也爱她。

狮口中的爱

威尔逊和妻子驾驶着一辆满载生活用品的卡车奔驰在无边无际的热带草原上，他们要去处于草原深处的建筑公路的基地。

就在这时，突然在他们的近前闪现出一头凶猛的狮子。

卡车加大马力狂奔，试图甩掉狮子，狮子却紧追不放。

他们越是心急，令他们恼火的事情偏偏发生：汽车陷进一个土坑，熄火了。要想重新发动汽车，必须用摇把把车子发动起来。可狮子就趴在车外，眈眈而视。

大声吼吓，抛掷东西，两个人办法施尽，狮子却丝毫没有走开的意思。无奈中，威尔逊拥着妻子在车里度过了漫长难耐的一夜。可是狮子比他们还有耐心，第二天早上，这头猛兽还守在车外，向这两个要到口边的美味垂涎。

太阳似火，空气仿佛都在燃烧。妻子已经开始脱水了。在热带草原上，脱水是很可怕的，不用多久，人就会死亡。威尔逊只有紧紧拥住妻子，似乎只有这样，才能不让死亡把她带走。此时，他们内心的绝望比狮子还狰狞。

必须行动了，否则只能坐以待毙。

威尔逊说："只有我下去和狮子搏斗，或许能取胜。"其实两个人心里都很清楚，即使他们的力量加起来也未必抵得过那头猛兽。

妻子像是在自言自语："不能再待下去，否则不是热死，也会筋疲力尽，最后连开车的力气也没有了。很多人都在等我们回去，再不回去，他们连饭都吃不上了。"

车外，狮子一点儿都没对他们失去兴趣，它欲耗尽对手的生命，以延续它的生命。没有刀光剑影，生与死在沉寂中却铿锵相对。

不知过了多久，妻子轻轻地说道："我有一个办法。"

"什么办法？快说！"威尔逊多么希望听到她能把他们引向生路响！

妻子默默地伸出双手，搂住他的头，深情地凝望着，然后一个字一个字地说："你一定要把车开回去！"说着，眼里涌满泪水，嘴角禁不住地颤抖着。

威尔逊突然明白了妻子的所谓办法，抓住妻子的肩膀吼道："不行！不！"

妻子扳开他的手："你不能这样，不能冲动。你下去，谁开车？"

她话没说完，就猛地推开他，打开车门，跳下去，拼命向远方跑去。

狮子随之跃起，疾追而去。

她这是将生命送进狮口，为丈夫铺设生还之路。

威尔逊只觉热血冲头，欲爆欲裂。他抓起摇把，跳下车，追向狮子，他怎么能看着自己的妻子活活被猛兽吃掉呢？

妻子的声音从远处传来："快把车开走！快开车！"威尔逊的心被撕扯着、刺扎着。威尔逊在妻子的喊声中回到车前，发动汽车，疯了般地追向狮子。

远远地，狮子撕咬妻子的情景也撕碎了他的心。汽车撞向狮子，那猛兽才惊慌地逃了。

草原上只留下响彻很远很远的哭声——凄惨、悲凉、断肠。

相濡以血

一对喜欢攀援的中年夫妻，不幸双双坠入荆棘密布的沟谷。遍体鳞伤的妻子醒来时，发现自己的腿已摔断，疼痛得无法挪动。近旁的丈夫则还在昏迷中，她急切地呼唤着丈夫的名字，想搬开卡住他的两块巨石，但没有成功。

在这远离人烟的山谷中，两个重伤员只有企盼被幸运救援。妻子脑海里绝望的念头只一闪，便打消了。因为她的手感觉到丈夫的心脏还在跳动，她忙替他包扎好几处流血的伤口，然后将他的头揽在怀里，面颊紧紧地贴上去，一声声轻轻地呼唤着。

许久许久，丈夫的喉结蠕动了一下，口里发出"水……水……水……"的召唤。可是他们身边连一滴水也没有啊，她焦急得嘴唇都咬破了。

忽然，她有了办法，赶紧使劲儿将自己的食指咬破，把它伸入丈夫的嘴里，让他吮吸她那滴血的食指。

那是世间最感人的一幕——空寂的沟谷中，一对生命垂危的夫妻相拥在一起，妻子殷红的鲜血，一滴滴地流入丈夫体内，将走近的死神一次次地驱赶……

疼痛中，妻子抓起身旁的一株青草塞到嘴里，牙关紧闭时，一丝草汁竟让她惊喜万分，她开始不断地咀嚼青草、树叶，储备生命的能量，因为她知道只有自己坚持下去，丈夫才有生还的希望。

当食指再也吮不出血时，她又毫不犹豫地咬破了中指，塞到丈夫的口中，两天后，一位老猎人救了他们。

当丈夫得知妻子那特殊的救助方式时，他跪倒在妻子跟前，捧着那双无数次牵引过的娇柔的小手，滚烫的泪水大滴大滴地落下……

真挚的爱意

汉德斯记得阳光怎样轻抚她的头发。她转过头来，他们四目交投，在那个喧闹的教室里，灵光突然一闪，汉德斯感觉心底仿佛受了一下重击。就这样，他的初恋开始了。

她名叫雷琪儿，从那时起，汉德斯的小学和中学都是在精神恍惚中度过的。只要一见到她，他便心如撞鹿，在她面前更是张口结舌。那种神魂颠倒、朝思暮想和纯情的倾慕，使他像个傻子，连嗓音也变了。这一切，现在看来有如一场痴梦。汉德斯知道当时自己确是很苦恼，但却难以真正相信记忆中他做过的事，那就是甜蜜地忍受痛苦。

汉德斯看到她沿着一条林荫小径步行去学校或回家，整个人顿时会不听使唤。她永远表现得那么从容，那么自若。在家里，汉德斯会回味每一次的相遇，而想到自己那么窝囊又会懊恼非常。即使如此，他们步入少年期之后，汉德斯就感觉到她在温柔地容忍着自己。

他们还没有成熟到互把对方视作情侣。她那正统犹太教徒的教养和汉德斯自己的天主教徒的顾忌，使他二人都守身如玉，尽管他们怎样渴求，连只是亲吻一下也是个渺茫的希望。有一次，汉德斯终于有机会搂着她起舞了——当然也是有监护人在场的时候。在汉德斯的轻拥之下，她咯咯咯地笑了起来，这种表示对汉德斯完全信赖的笑声，使他对自己的通想感到非常惭愧。无论如何，汉德斯对雷琪儿的爱仍然只是单恋。

中学毕业以后，她继续上大学，汉德斯则参军去了。

当第二次世界大战时，他被派到海外。有一阵子他们互有书信往来，接到她的信成为汉德斯那段难熬的漫长岁月里的大事。

有一次，她寄来一张穿泳衣的小照，使汉德斯浮想联翩。在下一封信里，他提到了结婚，自此之后，她的复信便越来越少，也没有那么亲切了。

汉德斯回到美国后，第一件事是去找雷琪儿。她的母亲告诉他：她已不住在那里，嫁了一个大学里结识的医科学生。

"我还以为她已写信告诉你了。"她母亲说。

在等候退役时，汉德斯终于收到她那封"断情"信。她婉言地解释说，"我们是没有可能结婚的。"

汉德斯很快就恢复过来了，虽然在最初的那几个月，他相信自己痛不欲生。后来，他像雷琪儿一样，找到了另一个人，而且学会了和这个人相亲相爱，长相厮守，直到今天。

岁月如流，事隔40多年后，汉德斯最近又得到雷琪儿的消息：她的丈夫已经去世了，现在她路经此地。汉德斯又好奇又兴奋。最近几年来，汉德斯再也没有想到她，因此，那个早上她突然来电话叫他吃了一惊。待真正见到她时，汉德斯更惊愕不已：餐桌前这个白发苍苍的老妇，就是我曾经梦寐难忘的雷琪儿，照片上的婀娜美人鱼？

然而，他们像老朋友般叙旧，很快就知道大家都已做了祖父母。

"你还记得这个吗？"她递给汉德斯一张残旧的纸。那是他在中学时写给她的一首诗。汉德斯细看那些格律既不工整，韵脚又不铿锵的诗句。她看着他的脸，突然从他手中抢回那张纸，放回皮包里，好像怕他会把它撕掉。汉德斯告诉她，打仗时他一直把她的照片带在身边。时间一分一秒地过去，一直只是在偷眼看对方，不敢彼此正视。

汉德斯送雷琪儿上计程车之前，她转过身来对着他："我只是想多见你一次，告诉你一句话，"他们的目光相遇，"多谢你曾那样爱我。"他们亲吻了一下，她就离去了。

汉德斯在一家店铺的橱窗玻璃中瞪着自己的影子：一个上了年纪的人，灰白的头发在晚风中飘动。他决定走路回家。她那一吻留在他唇上的热感仍未退去。他感到软弱无力，便在公园的长椅上坐了下来。四周的草木在夕阳梦幻般的余晖下闪耀着。

我想告诉你我爱你

州际40号公路在我面前延展开来。我正要回去参加自1995年以来这6年所举办的第一次没有鲍勃的家庭团聚会。此刻我们短短9年婚姻生活的一幕幕顿时齐涌心头。

我们两人都在社会安全局工作，为了进一步升迁，有3年时间我们都在奥克拉荷马市的分处工作。1995年2月，我被派到德州达拉斯接受为期10周的晋升训练课程；新闻突然插播奥克拉荷马市艾菲德·P·莫拉大楼发生大爆炸。

当时我的鲍勃就在那栋大楼里。鲍勃跟我初次见面时，他正将他从朋友那里借来的唱片集和45转唱片，收录成一卷叫《爱你20年》的情歌录音带。我也将我收集的录音带借给他用。并要求他录一首我最喜欢的歌：史提夫·汪达唱的《我只想打电话告诉你，我爱你》。

鲍勃完成录音带后，我们已经约会了好几个星期。某个星期六，他打电话来说要给我一个惊喜。当我坐上车，开向高速公路后，他拿出录好的录音带放入卡座内，里面传出了我曾经在他答录机上留言的声音"我只想打电话……"接着是史提夫·汪达的乐声。"这是特别为你而录的。"他说。

回忆使我的泪水夺眶而出。现在已接近了奥克拉荷马州的公路，"奥克拉荷马商业休息站——前方50英里——287出口"的招牌映入我的眼帘。这使我想起每当我跟鲍勃到佛罗里达探望他家人的回程时，我们想在那里停留休息，但我们从未如此做过。我们在前一两个出口时已加过油，我们都很累，只想早点回家，所以一直没去成。"这次我要在那里停车休息。"我心想。

我边开车，心里却犹豫不定起来。我怎能在没有鲍勃时如此做呢？我高大、强健的丈夫在我哭泣时会抱着我安慰我，他的幽默感总能化解我的愤怒，他冒险的精神丰富了我们的生活。泪水沾湿了我的双颊，但我还是继续开车。突然间，287号出口就在眼前。"该死！我已经错过了商业休息站。也许下次再去吧！"

就在我决定继续往前开的瞬间，我心念一转，决定倒车回去！我猛掉回车头，开上斜坡路——到下个出口前还不知有几里路。我找了个平坦的地方，也不管公路警察是否在监视，直接穿越马路，往商业休息站前进。

果不出所料，这个商业休息站就跟鲍勃和我在旅程中所停靠休息的地方一样：综合西南部的商品和土产、纪念品。我在店内随意逛着，我发现一张锻铁和木头制的床，上面铺着一些印第安织毯以及数盆仙人掌植物、成串的红、绿辣椒。

床边有一张小桌子，上面摆着阿芝特克花瓶、干燥花、一只膀子上围着一条鲜艳围巾的小狼。中间则放着一小台旧式的木制雕刻电话，它的话筒放在一只黑色架子上，并连接着一条细细的黑线。我心想："多么特别啊！每件东西都充满了西南方风味，那部电话更是别致。"接着我拿起话筒。

电话底部开始流泻出音乐声。我的眼泪立刻涌出双眼。我站在那里握着电话啜泣，一股暖流包围了全身。显然其他在我身边的客人都对我侧目。我听到的曲调正是《我只想打电话告诉你，我爱你》。

我拿着我新发现的宝藏到柜台付钱，毫无疑问的，我一定能熬过去，我并不孤独。因为鲍勃刚才打了电话说他爱我呀。

爱情胜似遗产

对这些艺术珍品她不知细细欣赏过多少次，它们和她的生命一样至关重要，她伫立在花园里，将夫妻合影和日记付之一炬。她又把最喜爱的油画悬挂在床的周围，左手紧握丈夫惠赠的乳白色幼鸽雕塑，这是她的护身符，右手机械地抓起乌黑锃亮的西班牙"星"式短枪，自杀于曾与毕加索度过最后时光的卧床上——这里恰好是毕加索耗资120万马克购置的产业，它是永恒爱情的见证人。

22年来约克丽娜·毕加索为照料丈夫尽到了妻子的本分。她既是毕加索生活上的伴侣，又是毕加索天才艺术创作道路上的不可缺少的角色。虽然毕加索无愧于根本变革本世纪思维意识理性的艺术巨匠，但他坎坷的人生、无法计数的罗曼蒂克生活传闻和不登大雅之堂的风流轶事时常伴随着他，和他难舍难分、藕断丝连。他一生中爱过七个女人，而且几乎每次相爱都激励起奇妙万般的创造灵感和构思。但不少女人倾心于他为的却是600万马克的富豪家业，这使毕加索日趋堕落走下坡路。他的性格暴躁，动辄发火，他为此作出的重大牺牲无法挽回。他狂爱的玛丽·苔洛斯·瓦尔特自杀身亡，多拉·玛尔和他结婚不久便失去了理智，毕加索的私生子克劳特摆脱了由父亲左右的阴影，经过两年心理学治疗后孑然出走纽约，当了摄影师，在那里过着怪癖的日子。

毕加索与法国女画家弗朗哥斯·高丽特发生了为期10年的纠纷。当人生旅途上最后的爱情危机令他难以自拔时，是约克丽娜挺身而出，给悲观失望中的毕加索带来了生活的曙光，她说：

"绝不能让可怜的老人再孤单下去，我要恳求他娶我为妻。"

1951年她与70高龄的毕加索相识，与其说他钟爱她动人的情形，倒不如说对她一口流利的西班牙语佩服得五体投地，尽管两人年龄相差悬殊，毕加索还是同意娶她为永远的妻子。此后，她竭尽全力，辛勤操劳，毕加索生活上杂乱无章的境况重归于安稳。她总是随时准备好菜肴，书房里呈现出有条不紊的整齐景象，使毕加索精神重振。

约克丽娜卸掉了丈夫肩头的所有拖累，作为他的秘书，她经常和银行、公证人、供货商、发行出版社、拍卖商打交道，全权答复信函，将丈夫作品列成一长串的清单，还把毕加索感兴趣的文章剪辑成册，关键地方加注。

由于她精明能干，她创造了平舒和谐的气氛，使毕加索艺术火花迸发出数十倍的光芒，从未有女性能与她一样表现得如此尽善尽美。毕加索描绘的普罗旺斯、土耳其妇女、西班牙女郎的诱人情影、千姿百态，约克丽娜那双蓝色眼睛，浓浓的眉毛，线条清晰轻盈的体态跃然纸上，竟使毕加索艺术天地顿时独树一帜。他创作的《夫人的威严》在1966年巴黎画展中反应强烈，成为划时代的典型代表作，获得了数百万马克的奖金。到了后期，他仍常以约克丽娜为模特儿，增添了"献给我心爱的夫人"字样。

毕加索夫妇互敬互重已是远近闻名的。毕加索幸运地在繁花斗艳的小城瓦洛里为约克丽那举行多场斗牛表演，当几千名观众一睹夫人的风采向她欢呼时，他自豪情感油然升起……

同样，约克丽娜好妒忌，最怕把自己与其他毕加索历届女人对照，招致朋友们的冷遇。但人们知道，要是没有她的参与就休想获悉更多有关毕加索的细节。

因此，日复一日，总不乏巴结讨好她的有识之士。她对毕加索唯命是从，谈话总以"阁下"称呼。他是她的精神支柱，甚至有些神经过敏。一日傍晚毕加索与朋友在法国南部一家小餐厅共饮，邻座吃客感叹道："日落景色太迷人了！"约克丽娜当即反击道："谁有幸能与毕加索相对而坐，太阳亦就黯然失色！"

毕加索离世也许对她来说并不意味着结束，她不忍心把任何一张油画高价拍卖出去，包括不胜枚举的雕刻、版画、速写、照片和陶瓷制品。她像一只母狮奋力拼搏从而赢得发表毕加索私人文集的出版权——包括大师的油画，并在巴黎建立了私人博物馆。此后她一直沉湎在心情怏怏的泥潭中。但每逢8日她郑重地纪念丈夫的故日，她便走进圣保罗城的"科隆布"那座高雅餐厅品尝毕加索生前最喜爱的东西，以祭亡灵。她对丈夫的思念和狂热崇拜使她面对现实无法自拔，日子愈久，思念愈深，心中的创伤愈重，最终她望见了一条路，一条能走到他永在的地方的路……

爱情和金钱

鲍尔与凯拉很小就订了婚。可是在他33岁的时候，他遇上了艾莉丝，并与她结成了伉俪。女人的失望是可怕的，凯拉的失望更是这样，她起诉了。鲍尔因此被判决付给凯拉600英镑作为违约的赔偿。

那时候，鲍尔每月只挣16英镑，他只好从放债人那里借了600英镑付这笔赔款。借契规定，他必须每月还5英镑，一直还20年！

鲍尔和艾莉丝的日子十分拮据，但贫穷在最初并没有剥夺他们的幸福。小宝贝降临之前，他们还可以勉强温饱。为了每月5英镑的债务，鲍尔拼命干活，甚至节假日也从不休息。物转星移，鲍尔已经是5个孩子的父亲了。

疾病总是像影子一样跟着这艰难的一家，大儿子8岁那一年，情况更糟了，多年的饥寒交迫，使一家大小都虚弱不堪。要知道鲍尔每月得付5英镑的债啊！……悲惨的细节是令人心酸的，12年苦苦挣扎之后，鲍尔被孤零零地留在了世界上。

他形影相吊，只有苦涩的回忆伴他熬过了一个个清冷的日子。只有工作才能暂时冲淡他绵绵无尽的痛苦，在劳累的麻木中，他脑子里只剩下一个念头："每月5镑，5镑……"20年过去了，他的工资终于全部属于自己了。

又是一个寂寞的假日，他踽踽独行，不觉来到了海边，茫然坐在靠海的一条长椅上，呆呆地望着落日的余晖。一个中年妇女走过来坐在他身边。20年的恩怨并没有抹去遥远的记忆，他们认出了往日的恋人。

凯拉说："你给我的那600英镑至今还存在银行里，不过，已经变成了6000英镑，这一切都是为了你。现在，你还愿意与我共享这笔财富吗？"

"不！"鲍尔的声音是平静的，"你我之间是一片没有绿洲的沙漠，6000英镑，6条生命，它会给我带来幸福吗？"

残阳滴着血沉入了大海，海滩上一片昏暗。他们走了，向着各自的归宿。两个孤寂的背影之间，是这样一片悲凉的沙漠。

我钟爱的女人

每年，埃塞尔都将家庭逛集贸市场列入她的预算，因此在赶集的日子，我们一家12口便挤在面包车里，向康涅狄格州的高申科恩乡村集市进发。

"记住，"埃塞尔叮嘱孩子们，"要待在一块儿，别去碰那些动物。今天我们不骑马，但待会儿你们将得到一个惊喜。"

那是1968年，我们最小的孩子才8个月。埃塞尔推着婴儿车，我带领其他的孩子——从2岁到11岁的小不点儿们。我们在集市上溜达观赏，那儿有许多东西值得看一看。碰到朋友时便停下来和他们聊几句。

走了一半，埃塞尔朝鸡舍旁的阴凉处走去。孩子们立刻猜到将得到什么好东西了，呼啦一下围拢过来。

"好吧，谁想吃汉堡包？"当欢呼声平息过后，她从钱包中掏出一笔钱，仔细地数了数将刚好够买汉堡包的钱递给我。"带凯文、凯瑟、斯蒂文和夏罗去帮帮你。"

接着她另外给最大的孩子琳达一些零钱并吩咐着："你和希拉、欧文去买些苏打水回来。我带其余的孩子去看小鸡。"

一路上，我不时地停下来回头看看她，她身穿粉白相间的格子短裤、白衬衫和网球鞋，虽然她的秀发已经灰白，可看起来仍像个青春少女。"你们妈妈可真漂亮！"我对我照看的孩子们说。

如果她听到了，定会皱起眉头，"你真是浪漫得无可救药了。"她经常这样说道。

饱餐一顿后，我们又汇入人流中，直至到了该回家的时候。

"我们非得走了吗？"孩子们嚷嚷道。

"是的，我们已经度过了一个相当愉快的上午了。"埃塞尔说。

"那我们的惊喜呢？我们会有玉米吃吗？"

"当然，玉米已经买了——你们谁要气球？"

孩子们再次欢呼起来。她又掏出些钱，递给我并对孩子们说："和爸爸一块儿去。"然后对我说："记住买不同颜色的气球。噢，那些蓝色的不是很漂亮吗？"

我买回了10个气球。我非常惊讶她的预算中竟包括这个。10美元对于我们可谓是一笔不小的财富。

晚上当我们啃着香甜的玉米时，孩子们中有人说道："噢！今天玩得可真快活！"气球中已有两个爆了，另有一个飞上了天。不过其余的几个在后来的一两天里都漂浮在起居室的天花板上。

埃塞尔是精打细算的天才，但我看短命的气球实在是相当奢侈的东西。

"孩子们总得从集市上带回点儿什么。"她解释道。

以后我们每年都到高申去，但买的汉堡包却越来越少。到了1980年，便只有埃塞尔和我两个人去集市了。我们称之为"约会"。

最难忘的集市约会是1987年的那次，也是我们最后的一次。我们已成了年轻的祖父母，和最亲密的朋友期待着度过五十多岁令人兴奋的时光。日子已不那么拮据。我们的婚姻非常美满，因为在32年里的每一天我们都将对方放在首位。

现在她已是满头银丝。我则长了个不小的啤酒肚。埃塞尔常常提醒我应该减肥。但是在去集市的日子里，她总稍稍纵容我一下。

当我暗示说胡椒味的比萨饼相当美味时，她惊呼："欧文，现在可才上午9点钟！"

"一个男人在大太阳下走了这么久，感到饥饿是理所当然的。"

"好吧！我答应你，可你现在吃实在是太早了。"

在集市上我们一边开玩笑一边和朋友打招呼。然后，我们去看家畜鉴定展览。

"知道吗，你穿短裤仍然非常漂亮。"

"噢！别说了。"

"可确实是这样。"我牵起她的手。

"欧文，我们都五十多了！"不过，她并没有缩回手。我们手牵手继续走着，就像19岁时一样。

"看那个浑身肌肉的家伙，"她低声说道，"他在女朋友面前展示肌肉呢！"

"没什么了不起！"我说，"我同样可以做到。"她用胳膊肘捅了捅我的大肚子，放声大笑。

我们一直待到下午，她买了香喷喷的玉米棒子。有几个孩子要来吃晚饭。当我们驾车离去时，我告诉她，这是迄今为止最美妙的一次约会。

一路上，我一只手驾车，一只手握着她的手。后来我常想是否那时她已意识到自己活不过一年了。我想她肯定是知道的。

失去了她，才发觉季节的变化是那样难以忍受。从前，她全身心地爱着我，用她的爱保护我。她从不曾说过："我们俩一起肯定能做成。"我们能做成事情是因为我们努力。她从没有要求我拥有一颗善良的心。而只是她自己有一颗善良的心并相信我也能做到这一点。当我消沉时她从来不说："我不会放弃你。"她就是从没产生过放弃的念头。

在她去世后的第一个9月，我独身一人去了趟集市，希望能在那儿减轻孤独的感觉。我本是去寻找平静的，可去后才发现其实自己是想寻求她的身影。我走在毫无生趣的路上，对食物再也提不起丝毫兴趣，也无心观看牛的鉴赏会。这只能是我俩共同的节日，我俩共同的集市，但她却不在了。来这儿是多么大的一个错误啊！

我快步往回走，好似要将痛苦甩在身后。这时我看见了那个卖气球的人。我停下脚步，凝视着他，静静地回想着过去。

"我买那个蓝色的。"最后我说道。

在荒凉的乡村墓地，我将系着气球的一篮鲜花放在她漂亮的墓碑前。碑上刻着：埃塞尔·坎弗尔德，亲爱的妻子，10个孩子的母亲。

这时，一个年轻的父亲和他的儿子突然出现在我的眼前。那个小孩大约3岁，当他看到气球时，非常兴奋。

"嘿！"我招呼着，"过来一下。"我弄断了绳子，将气球递到小孩的手中，"从集市上买的，喜欢吗？"我知道埃塞尔一定会很高兴地看到我这样做的。

我笑着驾车离去，仿佛听到她也在跟我一起笑。她活在我的心中，我知道她会永远活在我的心中。

　　得去买几根玉米棒子，我暗自思忖。有些孩子肯定会回来的。我们在集市的日子里应该吃玉米。

（美）欧文·坎弗尔德

天堂的玫瑰

　　罗丝最喜欢红玫瑰，她的名字也是玫瑰的意思。每一年，丈夫都会送给她一些玫瑰花，花上系着漂亮的丝带。这一年，她丈夫去世了，玫瑰花依然送到了她的门前，卡片上仍然像从前一样写着："做我的妻子吧"！

　　她丈夫年年给她送花，每一次他都写着这样的话："对你的爱今朝更胜往年，时光流转爱你越来越多。"她想，今年的玫瑰一定是丈夫提前预定的。以后再也不会有玫瑰花了。一想到这些，罗丝禁不住泪如泉涌。

　　她心爱的丈夫并不知道自己会如此逝去。他总是喜欢把事情提前安排妥当，以往即使再忙的时候，凡事仍能从容办好。

　　罗丝修剪了玫瑰，把花插进一只很特别的花瓶里，花瓶旁摆放着丈夫满面笑容的遗像，她在丈夫心爱的椅子里一坐就是几小时，伴着玫瑰花，痴望着他的相片，沉浸在美好的回忆中。

　　一年过去了，失去了丈夫的日子使罗丝她觉得十分难熬，孤独和寂寞占据了她的生命。让她做梦也想不到的是：情人节前夕，门铃响了，有人送来了玫瑰花。

　　她把花拿进来，心中非常惊讶。是谁在恶作剧，为什么要惹她痛苦？于是她打电话给花店。

　　店主向她解释说："我知道您的丈夫一年前去世了，也知道您会打电话来询问究竟。您今天收到的花，是您丈夫提前预购的。您丈夫总是提前做好计划，万无一失。他预付了货款，委托我们每年送花给您。去年他还写了一张特别的小卡片，嘱咐说如果他不在了，卡片就在第二年送给你"。

她谢过店主，挂上了电话，泪水涌流而下。手指不住地颤抖着，慢慢地打开了附在玫瑰花上的卡片。

卡片里是一张他写给她的便条。她静静地看着："你好吗，我的妻子？我知道我已经去世一年了，我希望挺过一年你没有受太多的苦。我知道你一定很孤单，很痛苦。我们的爱曾使生活里的一切如此美好，我爱你千言万语说不尽，你是完美的妻子，是我的朋友和情人，让我心满意足。时光只过去了一年，请不要悲伤，我要你即使是流泪的时候也是幸福的，这就是为什么玫瑰花将会年年送来给你。当你收到玫瑰的时候，想想所有的快乐吧，我们曾经是多么幸福啊。我的妻子，你一定要好好地活着啊。请……珍惜生命，追寻幸福吧。我知道那不容易，但是你一定要想想办法。玫瑰花每年都会如期而至，除非你不再应门，花店才会停止送花。那一天，花店的伙计会上门来访5次，以防你只是出门去了。但是，访问过5次之后，他就可以确认：这些花该送到另一处我指示给他的地方——我们重逢相聚的地方。"

街对面的真心

当那个漂亮迷人的女人拄着一根盲杖小心翼翼地上车时，全车的乘客都对她报以同情的目光。她把车钱付给司机，摸索着走到司机留给她的座位边，然后坐下来，将公文包放在膝盖上，那根白色的棍子就靠在她的腿边。

她是34岁的苏珊，一年前由于一次医疗上的误诊，她在突然之间失去了视力，从此被抛入黑暗、愤怒、沮丧和对自己的怜悯之中。

阴云笼罩着苏珊曾经乐观的心灵。每一天，她都在痛苦沮丧与疲惫不堪中度过，而她唯一所依靠的就是她的丈夫——马克。

马克是一位空军军官，他深深地爱着苏珊。当看到失明令苏珊那么沮丧与痛苦时，他便决心要帮助妻子鼓起勇气与信心去开始新的生活。马克的军旅生涯曾训练他如何面对任何困难，但是他知道这一次却是最为困难的一场"战斗"。

最终，苏珊感到自己可以回去上班了。可她该如何到那儿去呢？她过去是乘公交车，但现在害怕一个人去。她还是如此脆弱，失明引起的怨恨还没有从心中消除。这个时候提这些，她会怎么想？

正如马克所预料的那样，苏珊害怕再搭公交车。

"我是个瞎子"！她愤怒地说，"我怎么知道自己到了哪儿？我想你是嫌我累赘了，想扔下我不管了！"

苏珊的这番话让马克的心都要碎了，但他知道什么是必须做的。他向苏珊保证每个早晨和晚上都会陪她一块乘车，接送她，直到她完全能够应付了为止。

事情就按照马克所说的那样开始了。接下来的整整两个星期，马克身穿制服，每天都同苏珊一起搭车。

每天早上他们一起出发，把她送到地方以后，马克再乘出租车去自己的办公室。终于在一个星期一的早上，苏珊离家前，伸出胳膊搂住马克——她的同伴、她的丈夫、她最好的朋友。她的眼睛里充满了泪水，为马克的忠诚、耐心，以及对她的挚爱而深深感动。她对他说再见，之后——这么长时间以来——他们第一次各自走各自的。

星期一、星期二、星期三、星期四，每一天苏珊都很顺利，她以前从没感到这样好过。她成功了！她终于可以自己去上班了！

星期五早上，苏珊像往常一样坐车去上班，当她付车费时，司机说："孩子，我好羡慕你。"

司机的话让苏珊感到纳闷，于是她反问道："你这是什么意思？"

司机说："你知道吗？过去几天，每个早上，在你下车时，都有一个穿一身军装，长得很帅的小伙子站在拐角对面的街上注视着你，在确定你安全地穿过街道并走进办公室以后，他会向你的方向抛一个飞吻，然后才转身离开。你真是一个幸运的女人。"

假面舞会

诺拉穿上了簇新的假面舞服装。

这套彩蝶造型的服装让身段匀称、面容姣好的姑娘穿上，那是再漂亮不过了。她穿着也非常熨帖合身。诺拉从桌上拿起了面具。

是的，她能够用面具遮盖住脖子上一块挺大的烧伤的疤痕，在一年之中也只有这

比什么都珍贵 | STORY

么一次机会。这块疤痕，是在四年前出现的。

那时，诺拉中学毕了业，进了一家工厂，在实验室工作。

一次，实验室里只有她一个人。突然，出人意料地发生了火灾。姑娘没有恐慌，也没有跑开。她勇敢地独自一人扑灭了大火。

诺拉从火神手下救出了价值近百万卢布的实验室。

谈及她的功绩的文章大量地出现在报纸上。姑娘把这些文章珍藏了起来。然而，在她脖子右侧留下的一块烧伤疤痕，却老是唤起她对于那场大火的记忆。

自从诺拉的功绩见诸报纸以后，公众哗然，赞誉纷起，致敬信像雪片一样从四面八方飞来。来信人既有天真烂漫的中学生，也有在远东铺设铁路的工人，还有才华横溢的大学生们。

人们都赞美她，钦佩她的壮举，羡慕她的功绩。可是，随着时光的推移，来信越来越少。最后，诺拉只能收到一个名叫考尔舒诺夫的大学生的信了。他的来信兴味盎然，一如当初。姑娘呢，当然很高兴给他复信。

考尔舒诺夫很想结识诺拉。他在每一封信中都执著地邀请诺拉去影院和剧场。但姑娘很怕这种相会，仿佛这种相会将要把美妙的友谊破坏掉似的。她不知道自己脖子上的这块疤痕会给他留下什么样的印象，她极不愿意让那位陌生的男青年看到自己有缺损的面容。不能见，不能见！不久，她满怀依依惜别之情中止了同考尔舒诺夫的书信往来。

眼下诺拉很少去做客，至于去参加晚会，那更是绝无仅有的事啦。也许，她缺少尚无男友的妙龄少女所特有的孤独感；也许，她没有大龄姑娘因岁月催逼而产生的危机感；也许，她自有其难言的隐衷吧。人们这样揣测着她那少而又少的社交活动的缘由。也许，如同人们对诺拉壮举有着"可敬而不可为"的慨叹一样，诺拉对爱情也有着"可遇而不可求"的遗憾吧。

只有新年假面舞会算是例外——大概这芳龄姑娘即使没有求偶的奢望，也该有交友的渴求了吧——她每年前去一次，而且每次都要找一个新的地方，一个没有人认识她的地方。

时光流逝，四年不知不觉地过去了。此时的诺拉已经成了一位大学生。

今年她决定参加一次学院组织的新年假面舞会。过去，学院还不曾组织过呢。

礼堂里洋溢着浓烈的节日气氛。

青年人有的在翩然起舞，有的在观赏着圣诞树，有的聚在一起热烈倾谈。

维克多没去跳舞。他站在墙边一棵棕榈树下。他的朋友鲍里斯风度翩翩地向他走来。

"真遗憾哪，"维克多对朋友说，"来客中间大概有很多漂亮的姑娘吧。可惜戴着面具能看见什么呀？"

鲍里斯回答道："对我来说，姑娘的容貌美不美并不重要，重要的是头脑和心灵。"

鲍里斯发现，一位站在他侧面的姑娘正向自己投射着动人的微笑。他的嗓音变得更响亮了："对我来说，内容比形式更重要。"

"鲍里斯，你好像是在作讲演。你大概把自己的报告背熟了吧。"维克多笑了。

"不，我是那样想的。"鲍里斯略带不快地回答。说完，他离开了维克多，去邀那位向他传递秋波的姑娘跳舞了。

维克多穿过大厅，避开人群，走到窗户旁边停住了。

这时，鲍里斯神采飞扬地向他奔来。

"你知道吗？大厅里出现了一位穿着彩蝶服和迷你裙的陌生姑娘。她的舞姿太迷人了！华尔兹的轻快、优美，迪斯科的热烈、奔放、兼备一身。大方而不失于轻浮，典雅而不流于造作。啊！邓肯的再现，罗曼诺娃的舞魂！小伙子们都在追逐她，都在打听她究竟是谁。她呢，回答得那样俏皮！瞧！她离开了人群。瞧，快瞧！她要从我们旁边经过呢！"鲍里斯高超的口才又一次使朋友惊叹了。

"彩蝶"姑娘微笑着，她露出的那一双漂亮的眼睛闪烁着欢快而幸福的光彩。呵，真的，她有着发自内心深处的微笑，这是醉人的微笑。

"走，我们现在应该和她认识！"鲍里斯说着，见维克多还站在原地，便拉着朋友向那位引人注目的陌生姑娘迎了上去。

才不过几分钟了，他们和姑娘就相识了。鲍里斯兴致勃勃地和她谈着，而维克多则陪他们站着，缄默不语。鲍里斯时而打趣，时而赞美姑娘的舞姿，时而夸奖姑娘的服饰。他经常重复着一个问题：

"请告诉我，您是哪位漂亮的姑娘？"

"为什么您要想象我是一位漂亮的姑娘呢？要知道，我并没有摘下面具呀。"她说着，忍不住"咯咯咯"地笑出了声。然而，维克多似乎感到她那柔美的嗓音里隐含着一丝淡淡的哀愁。

这时，鲍里斯带着自信的口吻回答："我看见了您那双眼睛和动人的微笑，听到了您悦耳的嗓音。那风韵，那倩影，妩媚婀娜，令人销魂——我确信您漂亮得无与伦比！现在我一门心思想着的就是您！我准备为您竭诚效力。请说吧，我能为您做些什么呢？"

"葡萄！我想吃葡萄。"

"您在开玩笑吧！在这冬天我到哪儿为您找葡萄呢？别说是店里没有，就是整个莫斯科现在恐怕也找不着呀。"

"我可不喜欢空谈家，只喜欢今天这个晚会和找得到葡萄的人。"

姑娘给鲍里斯以善意的嘲笑。她似乎对眼前这位华装夺目、才气超群的青年人有了几分理解。听了姑娘的话，维克多不知不觉地微微一笑。而鲍里斯却什么也没明白，他依然无休无止地盛赞姑娘的智慧、微笑和眼睛。

"我们去跳舞吧。"他对姑娘发出了热情的邀请。

他们去了，留下了维克多一个人。

她跳得多么洒脱、轻松！简直是活生生的舞的精灵！鲍里斯如痴如迷，神魂颠倒。这时，他在姑娘耳边柔声细语地喃喃说着："我感到，好像是爱上您了。请允许我看看您的面容吧。"

"您不会感到意外吗？"

"您又开玩笑了！请告诉我，我们什么时候约会呢？"

"不。直到永远。"

鲍里斯脸色变得庄重了。

"我一直感到，您就是我的生命。对这一点，我确信不疑。对我来说，姑娘的容貌漂亮不漂亮并不重要，要紧的是头脑和心灵。内容永远重于形式。"

鲍里斯近乎执拗地一再请求姑娘摘下面具。而姑娘则一改刚才的欢快情绪，变得愈益忧伤了。

"好！"她终于同意了，"我摘下面具。"

他俩出了大门，在走廊里停了下来。

"看吧！"

……沉默，足足有几分钟的沉默。鲍里斯口齿不清地说道："我不打算背弃自己的诺言。"

"您和我一同走进大厅，好吗？"

"当然。哎呀！只是稍稍等一会儿，我忘了给小吃店付钱了。"

留下了姑娘一个人，她明白了："仆人"鲍里斯不会再回来了！

过了一刻钟，透过夜空传来了报道新年降临的钟声，它洪亮而悠远。大厅里，欢呼声骤然响起，节日的炽烈气氛达到了顶点。

形单影只的"彩蝶"站在寒气袭人的走廊里，低着头，哭了。

"新年好！新年幸福！"突然，她听到背后什么人饱含热情的祝福声。转过身，她看见了，站在她面前的是维克多。维克多此时身穿大衣，气喘吁吁，而手里捧着一串葡萄！

"拿着，这是给您的。原谅，只是晚了些。"

"现在您看到卸了装的我了吧！看清了？好了，您可以把葡萄拿回去了！"

维克多十分留意地审视着姑娘，突然发问："您叫诺拉。"

"这，还有什么意义吗！"带着几分惊讶，姑娘抽噎着回答。

"我给您写过信。我，维克多·考尔舒诺夫。"

姑娘似乎不为所动，仍是在饮泣。

"瞧您，多不怕难为情。诺拉，我在报上知道了您的壮举以后，我想象您不是这样的。我认为，您是位女英雄，您敢和我一起走进大厅！"

"这是真的？"她在将信将疑中微露笑意。

"把手给我！"

他的手是温暖的，也是强有力的。

是的，和这种人在一起，不仅可以勇敢地走进大厅，而且可以勇敢地走向生活。

（前苏联）谢尔巴切夫斯基

黄昏恋情

我一直不知结婚几十年的老夫妻居然能发现对方身上令人惊奇之处，甚至还有激怒的时候。我父母有一套小公寓。每天我都去看望他们，并且每次要待上一些时间，和他们聊聊垒球、曲棍球以及电视上的职业拳击赛。有时也聊到我们这个小城里最近发生的诸如生、死，婚配之类的街谈巷议。

他们都已年近八旬，从外表看生活很平静，平静得如悄无声息的冬雪，似淅淅沥沥的春雨，或者是仲夏浓荫的沙沙声。

我回到自己家里，妻子正忙得不可开交，孩子们正唧唧喳喳地争论着。——我爱我的妻子和孩子们，鼓励他们对生活的热望，因为生活就是参与、享受和欣赏。

我和妻子不时地陪父母做短途旅行。这些旅行虽然令他们激动不已，但并未使他们叹服。他们兴奋却不感动。每次旅行结束，母亲总感叹道："回到家一切都好！"而父亲却说："我只有睡自己的床才睡得安稳。"

父亲每天7点半起床，拎着公文包外出，通常要走不少路。他的装束就像一位正准备接手一件最棘手案子的律师。他来到市中心的一家旅馆，在旅馆长廊里坐下，然后点燃一支烟。他喜欢清晨坐在旅馆长廊里静静地抽烟。

在此之后，他再走上几英里，逛逛商店，到公共图书馆里看看。他认识很多人——办事员、屠夫以及送报人。他同他们谈天气和最近的体育比赛，然后他买半打炸面饼圈，放进公文包里，回到家中，再打个盹。

我母亲和她的3位女伴每周一起到市场采购一次，并且在一起玩一次纸牌游戏。其他时间她们看电视或者收听广播。她们从不去看电影。很多年以前，我父亲曾在影剧院为无声电影拉过琴，后来又为电影和杂耍伴奏。如果他从不再去看电影，那说明他过得很愉快，我确信在最近10年中他从未看过电影。

我父母的生活就是如此继续着，而我心头却一直有许多疑问："他们在想什么呢？他们互相关注吗？他们是否在热烈地相爱？而他们又怎么会如此呢？"他们血管里的血不再年轻，双臂变得迟钝，两眼昏暗无神。父亲灵巧的手指曾拉出过优美动听的曲子，而今天却只能拨出刺耳的噪声。母亲走起路来小心翼翼，因为尽管她戴着眼镜，却仍然分不清哪儿是台阶，哪儿是人行道。

一天上午，我照例去看望他们，随身带了些扇贝肉，这种佳肴父母都爱吃，但他们却买不起。

当我走进父母屋里时，他们正在争吵。这对我很意外。他们正为一件不明了的事而大声嚷嚷。在我的记忆里，此事似乎与25年前发生的一件事有关。他们为弄清此事在争论，而且争吵得越来越激烈。一开始我还感到好奇，但马上就惊慌起来。

父亲说："你对自己总是确信无疑，真是不折不扣的'常有理'。"

"我应该清楚，因为那时我就在那儿。"

"我也在那儿。"

"那么就是你忘记了。"

"我的记忆力非常好！"父亲吼叫着说。

"不要对我叫！"母亲说。

"我高兴朝谁叫就朝谁叫！"

"但不许你对我叫！"

他俩就这样争吵着。我手里拿着扇贝肉呆呆地站在一旁。最后我父亲真的生气了，他顺手从旁边的床上拿起帽子，冲出屋子，"砰"的一下带上了门。

"随他去。"母亲说。

"你们到底在吵什么呢？"

我问母亲。

母亲耸耸肩说："我也记不清了。他真是个老顽固。我一直希望随着年龄的增长，他会有所改变。"

"如果他现在还没有改，那他永远也不会改了。"

"他最好还是改一改这个坏脾气。我再也忍受不了啦！"

我坐了一会儿，便将扇贝肉放进冰箱。我让母亲别为父亲担心，而她只是狠狠地哼了一声。后来我就离开了。

大约是吃晚饭的时间，我又想起了此事。于是我给父母那儿挂电话。母亲接了电话，她说父亲还没有回家，也没有给家里挂电话。我知道父亲是不会去挂电话的。我可以肯定他至少有15年没有用过电话。

我乘上公共汽车去看母亲。她面容憔悴，神情沮丧，已不像上午那样有劲头了。

"但愿他不要干出什么傻事来，"她说，"你知道，他已不是小伙子了。"

"我明白。我到闹市区去找找看，或许能找到他。"

大约10年前，我父亲就失去了他最后的一份正式工作。他曾是一所音乐学校的校长，后来学校解散了。为此他生平第一次决定借酒消愁，并且看中了一种瓶装的劣质雪利酒。他常饮这种酒，从此变得健谈起来，甚至有点好斗——但不久他就渡过了难关，再也没有沾一滴酒，即使是在生日晚宴上或是在圣诞节期间都不例外。

我猜想他很可能又去喝酒了，就像是一位在情人那儿碰了钉子的青年一样。令人惊讶不已的是，父亲已这么大岁数，居然会对母亲大动肝火，而母亲却为此黯然神伤，就像少女和情人第一次争吵后的心情一样。从某种意义上说，此事非常新奇，而我并不认为他们会有年轻情人的那种感觉。

正想着，天开始下起雨来，于是我在城里漫无目的地寻找父亲。从欢快的旅馆酒吧找到城北，甚至连那些不体面的地方都找过了。每到一处我都希望能找到他。猜想见到他时，他一定喝了不少劣质的雪利酒，正在向一群耐心的酒鬼讲述他的苦恼，或者是讲他小时候乘运黄油的马车的冒险经历，或者是讲关于他所学的小提琴课程……

有一两次我好像瞧见了他，但当我从雨中走进酒吧时，看见的却不是他，而是其他一些老人。

我开始为父亲担心起来：他已上了年纪，如果他喝醉了，又淋了雨，那可就危险了。我自己已被雨淋得湿透了，自然每到一个酒吧，都要买杯酒意思一下。

大约12点时，我已喝得差不多了，我准备打消找父亲的念头。可我既为父亲担心，却又控制不住地发笑。想想看，父亲已近八旬，和母亲吵过后居然离家出走了！他很可能身无分文，居然出走了，真是不可思议！我又到纽哈文以及哈特福特火车站等地方去找，但父亲也不在那儿。最后我又回到了父母的住处。

母亲正低声地抽泣。"我想他真的出走了。"她停住哽咽，松了口气，突然说，"我不会放过他的！"然后又哭了起来。

我坐在那儿边喝茶，边陪母亲，这样过了很长时间。我们谈起他们所有过去的日子。她说话的样子似乎一切都已结束，好像父亲已抛弃了她而投入别的女人的怀抱。

突然门开了，父亲若无其事地走了进来。他手里拿着一个纸盒，微笑着说："你们好。"

"爸爸，您到哪儿去了？"我问道。

母亲已情不自禁地笑了，见到父亲回来，她高兴极了。

"我去看电影了。"

"去看电影了？"母亲被弄得目瞪口呆。

"片名是《阿凯德》。片子光线太亮，弄得我眼睛都睁不开。"

"电影是说什么的？"我问道，为的是使谈话继续下去。

父亲耸耸肩说："讲的尽是年轻的傻姑娘的罗曼史。"

"电影是12点钟散场，对吗？"我问道。

父亲又耸了耸肩："散场后我到沃尔格林去买了点东西。"

"我来给你沏一杯香浓的热茶。"母亲对父亲说，"你一定已被那些刺眼的光和痴情的姑娘们弄得精疲力竭了吧。"

"无非是些多愁善感的故事。"父亲说，"电影并没有什么改变。现在只不过是银幕和声音都大些而已。啊！这个送给你！"

父亲将手里的纸盒递给母亲。那是一瓶涂手用的、自称能使人的皮肤保持柔软如绸的润肤霜。父亲将它递给母亲时微低着头，脸变得通红。这情景非常感人。

母亲甜蜜地笑了，厚厚的眼镜片后闪烁着激动与幸福的泪花："这瓶子真可爱！"

"据说，这种润肤霜能使你的手保持柔软，就像天鹅绒似的。"父亲向母亲解释道。

母亲的双手为我和其他人操劳了一辈子。洗衣、做饭、擦地板、在花园里劳作……由于多年的操劳，这双手现已变得青筋凸起，十分粗糙。但对父亲来说，这双手肯定曾属于他所爱的一位年轻姑娘。她的形象一直被父亲珍藏在心中，从未改变。她的双手曾像天鹅绒一样柔软，父亲希望使这双手永葆青春。

母亲又抽泣起来，但这次却充满了爱的欢乐。我说："好啦，我得走了，你们赶快休息吧。"

于是我离开了，让他们去和解，去欢笑，让他俩独自陶醉。我确信，此时他们是不愿别人在场的。

（美）罗伯特·弗朗泰思

比什么都珍贵 | STORY

爱情真义

她告诉那位年轻朋友说，不错，谈情说爱少不了小提琴、诗句、玫瑰花、但除此之外，还要有许许多多其他的东西。

这位容光焕发的时代女性，有一把鬈曲的头发，皮肤洁净健康，真是讨人喜欢。不问而知，她经常打网球、跑步、注意饮食以保持血脉畅通。她在事业上步步高升，离开名校才10年，已经达到出人头地的位置。我想，35年前在我还是她那么大的时候，女性的地位跟现在实在相差太远了。

我们的话题转到男人身上。

她说："我有过几个关系密切的男人，大家在一起的时候，也相当愉快。但也有些时候，我一个人自由自在地生活，那些时候我也很开心，有另一种乐趣。你要知道，我喜欢男人，但并不需要他们。独立女性就是这样的。"

我问她"你打算结婚吗？"

"时间还多着呢，要是结婚的机会来了，那我就结婚。如果它不来，我也不会有什么损失。"

她真的这样想吗？她真的以为到她50岁时，还有令她心花怒放的电话约她吗？她难道不知道现在为求与她建立"密切关系"而追求她的男人，到他们50岁便会去找些年轻的女人？自古以来，男人都是这样的。

"那么，要不要生儿育女？"

她耸耸肩说："我还没有思想准备，而且，何必急呢？"

"你已经32岁了。"

"可是，40过了还生孩子的女人，不是大有人在吗？"

这一点我不能反驳，但却想到这些孩子大学毕业时，母亲已步入耳顺之年了，大家不会有多少时间来互相了解。

还有一点我不能不问。

"那么爱情呢？"

"你的定义是什么？你不是指小提琴、诗句、玫瑰花这一套吧？"

"不错，"我说，"这些都是爱情的一部分。"

对我来说，爱情是从栀子花开始的。我在春天遇上他，以后每逢星期日下午，他便送我一朵栀子花。事隔30年，但只要我闻到栀子花香，往事就会重现眼前；包括他送我的那两本书、几段音乐、尤其是他的脸孔——我有生以来见过的最英俊的脸孔。

我曾经告诉他，我嫁他是因为他长得像法国明星查理士·波义。由于查理士主演的一部电影，那个春天我们就看了3次。直到结婚后，他才说出看那电影简直是活受罪。

我那年轻的朋友捧着茶杯，不以为然地看着我，等我回答。

"当然，我的意思是……"我一边说，一边有点焦急。因为要讲的对我来说是再明显不过的，但又不易讲得清楚。

"这只是开始，然后不断发展。"

"不错，不断发展，"她急急地说，"首先是订婚戒指，跟着是披上婚纱，不久就上离婚法庭。有一半的婚姻都是在离婚法庭上了结的。"

"有一半可不是，"我回敬她说，"许多化离的夫妇如果双方都设法保存当初的爱意，就不会有这样的下场。"

当初是怎样开始的？当然是相互间那股不可抗拒的吸引力。然后考虑一下大家是否能够和谐共处。我们留在家里一起看书？还是外出跳舞？我们要2个孩子、5个孩子、还是1个也不要？并且要知道将来难免有伤心烦恼的时刻——没有多少人会无忧无虑过一生的——到时大家都要全力以赴。但最重要的，还是要常常欢笑。

我们有过不如意的事。我想如果我们不是互相扶持，肯定无法渡过难关。我们也有欢笑。

我的朋友把我从往事中带了回来。

她若有所思地说："爱情——如果我们是这样叫那些吸引力的话——都有生与灭的时刻，缘尽了，你只有接受，就像接受死亡一样。"

"你一旦与人分手，你就那么接受了？一点也不难过？"

这位年轻的朋友说："那段爱情已经完了，不是吗？大家相爱的时候，爱情固然美妙；大家不再相爱时，把它抛诸脑后就是了。"

"抛诸脑后，"我重复说道。

这些人毫无感觉。他们从未得到过的，当然不会若有所失，也无从怀念起来。如果你从未在海上看过夏日清晨、或从未尝过草莓，怎会知道它们是什么？如果你从未试过倚闾而望那个必定回家的人——他一定归来是因为这是家，里面有你祖母留下的烛台、他的毕业照片、你们一起买回来的地毯、在路上拾回来的流浪狗；这也是你们承诺永保的财产——那么，你不会知道那滋味，也不可能忆念那情怀。

"不然你认为他们还应该怎样做？"她问我。

"要有所感受。"

"感受什么？"

"愤怒、伤心、嫉妒、渴望、被人辜负、迷惑，天晓得什么！但总该有反映。"

如果真的能够想象我们发生这样的事，那么我会感到伤心，对他也是一样。他逝世后，我在书桌抽屉里找到一张字条，上面写着我对他如何重要，他不怕死但舍不得离开我。我站在那里，一面读，一面在追忆：他为我做的午餐——那块难看的三明治、他以为我病倒而大吃一惊，他对我的信任——当兵时把全部财富都转到我名下。

我们闹过意见，有过吵骂，说句笑话，有时彼此都想大开杀戒，但我们一定不会分手。我知道他永远都会在那里等着我，他也知道我会在那里等着他。

这些男女是怎么冷静对待他们的关系啊，谨慎地划清彼此财富的界限，随时准备在意兴阑珊时，或遇上更新鲜更性感的另一人之后便分手。他们洒脱得如蜻蜓点水，从未触及生命温暖的心灵深处。

我的年轻女友不知为什么停了下来，问我在想什么。

我在想一位静坐在太阳下的男士。我给他一杯冷饮，他抬起头看着我——那么迷人的笑容——说声谢谢。

想到冬夜相拥的温暖，想到争吵后的谈笑和亲吻。

本来我可以把这些告诉她，但我只说："我还在找个定义。"

"爱的定义？"

"不错，我想我找到了。"

她露出洗耳恭听的神情，或者有点觉得有趣。

"爱是对别人的生命比对自己的更关心。"

"但这是违反天性的，"她摇着头说，"没有生物会对别人比对自己更关心。不，我不能相信。"

虽然我的前面一朵花也没有，但我突然闻到只有栀子花才能发出的香味，我伸出手放在她那青春仍在的手中。

"相信我吧，"我说，"请你从现在开始，相信有这一回事。"

妈妈的秘密

千万不能让丈夫知道。

绫子拿着那个小包，站在桥上。夜深人静，河水在黑暗中悄无声息地流淌着。

它能带走这秘密吧。

小包飞快落入河中。回家吧。明天丈夫住院，得起个大早呢。

绫子疾步往回走。轻轻打开后门，穿过厨房，溜进卧室——丈夫站在那里！丈夫满脸愤怒。

"上哪儿去了？"

"这……"

"哼，是把见不得人的东西扔到河里了吧！"丈夫真的动了气。绫子的脸也变白了。

"扔了什么，说！"

绫子忍不住反问一句："你怀疑我什么？"

"我替你说吧——是北山的信！"绫子睁大了眼睛。接着，慢慢将视线移至脚下。

"跟那家伙勾搭上啦！"

"啪"，一记沉重的耳光。绫子头晕目眩，一头栽倒在床上。

好不容易抬起头时，女儿有纪子正怯生生地站在床边，黑黑的瞳人里充满了恐惧和疑惑。

"我到底是谁的孩子？"有纪子问，"是爸爸的，还是叫北山的那个人的？"

"你为什么问这个？"

"想知道。"

良久，绫子没有做声。微风吹拂着她那业已大部分变白的头发。

"好，"绫子终于开口了，"那就告诉你吧。"

"和我结婚前，你爸爸爱着一个人，她叫……"

晶美，并不出众。在中学，比他低一年级。当时很迷恋他的绫子，偏偏和晶美又是最好的同性朋友。不过，这两个女孩儿那时都还不到敢向异性吐露爱心的年龄。因此，也就没有发生什么争"郎"大战。论家庭背景，绫子占上风。晶美死了父亲，与母亲二人相依为命，度日维艰。她自然穿不起绫子身上的漂亮衣裤，也不善于玩耍。不过，绫子知道，晶美特有的那种清纯、温柔和娴静是谁也学不到手的。

那件事发生在一个炎热的暑假。

晶美突然跑到了绫子家。他正巧也在。紧追而至的是一群恶煞似的男仆，他们的主人是当地首富，晶美的母亲在那家干活。

"让那个女孩儿滚出来！"男仆们叫嚣说，他们小姐放在梳妆台上的宝石不见了，晶美当时正进府找她母亲，偷宝石者必是晶美无疑……他，发怒了，让晶美躲进里屋，他转身直奔门口，跟那帮男仆大吵起来。

大概是被他那不要命的样子吓住了，男仆们嘟嘟哝哝着回去了。本来他们也没有充分的证据。

他走向面色惨白、颤抖不已的晶美，温柔地拉起她的手……然而，那件事并未结束。暑假期间，晶美偷盗宝石的传言飞遍整个镇子。新学期开始后，没一个人愿跟她说话。她母亲也失去了工作，娘儿俩的日子更难过了。他则明明确确地爱起了晶美。那不是出于怜悯或同情，而是纯粹发自内心深处的诚挚之情。绫子一如既往关心着晶美，同时暗暗在心里发誓：委屈自己，成全他们。

然而，单靠一个学生的爱情，是无法支撑母女俩的生计的。这个事终于打上了一个句号——晚秋的一个黄昏，晶美和她母亲一同投河自尽了。

"后来，你爸爸倒插门到了咱们家，再后来，就有了你。"绫子停顿了一下，"不过，你爸爸在心里一直思念着晶美。我只是他的妻子，晶美才是他的恋人，而且只有她一个……"有纪子长长地叹了口气。

"可这与你扔到河里的东西有什么关系呢？"

"我打扫里屋的时候，发现了塞在天棚上的宝石，就把它偷偷地扔进了河里。"

"是，是这样……"有纪子几乎喘不过气来。

"晶美被人追到咱们家，趁你爸爸跟人吵架的当儿，踩着板凳，把宝石塞到了天棚里。"

"那你为什么不告诉爸爸呢？"

绫子莞尔一笑："我那时已经得知，晶美的不幸使你爸爸在心身方面所受的沉重打击和极度悲痛该有多大。对你爸爸来说，晶美是完美无疵的女性偶像。如果告诉他真实情况，你想会发生什么事儿？"

"妈妈！"有纪子紧紧地抱住了母亲。

"您才是最爱爸爸的人啊。"

绫子的脸微微发红。

"男人，都是浪漫主义者，总喜欢生活在梦里……"

那131级台阶

他叫她斯坦，她叫他奥利。

他们相遇在一个鸡尾酒会上。那年他32岁，她25岁。

他们俩在拥挤的人群中飘然前行，没有可停留与回避的地方，他们面对面地相互躲让了几次，然后都笑了。他冲动地抓住自己的领带，在她面前捻弄。她马上忍不住大笑起来，同时举手把脑顶的头发推成难看的流苏状，眨着眼睛，好像被击中一般。

"斯坦，"他大声叫道，认了出来。

"奥利，"她喊道，"你去哪儿了？"他们相互握住了对方的手，笑着。

"我知道一个地方，离这儿不到两英里。"她神采飞扬地说。

"那我们就去那儿吧！"他叫道。

他在她指定的地点刹住车。

"我简直不能相信。"他自语道，"这就是那些台阶吗？"

"一共131级。"她走下车来。

"来，奥利。"

他们向上凝视着倾斜而陡峭的混凝土台阶。她的声音极平静。"往上走。"她说，"往上走。"

他拾级而上，数着算着，每一次近乎耳语的计算，都使他的声音里多一分快乐。走到57级时，他已忘记了时间。他真想永远站在那里。

自从有了那台阶上的黄昏时刻，他们的生活中就充满了所有的人在美好爱情开始时都有的那种追逐嬉戏和愉快的欢笑。他们只是为接吻而停止欢笑。为欢笑而停止接吻。那一年，他们至少每月登一次那些台阶，登到中途时来一顿带香槟的野餐。他们发现了一件似乎不可置信的事情。

"问题在我们的嘴上。"她说，"我遇见你之前从不知道自己有一张嘴。你的嘴是世界上最奇妙的，这使我也觉得自己的也奇妙了。在吻我之前你吻过别人吗？"

"从来没有！"

"我也没有。竟是在那么一段漫长而没有嘴的日子里生活。"

"亲爱的嘴，"她说，"别再说话，吻吧！"但在那一年年底，他们发现了一件更不可置信的事：他在广告公司被安置在一个固定位子上，她在旅游局马上要出国。他们为以前都从未思量过此事而震惊。

一个夜晚，他们坐在台阶上。她惨淡地说："再见。"

"什么？"他问。

"我觉得我们再见的日子近了。"

他望着她的脸。

"斯坦，你说过永远不离开我。"

斯坦很动情地跪了下来："奥利，请把手给我，和我结婚吧！跟我去法国，我挣钱供你写出美国最伟大的小说。你只需带上手提打字机，一堆纸，还有我。说话呀，奥利，跟我走吧！"

"但，但……"他讷讷地说，"看着我们去地狱待一年，然后永远把我们埋葬吗？"

"你就那么害怕，奥利？难道你不相信我，不相信你自己吗？听着，这是我头一次也是唯一一次求婚，奥利。我可以给你一分钟的时间去作决定，我的膝盖已经跪疼了。"

"快从地上站起来。"他无力地说，很窘迫。

"如果我这么做，那就是离开这儿的时候。"她说。

"斯坦！"他吼叫。

她站了起来，双颊上挂满泪花。"现在，我得离开了。我们与众不同。我觉得我们的爱不会再来了。"她说。"我走了，但每年我都会来这些台阶上，和我们初来的那个夜晚同时同刻。如果你来这儿，我会绑架你的，要么就是你绑架我。"

连续3年，他每年10月14日回到那些台阶去，但她不在。然后，他有两年忘了去。但第六年，他想起来了，在落日余晖中走去，并拾级而上，因为他看见台阶上有东西。那是一瓶很高级的香槟，系着黄丝带，上面还有一张纸，写着："奥利，亲爱的奥利，这日子依旧没忘，只是在巴黎，嘴已不再是先前的那一张，我愉快地结婚了。爱你的斯坦。"

从此以后，他再也没有回去重游故地。

15年后他去巴黎旅游。一天下午当他正与妻子和两个女儿在落日中漫步香榭丽舍大街时，他看见一个美丽的女人从大街另一头走来，陪着她的是一个非常庄重严肃的老头，还有一个漂亮的黑发男孩。他们擦肩而过，同样一缕笑意一瞬间泛现在两人的脸上。

他向她捻弄领结，她冲他把头发弄乱。

他们继续向前走，回头望去，那女人也同时转身。也许他听见了她嘴里默念的那句话："再见了，奥利。"他也许没有听见，但只觉得自己的嘴在动："再见了，斯坦。"

在10月的落日余晖中，他们沿着香榭丽舍大街，朝相反的方向走去。

最佳配偶

我走进办公室，跟笑容满面的布列乔先生握了握手。跟我相比，他衣着十分讲究。他手里在搬弄着一沓纸，就像在搬弄着一沓煎饼。

"我相信，你准定会对她十分满意。"他说，"她可是我们用求同计算机，从符合推选条件的一亿一千多万美国妇女中挑选出来的。我们按种族、宗教、人种、生活地区，对这些妇女进行了分类……"

我坐在那儿津津有味地听着，心想要是来这儿之前先冲个淋浴，那该多好。这儿的办公室整洁宜人。不过那张椅子令人坐得不太惬意。

"好，来啦……"他说着，像魔术师那样"砰"的一声把通向隔壁房间的门忽地打开。本来我心里就像揣了只兔子，怦怦直跳，这时就更手足无措了。

说真的，她长得很标致，真的！帅极了！

"沃克先生，这是蒙大拿州拉芬湖的邓菲尔德小姐。邓菲尔德小姐，这是纽约的弗兰克林·沃克先生。"

"就叫我弗兰克好了。"我唯唯诺诺，显得有点紧张。她确实太美了！您不妨想象一下。

布列乔刚走开，我们就聊了起来。

"您好！我，我，我对计算机为我选中的您，感到十分称心。"我竭力想把语调放温和些，也许，把她称为计算机选中的人，她一定不高兴，"我是说，我对事情发展的结果感到满意。"

她莞尔一笑，露出了一排整齐的牙齿。

"谢谢您，我也是。"她腼腆地说。

"我，三十一岁。"我唐突地冲口而出。

"我知道，这些全都记在卡片上。"

这场谈话似乎就要这样结束了。卡片上什么都介绍得清清楚楚，所以确实没什么好谈了。

"今后打算要孩子吗？"她先找了个话题。

"当然，两个儿子，一个女儿。"

"正合我的意，这记录在卡片上的未来计划一栏，喏，就在那儿。"她指点着说。

我这才注意到我手中那一札文件似的东西，第一页上贴着一张国际商用机械公司的计算机卡片，卡片上印有关于邓菲尔德小姐的重要数据。显然，她手中的那一札"文件"是关于我的……于是，我们各自审视着自己手中的"文件"，每翻阅一页，都要发出很大的声响。

"文件"里说，她喜欢古典音乐（记录在兴趣爱好与生活习惯栏）。"您喜欢古典音乐？"

"对，比任何东西都喜欢，另外，我还收藏着弗兰基·拉尼歌曲的全部录音。"

"这倒是红极一时的歌唱家。"我赞许地附和道。

我俩的目光继续在字里行间浏览着。我注意到，她爱好：看书、看球赛、看电影爱坐前排、睡觉时爱把窗户关上、养狗、养猫、养金鱼、养金枪鱼、爱吃用意大利香肠做的三明治、穿着朴素、将来要送孩子上私立学校、住在郊外、参观美术展览馆……

她抬起了头："我们所有的爱好都很一致。"

"毫无两样。"我加上一句。

我又读了标题为"心理状况"的记录：她生性羞怯，不爱争论，讲话拘谨，属于贤妻良母型。

"我很高兴，您既不抽烟又不饮酒。"她满意地说。

"是的，我与烟酒无缘，只偶尔喝点啤酒。"

"栏目里没有提到啊。"

"哦，也许没写上，这是我的疏忽。"我希望她不会放在心上。

我们终于各自看完了手里的"文件"。

最后她说："我们俩非常相像。"

我和爱丽丝结婚整整九年了，已经有三个孩子，两男一女。我们住在郊外，听着古典音乐和弗兰基·拉尼的录音。我俩最后一次争吵是很久以前的事了，所以早被我忘得一干二净。在每一件事上，我俩几乎都能步调一致。她是一个贤妻，我也可以算是个好丈夫。我们的婚姻真是完美无缺。

眼下，我却盘算着下个月就去离婚。这种日子我再也过不下去了！

（美）斯蒂芬·麦克勒

卡车司机的遗言

斯蒂姆勃拉山是座杀人山，所有在阿拉斯加高速公路上行驶的卡车司机都对它心怀恐惧。尤其是冬天，积雪的道路盘桓曲折，一侧就是陡峭的悬崖。有无数的卡车和它们的司机在这里出了事，而更多的人可能还要与他们走上同一条路。

一次，在这条高速公路的驱车途中，我遇到了加拿大皇家山地警察，还有几名正在用绞车从悬崖下提升卡车残骸的营救队员。我把我的卡车停下，也加入到一群沉默着的司机中间去，他们正默默地注视着一辆被渐渐提升上来的卡车残骸。

一名山地警察走到我们中间，声音非常低沉地说："我非常遗憾，司机在我们找到他之前就已经死了。他一定是两天前掉下去的，当时我们正遭受一场暴风雪的袭击。现场没有什么痕迹，我们能注意到车体镀铬部分反射的太阳光纯是出于侥幸。"

他慢慢地摇了摇头，把手伸进风雪大衣的口袋。

"这个，你们或许愿意读一下，我猜想他在被严寒冻死以前还活了几小时。"

我从来没有见过警察流泪，我一向认为他们已经见过太多的死亡场面，因而已经感觉麻木。但是，他是一边抹眼泪一边把那封信放到我手里的。读着那封信，我开始抽泣。每位司机都默默地读完了信，然后默默地走回自己的卡车。那封信深深地印在了我的脑海里，如今，虽然已经过去了许多年，但那封信的内容还像捧在我面前一样鲜明。我希望能把它写出来，奉献给你们和你们的家人。

我深爱的妻子：

这是一封任何一个男人都不愿写的信，然而，我还是十分庆幸能有这段时间说出我多少次想说而未说的话。我爱你，我的小甜心。

你过去常常讥笑我爱卡车胜过了爱你，因为我大部分时间都和它在一起。我确实喜欢这个铁家伙，它已经成了我的好朋友。它跟我长途跋涉历尽艰险。我愿意开着它拉货，它在路上跑得飞快，从来也不坍我的台。

你想知道吗？我爱你也是出于同样的原因，你也同样目睹了我在艰苦岁月和艰难环境中的挣扎和奋斗。

还记得我们的第一辆卡车吗？它特别能耗油，以至于我们忙碌一天赚来的钱却只够糊口。你走出家门找了一份工作，挣钱付房租和账单。我挣的每分钱都喂了卡车，是你的收入保证了我们能有饭吃和有一间房子住。

我记得我抱怨过那辆车，但我却不记得你有过丝毫抱怨，即使当你浑身疲惫地下班回家，而我又向你要钱准备上路时，你也没有过怨言。假如你当时真的有怨言，我想我也听不到，我当时已完全陷入了自己的问题，根本不会考虑你的抱怨。

我现在还记得你无私奉献给我的全部东西：衣服、假期、晚会、朋友。你从没抱怨过，而我却不记得自己说过谢谢。

当我坐下来和朋友们一起喝咖啡的时候，我总是不停地讲我的卡车，我的机器，我的收入，却忘了你是我的合伙人——即使没有和我一同坐在驾驶室里。正是因为你所付出的同我一样多的牺牲，加上我俩的决心和坚定，使我们拥有了一辆新的卡车。

我是多么骄傲自己有辆新车，我高兴极了。我同样为拥有你而感到骄傲，但我从未告诉过你这些。我想当然地认为你全都知道。但是如果我拿出和擦车一样多的时间和你说话，我或许就会把那些话告诉你。

这些年我一直在这条路上行车，我始终带着你的祈祷一同行驶，但是这次不灵了。

我受了伤，而且伤势很重。我正在走向死亡，但是我想说出那些从前就应当说出许多遍的话。从前忘记讲这些话，是因为我过于关注我的卡车和工作。

我记起了那些被我错过的结婚周年纪念日和生日，那些因为我正行驶在路上而只好由你一个人去参加的学校演出和曲棍球比赛。

我想起了那些你独自度过的孤独的夜晚，在辗转反侧中你猜想我走到了何处，发生了哪些事。我想起了多少次我想给你打个电话，只为问一声好，但我却从没付诸行动。我想起了当我想到你正在家里和孩子们等我归来时，我心里的那份踏实和宁静。

你在餐桌上讲的故事，我怎么就没有享受它呢？我正在忙着换油，我正忙着检查汽车零件，我正在睡觉，因为明早又要早早动身。我总是有个理由，但现在看来，它们对我都微不足道。

我们刚刚结婚时，你连一只灯泡都不会换，几年之后，当我在佛罗里达等待装货时，你却能够在暴风雪来临时修理火炉。你成了一位相当不错的技师，帮我维修汽车。当我看到你跳进驾驶室把车倒出玫瑰丛时，我感到无比自豪。

当我把车开进院子，看到你虽然已在汽车里睡着，却依然在等我时，我感到骄傲。不论是在午夜2点，还是在午后2点，你在我看来都和电影明星一样美。你很漂亮，你知道。我不记得我最近告诉过你，但你的确很美。

我这一生犯了许多错误，但如果我还有过一个英明决断的话，那就是我求你嫁给我。你永远也不会知道是什么力量驱使我坚持开卡车，我也不知道，但这是我谋生的途径。你始终紧跟着我，无论岁月艰难还是顺利，你始终在我身边。我爱你，我的甜心，我爱孩子们。

我的身体受了伤，但我心上的伤势更重，当我要走向生命尽头的时候，你却不在我身边，这是自我们结婚以来我第一次感到真正的孤独，我感到害怕，我特别需要你，但我知道已经太迟了。

可笑的是，现在陪伴我的竟是卡车。这只该死的铁家伙长时间左右我们的生活，我在这堆奇形怪状的钢铁中一待就是许多年，但是它并不能回报我的爱，只有你才能。

你此刻正在千里之外，但我感觉你仿佛就在我身边。我能看到你的脸，感到你的爱，我害怕一个人走完剩下的路。

告诉孩子们，我深深地爱他们，不要让男孩们将来以开卡车为生。

就此止笔了，亲爱的。上帝知道我是多么地爱你。照顾好你自己。记住，这一生中我爱你，胜过其他的一切，我只是忘了告诉你。

我爱你！

贝尔

1974年12月

金合欢花

安德烈朦朦胧胧地感到，节日前该给妻子送个礼物。为了礼物，他曾经不止一次地陷入窘境。比方说，安德烈给她买了装化妆品的女用小包，可克拉娃只挎着它去商店。去剧院呢——却从来不带。而且安德烈也没闻到过香水味。

"这是怎么回事？"安德烈莫名其妙，"商店里没有漂亮的香水瓶吗？你瞧，多费解……"

"都好，都很好，"克拉娃安慰他，"我珍惜你的礼物。它对我来说很珍贵，我得爱惜。"

今年节日前几天，有一次克拉娃下班回来说："早晨，看见有卖金合欢花的，我急着去上班，就没能买。这是我最喜欢的花。既然它开了，那就是说春天该来了，那每一朵小花真像站在树枝上的小鸡雏。"

"你最喜欢的花？"安德烈一边看报纸，一边机械地重复了一句。

"每个春天我都告诉过你，"克拉娃委屈地说。她故意在厨房里把锅碗瓢盆敲得丁当乱响。

三月七日下午，当他们设计院的小伙子们一起拥向商店买礼物时，安德烈猛然想起了前几天克拉娃对他说的话。

在离设计院不远的花店里，几乎没有顾客。一个女售货员端坐在屋角里，正专心致志地注视自己的指甲，大概她在想：要不要在节日前把它修饰一番，涂点指甲油。

"真好！"安德烈想道，"这下不用挤了。"但他又发现货架上有点儿空，那儿只有一些被泥土弄脏了的插花的瓦罐，瓦罐里伸出一些奇怪的植物。它们的茎像洋姜弯曲的根，而花又是那样的萎缩，那样的丑陋，以至于都不能把它们称之为花。

安德烈默默地沉思了几分钟，那个女售货员便开始集中精力向他进攻了：

"请您买这盆花吧，别惋惜……虽说它们只能用手才能掰开，可里面是淡紫色的，这是非常别致的花，能开很久！而您的金合欢第二天就要枯萎。要知道男人们对花都是外行！"

女售货员自己对这一点确信无疑，还给安德烈举了个理由充足的例子。事实上……也许是外行？安德烈弯下身嗅了嗅花。

"多么好的香味！"女售货员说。安德烈也觉得这花的确很香。他累了，想快点回家吃晚饭。

"好吧，"他说，"明天上午来买，我把地址记下。"

他从衣里掏出一支削得很尖的铅笔，这支笔曾经引起过其他工程师的嫉妒。他想起了，这是克拉娃的礼物。

安德烈又记起了另外一件事。不久前他很想读读他的工程师朋友争论很多的那部小说，但在设计院图书馆里很多人排队读它。还是克拉娃打电话给她所有的朋友，请他们帮忙，并从一个女友那儿找来了那部招人议论的幻想中篇小说集。这类事已不止一次了。

交通正经历着暴风雨般的高峰时刻，想到明天就是"三·八"妇女节了，所以安德烈让所有排队的妇女先上，可结果他只好用一只脚站在电车的踏板上。后来安德烈又转乘有轨电车。他在车站前的广场下了车，发现广场上什么花都没有卖的。他又挤上有轨电车。

话剧院旁有个花店。透过窗户，安德烈没看到花，只看到售货老头的脸。那张脸甚至在严寒中都不失去他的亲切和天真、善良和滑稽。老头上唇的胡子蒙了层白霜，下巴上的胡子就像是用雪塑成的一把可笑的小扫帚。

"您这儿有金合欢花吗？"安德烈用不怀期望的口气问。

老头两手一摊，笑了，好像他否定的回答也该使安德烈高兴似的。

安德烈用肘部撑着门框，想道：既然我如此寻求它，那克拉娃肯定会得到这花的，要是能从地底下找到……就这样，安德烈自己也不知道为什么，滔滔地给老头讲了自己找花的经过。

"当然，我妻子没有金合欢花也行……可是，她毕竟还是想要。"

"我明白您的意思。"老头说着，用毫不掩饰的，惊奇的目光看着安德烈，"现在的青年人不常为花费心的。好像这是琐碎的事情……是小事情，可通过花，您的妻子顺便能看到很多很多……"

安德烈挺直身子。他的个儿可真高。他带着这样的表情离开花店：仿佛准备走遍天涯海角去寻找金合欢花，仿佛决定立即飞到南方，飞到生长着克拉娃最喜爱的花的地方去。他突然听到身后传来的声音：

"年轻人，能耽误您几分钟吗？"

安德烈转回花店。

"说实话，我给女儿留了一束金合欢，"老头用抱歉的口气说，"我看得出，您非常需要这花。让我女儿的未婚夫去给她弄吧，也让他去找！这是他的事。我说得对吗？"

"没错！"安德烈高声说。他真想吻老头蒙了层霜的白胡子——那下巴上可笑的"小扫帚"。

花被整齐地包在一张厚厚的大纸里。但花是不可能被完全藏起来的，电车上的乘客闻到了被寒气带进雪亮车厢里的南国馨香。一位年轻妇女羡慕地对那包花看了一眼，然后看了看安德烈，最后又以责备的目光看着自己的丈夫。她丈夫正专心致志地看着本杂志。

对啊，让他也去找吧！安德烈想着。他小心翼翼地打开纸包的一角，又一次看了看克拉娃喜爱的花。那每一朵花对他来说，真像是刚刚孵出来的，毛茸茸的，站在绿色树枝上的小鸡雏。

改变故事的结局

凯米特和妻子结婚已经20多年了，显得很幸福。他们都学会了在生活中彼此作一些必要的让步，并且两人的性格都很腼腆。从事写作的凯米特一直保持着有限的知名度。但对他来说，这已经足够了。如果想沾点"畅销作家"的光彩，他就得在各种仪式上抛头露面。对于这些，他总是一概谢绝。朋友们爱说他过分谦虚，究其实，是缺少勇气。

对凯米特来说，回家的第一件事是拥抱一下妻子，亲亲她的前额，说一句几乎总是一成不变的话："亲爱的，我希望我不在家时你没有过于烦闷吧？"

得到的差不多总是同样的回答："没有。家里有这么多事情要做呢。但看到你回来，我还是很高兴的……"

凯米特太太负责在打字机上打印丈夫定期在《里昂晚报》上发表的短篇小说。然后核对一遍，封装好，寄出去。这份微量的工作足以使她想到自己是丈夫的一个合作者。

可是，凯米特太太她万万没有想到，一个刚刚离婚的女人最近居然把凯米特弄得昏头昏脑。她叫奥尔嘉，人长得漂亮，有着一般"女光棍"的"不知廉耻"的劲头，把凯米特降伏了。有一天，就像跟他要一件新奇首饰一样，她要求跟他结婚。

凯米特必须先离婚。"嗯，这件事应该容易办到。结婚已经整整23年，大概妻子不再爱我了，分开可能不会痛苦。"想法不错。可是一个性格腼腆的丈夫该怎样摊牌呢？

凯米特想出了一个新鲜法子。他编了一个故事，把自己与太太的现实处境转托成两个虚构人物的历史。为了能被妻子领悟，他还着意引用了他们夫妇间以往生活中若干特有的细节。在故事结尾，他让那对夫妻离了婚，并特意说明，既然妻子对丈夫已经没有了爱情，就一滴眼泪也没有流地走开了，以后隐居南方的森林小屋，有足够的收入，悠闲自得地消磨幸福的时光……

他把这份手稿交给妻子太太打印时，心里不免有些不安。晚上回到家里时，心里嘀咕妻子会怎样接待他。

"亲爱的，我希望我不在家时你没有过于烦闷吧？"话里带着几分犹豫。

她却像平常一样安详："没有。家里有这么多事情要做呢。但看到你回来，我还是很高兴的……"

难道她没有看懂？凯米特猜测，兴许她把打印的事安排到了明天。然而，一询问，故事已经打印好，并经仔细校对后寄往《里昂晚报》编辑部了。

她为什么不吭声？她的沉默不可理解！

"显然，她是个性格内向的人，可是她该看得懂的……"

故事在报上发表后，凯米特才算打开了闷葫芦。原来，妻子把故事的结局改了：

既然丈夫提出了这个要求，夫妻俩还是离了婚。可是，那位在结婚23年之后依然保持着自己纯真的爱情的妻子，却在前往南方的森林小屋途中抑郁而死了。

凯米特震惊了、忏悔了。当天就和那个不知底细的女人来了个一刀两断。但是，如同妻子不向他说明曾经同他进行过一次未经相商的合作一样，他永远没有向她承认自己看过她的新结论。

"亲爱的，我希望我不在家时你没有过于烦闷吧？"凯米特回到家里时问道，不过比往常更加温柔。

"没有。家里有这么多事情要做呢。但看到你回来，我还是很高兴的。"妻子一面回答，一面向他伸出手臂。

本周太太不在家

我47岁生日那天早上，躺在床上的妻子珀丽突然自言自语道："好想出去旅游。"

珀丽话音一落，我立即热烈赞同："好啊好啊，我支持。你准备到哪里去？我给你买票！我给你收拾行李！我帮你预订房间！"

"什么？"妻子有点意外地看着我，她本来以为我会对她恋恋不舍。

我为什么这样盼着妻子离开呢？因为结婚25年来，我们还没有分开过一天。每天早晨睁开眼睛，看到的永远是妻子光洁的背，插在花瓶里的向日葵，同样的窗帘，按部就班的生活。唉，我做梦都在想，如果哪天我们分离一段时间就好了。

大概过了两三分钟，珀丽突然决绝地说："不用你帮忙，我自己可以搞定一切。"

一天后，我在厨房的餐桌上看到一张飞往夏威夷的机票和一张预订旅馆房间的订金单：夏威夷海滨酒店，预订一周，我心底一阵高兴，妻子这下真的要离家一周了！但我还是装着极舍不得的模样，搂着珀丽的腰说："你留下个房间号码吧，我想你的时候给你打电话。"

珀丽犹豫了一下，说："我把号码放在卧室的桌子上了。不过我有个条件，别给我打电话，除非是有紧急事件。"

我点点头，心想，我才不会打电话呢，快活还来不及呢。

送走妻子的那天晚上，我打开了一瓶陈年白兰地，畅饮了一大杯。我发现没有妻子的唠叨真是太快乐了，什么事都不用干。其实生活可以很简单，为什么妻子总是有做不完的活。为什么一定要把床单叠出布缝；为什么一定要把地板擦得发光；为什么一定要我每天换衬衣，其实那些衬衣完全可以再穿几天；为什么每天一定要在卧室插鲜花，衬衣可以拿出去让洗衣房洗，晚餐吃点汉堡包，喝点可乐就行了。要是珀丽在家，又要说这些都是没营养的垃圾食品，但是我不在乎。

我突然想起来，妻子走之前对我说，花园的篱笆坏了，让我抽空修理一下，还是等等再说吧，我翻开电话本，给哥们儿吉姆打了个电话。吉姆是个牙医，我们常在一起打高尔夫球。

吉姆听说珀丽不在家，无比羡慕地说："没有老婆在家真是快乐呀！对了，你要抓住机会，找点事情快活一下。"他把"快活"两个字说得格外重。

快活？许多平时由于珀丽阻拦而不敢尽兴的事一齐涌上了心头：打高尔夫球；到房后面的那家酒吧泡吧；看整整一个周末的体育节目；不想讲话时就不必说话；两张床和四个枕头都归我所有……最终，我的思绪定格在了费安娜那里。费安娜是我家楼下的邻居，她是个漂亮的单身女子，是歌剧院的大提琴手。每次在电梯里遇到我时，她都会特别驻足和我说几句话，抛给我一个甜蜜而特别的微笑。凭男人的直觉，我感到她对我有那么点意思。老实说，我并不讨厌她，甚至还有点喜欢她。但只是喜欢而已。就像有些追求精神生活的男人总希望有那么一两个红颜知己一样，并没有不良企图，我就属于这类人。

珀丽一直没有打电话回来。

就在珀丽走的第二天，我上班时，正好在电梯里碰到了费安娜。她穿着优雅的黑色职业装，通常她把头发扎起来的，但那天却随意披散着。又黑又直的头发，一直垂到她的腰际，跟随着她的脚步摇曳生姿。

"你好。"她微笑着向我问好，然后目光羞涩地落在电梯里的按钮上。她的牙齿非常好看，就像一排整齐的小珠贝。她问我："还是到底层吗？"

我微笑着说："是的。"

她为我按了按钮，又轻盈地说："我猜你妻子不在家。"

"你怎么知道？"我吃惊地看着她，难道她是个巫婆？

她神秘地笑笑："你衬衣领口的扣子掉了一颗。"

她对我观察得还挺仔细，我心里动了一下。

电梯停在了费安娜要去的楼层，但她显然不愿意就这样和我分别，她一边用手指按着电钮，阻止电梯门打开，一边对我说："明天晚上，我到你家吃饭，可以吗？"说了这句话后，她才松开手指，踏出了电梯，然后她回头，娇媚地一笑："你同意吗？"

我想说我需要考虑一下，但已经来不及了。电梯门关了，把我向楼下送去。

有美女主动要来与我共进晚餐，我想哪个男人都不会拒绝的，无论如何这都是一个男人的荣耀。我开始琢磨如何招待费安娜：浪漫的烛光晚餐，透着金属光泽的葡萄酒，放段萨克斯音乐……奇怪的是，在安排这些时，我脑海里一直想着我是和珀丽，而不是费安娜。其实，我更想和珀丽有这样的浪漫时刻，但珀丽总是在忙家务。

晚上6点，费安娜穿着艳丽的粉红色裙子敲开了我的家门，她的头发依然披在肩上，似乎还有点湿漉漉的，带着一种野性和诱惑的美。她似乎没有了往日的矜持，进门时竟然和我拥抱了一下。

我已经把菜全做好了，蜡烛也点上了，一切都如我想象的那样。迷人的大提琴手坐在我的身边，她目不转睛地看着我，眼里秋波滚滚，欲火浓烈。显然她渴望和我发生点什么事，可我并不想。我不知该如何表达我的拒绝，直接拒绝是不行的，那样会伤害她的自尊心。我没有这方面的经验，一时心慌意乱。

我坚持和费安娜保持一尺的距离。但她不停地朝我这边挪，她的胳膊已经贴近我的手臂了。

我浑身的肌肉都绷紧了。接着，她把手轻轻地放在我的手上，我吓得一下子从椅子上站了起来。手里的酒洒了她一身。我手忙脚乱地给她擦酒，她说没关系，然后自己到厨房清洗。我小心翼翼地跟在她的后面，只见她在厨房里这儿看看那儿瞧瞧，她的表情有点改变，问我："厨房是你自己打扫的吗？"

我说不是，都是我妻子一人清理的。她就突然不说话了，用手指轻轻地摩挲着厨房里一尘不染的地板，墙壁，锅碗瓢盆，从厨房出来后，她就坐到沙发上。

"哟！"突然，她仿佛坐到了刺猬身上般地跳了起来，糟糕，沙发上还摆着针线，那是珀丽临走的那晚给我的衬衣缝纽扣时用过的。我还没有收拾它们，没想到把费安娜的大腿扎了一下。

衬衣叠得整整齐齐的，还放在沙发上。自从珀丽旅游后，我还没有挪过它们。

费安娜神情更加异样，她抚摸着衬衣，问："你的妻子非常爱你吗？"

我摇头，说："不知道，她对我衬衣的兴趣似乎比对我还大，每天都在洗衬衣、晾衬衣、熨衬衣、叠衬衣、给掉了扣子的衬衣缝扣子。她对做饭的兴趣更浓，不知疲倦地摆弄着各种佐料，坚决不许我吃快餐食品。真不知道她这样做是为什么？"

费安娜不说话了。她又坐了几分钟，就非常礼貌地告辞了。我终于舒了一口气，一场可怕的外遇竟然自生自灭了！侥幸之余，费安娜态度的变化始终让我费解。她来的目的是很明显的，为什么中途撤退了？

深夜，正在电脑上浏览的我收到了费安娜发来的电子邮件："说实话，我很早就对您很爱慕了，我以为您妻子不在家，是上帝给我们幽会的一个绝好机会。本来，我计划好好利用这个机会，和你度过一个浪漫的夜晚，所以我打扮成那种模样，但，我去厨房找抹布时，我在厨房门口雷击一般定住了——

"那间厨房铺满方方正正的地砖，擦得雪亮，在烛光中微微闪光，仿佛是一颗颗晶莹的女人心。我用手抚摸着它们，心想，在您的背后，有这样一个女人，用汗水和全心的热爱，为您拭过每一块地方，那些叠好的衬衣，缝补好的纽扣，更让我心虚，我都在做些什么呀。我正在用我的自私和冷酷，践踏您妻子的心。所以，我决定立即离开您的家，把它永远完好无损地留给您的妻子。"

那晚，我久久没有入睡。我明白是我妻子用那些藏着爱的细节征服了费安娜。

凌晨三点，我突然很想给妻子打个电话，可拿起电话，我又放下了。珀丽让我有要紧的事才能给她打电话的。但转念一想，难道表达我对她的爱不是件要紧的事吗？

拿拿放放了三回电话后，我还是禁不住拨了她的号码。电话通了，珀丽一听我的声音，急切地问是不是家里出了什么大事。

"没有，"我回答，深吸了一口气，说："我衬衣的纽扣掉了，你能给我缝上吗？"

"当然！但是我在夏威夷，怎么给你缝呀？"珀丽温柔地回答。

我一下高兴地跳起来："这好办，我马上就到夏威夷，让你给我缝纽扣！"

聪明的珀丽一瞬间明白了我的深意，她调皮地说："这回你可是自投罗网哟！"

就在珀丽走后的第三天，我也坐上了飞往夏威夷的飞机。那一刻，我心里充满了感动。

真的，或许你对很多琐碎的细节已经习以为常，但请千万不要忽略了藏在这些细节里的爱。

因为爱不在于轰轰烈烈，而在每一个细节中。

真爱无悔

他这一去要6个月，不算什么坏事，琴一边收拾他的小提箱，一边想。感情是需要时间的——我们才认识一年，趁此机会理清一下头绪，我有什么好担心的？是的，才6个月，不过他要去的是索马里这样一个糟糕的地方。"没什么，琴。"肯有一次在他们争论时说。他决定要离开家乡科罗拉多州的博尔德，前往那个战火肆虐的非洲国家，做一名信贷官员。"那儿需要我。"

"但他们杀戮美国人，他们不要我们的帮助！"

"军阀不想让我们去，可是那些需要贷款买牲口以便能养家的人在等着我们。"

"就算是，那我怎么办，肯？我也需要你。"

他脸上掠过男孩子特有的令人释然的微笑："而且我也需要你，琴，我很快就会回来的。"

"你不怕吗？"她在他们拥抱时问道。

26岁的琴·施沃斯之所以钟情于30岁的肯·拉瑟福德，其原因之一便是他那双充满活力的眼睛。第一次约会时，她就感到，这个长相英俊、身高6.1英尺的前足球选手，除了外表妩媚、精于社交之外，还真有些特别的地方。从他的眼睛里，她看到了灼人的光芒。

琴感到惊讶，竟有那么多人认识他——尤其是那些由于种种原因而急于谢他的人。他总是自愿为慈善机构驾车，或是帮助朋友摆脱困境。

琴给一家管理培训公司当顾问，她的从业经历教会她时刻寻找值得获取的人选。跟肯的交往越深入，她就越觉得他大方、热情、正直，很快她就跌入了爱河。肯也同样对这位漂亮、健壮、长着红黄色头发且充满睿智的女人着了迷。

行了，我不能假装明白。她一边想，一边用力把他的手提箱关上。但他会回来的，我们会在一起的，我还着什么急？

他们在机场告别，缠绵悱恻，依依不舍。"我爱你，肯。"琴低声说。

"我也爱你。"他轻柔地答道。之后他转过身去，消失在通往机场的坡道上。

肯的工作是给那些可能有所作为的小企业发放小笔贷款。国际救援委员会（IRC）——一个由私人资助的救援组织，是这些贷款的唯一来源，肯受雇于这一机构。

开始的日子，肯为自己在工作上的进步而感到高兴，但他对琴充满思念。到了12月，他从位于肯尼亚的IRC基地通过电话向她求婚，她欣然应允。还有两个月，我们就要重逢了，他想。

第二天，肯和他的助手莫汉德挤进一辆陆地巡逻车，坐在前排紧挨司机的座位上；他的一位名叫阿卜杜拉的索马里副官和另外几名IRC负责人以及几个申请开石灰矿的人士则坐进了后面几排。他们朝乡下开去。有传闻说这些地区埋有地雷，他们便沿着一条游客常走的小路开。为了给一群山羊让道，车子慢了下来，拐进一条有车辙的溪谷。突然，车子猛地一抖，停住了，尘土掩了上来。

地雷的爆炸力如此之大，沉重的巡逻车竟被掀上了天，落地时在路面上砸了一个一英尺深的坑。强有力的爆炸把弹片打进车内，切入肯的臀部和大腿，并将他的右脚从脚踝处切断。莫汉德的一只脚被轧碎，而司机则奇迹般毫发未伤。

12月17日傍晚7点30分，在瑞士的日内瓦机场，琴正神情不安地踱着步。她疲惫地想着心事：如果我们能挺过这一次，我们就能挺过一切。

丹佛市长老会圣卢克医院的大卫·哈恩医生在给肯做检查之后，直言不讳："这是一只毁得不像样的（左）脚，"这位矫形大夫说，"若能保住就算幸运了。即便如此，你可能今生都没法靠它走路。"那天是12月23日，在事故发生后仅仅一个星期。

医生所作的预测使肯惊呆了。医生走后，他看着琴。"我知道我们彼此许诺过，"他强忍着泪开口道，"但你不必嫁给我。"

"我们会结婚的，"琴坚定地说，"我不要再听到你说那些泄气话。你要我嫁给一个懦夫吗？"

"懦夫？我？"他有点儿愤怒，"好，我们不仅要结婚，我还要挽着你的手臂步行着穿过教堂的走廊——不坐轮椅，不拄拐杖或手杖，什么都不用。"

"噢，是吗？"琴说，"那你认为你凭什么能够做得到呢？"

"就凭我刚才的决心。"肯答道。

他们透过泪水，直视着对方的眼睛。

"我做过什么，值得你这样爱？"肯问。

"谁说你值得我爱？"她反驳道。

肯笑了起来，把琴揽入怀中。在这片刻的幸福时光，他摆脱了苦恼。

接下来的6天，哈恩医生和另一位整形外科医师对肯进行了4次手术，几乎是再造了他的左脚。骨头碎片被剔掉或是予以复位，细小的弹片小心翼翼地被取出来，修复撕裂的韧带，对腹部肌肉和大腿的皮肤进行移植。

肯不断给自己打气来挺过这一切。他总是提醒自己有关他们拉瑟福德家族的一句箴言：有两种选择——放弃和抱怨——是不可接受的。肯几乎没有在床上坐起来的力气，但他利用头顶上方的横杠做引体向上。他把医生规定的理疗量增加了一倍。他在不断的痛苦中煎熬，但表面上始终保持着乐观。

还是琴最先发现了事情的不妙。几个星期以来，她一直睡在他身边的一张帆布床上，不间断地照顾他。可只要她来迟了，他就朝她吼叫。如果他需要哪怕近在床边的某样东西，他都要叫她去拿。我懂，她安慰自己，肯不只是对我变得苛刻，更是冲着他自己来的——他在试图超越他的极限。尽管如此，她还是一个人待了几小时，恢复一下精力。我不知道我还能容忍多长时间。

自从12月28日做了最后一场手术之后，肯全身心地投入到恢复正常生活的努力，不停地举重，直到感到肌肉好像要胀开了为止。静脉注射管一根一根地被拔掉。

医生对他的（左）脚还是没有把握——尽管肌肉组织开始愈合，但不能像预期的那样进行收缩，而且在他的4个脚趾的位置，所有的骨头融成了一个坚硬的球团。但这就是他的脚！我一定要用脚走向婚典的圣坛，肯不断地对自己说，一边借助扶车沿着医院的走廊蹒跚而行。为了琴我必须这样做。

那是一个阳光灿烂的日子，肯坐在轮椅上，试着把轮子转了几圈，紧接着便用他那肌肉结实的强有力的手臂用力往前推。从医院里出来，他感到高兴。现在他要瞧一瞧这辆破轮椅能够做点什么。那是2月份，肯跟琴一起观看了一场篮球比赛——这是出事以来他的第一次出游。

比赛结束后，琴去把停着的汽车开过来，留下肯待在山顶上。当琴把车子朝球场靠过来时，她突然看到，肯的轮椅正以危险的速度飞快地朝山下冲去。紧接着，她看见有只轮子被绊了一下，轮椅一个折转，肯从椅子上飞了出去。

人们过来帮忙，但肯呻吟着试图独自爬回轮椅。琴几乎是拽着他走向汽车，把他塞进车子的前排，再把轮椅扔进车厢，之后跳进驾驶室，呼啸着把车子开走。

"好样的，肯，真不错！"她嚷道，"我受够了！为什么连你自己都不好好照顾自己而做出这种不要命的事，我反而要照顾你呢？"

"轮椅……失灵，"肯说，"就这样。"

"什么？太可笑了……"琴狠狠地踩住刹车，她用拳头猛击肯的胸口，"我可不想嫁给你就是为了在30岁都不到时当寡妇。我不想！"

他试图制止她，却情不自禁地痛哭起来："琴，原谅我，我太自私了。我只是不想让你嫁给一个……"

琴用手指捂住他的唇："不，不要……"

"……一个跛子！"他则道，"我不能忍受！我必须能走！"

"你能的，肯，"她说，"但即使你不能，这对我来说并不重要。难道你看不出来吗，我宁愿你哪怕只能坐在轮椅上，也总比从轮椅上飞出来好。"她停了一下，接着又说："你必须慢下来，了解你的极限——还有我的。"

"你是说你依然嫁我，即使我不能步行着穿过教堂的走廊？"

"肯！"

"是吗？"他问。

"废话。"

接下来的几个月，肯减轻了对自己的压力，并体贴地让他未来的新娘也轻松起来。他把自己的训练计划控制在医生建议的范围之内，缓慢而稳定地有了起色。他的右腿安装了临时性的假肢，浮肿的左脚则套上了专门设计的巨大的支撑鞋，但他并非已经没有麻烦。

"你的脚感染了，肯。"哈恩医生在一天早上宣布。

还是在头天晚上，肯左腿的脚背上长了一个红点，之后变肿，刀口胀开并流血。

"这意味着什么？"肯问。

"意味着我们必须将感染部分清除掉，"医生说，"你被安排在上午进行手术。"

手术后过了两三小时，肯呼吸平静，琴守在他的身边。突然，他看见哈恩医生笑了起来。"我不得不掏出了很多东西，"哈恩说，"你的脚上又留下了一个大洞，不过还好，骨头没有感染。"医生接着解释，如果骨头感染，这只脚很有可能要切掉。

在地雷爆炸过去9个月之后，琴由她父亲挽着走过教堂的走廊。肯正微笑地等在圣坛上——他站着。

他的左脚还没有消肿，痛苦地套在一只大靴子里，右腿则仍然支在临时的假肢上，但他梦想的这一天终于到来了。当着来自世界各地的250名家族成员和朋友的面，肯和琴交换了誓言。

"跟大多数新婚夫妇不同的是，这一对新人在婚典的日子到来之前就已让他们的爱情经受了考验，"牧师说，"而且他们成功地渡过难关，表现出色。"

在牧师宣布他们为夫妻之后，肯挽起琴的臂弯，顺着台阶跨出了第一步。他摇晃着，喘着粗气挣扎着重新平衡自己的身体，然后他慢慢地——骄傲地——挽着新娘步行着穿过教堂的走廊。

STORY

生活的方式

生活的方式

看见她带来的医疗转介单时，这位医师并没有太大的兴奋或注意，只是例行地安排应有的住院检查和固定会谈罢了。

会谈是固定时间的，每星期二的下午3点到3点50分。她走进医师的办公室，一个全然陌生的环境，还有高耸的书架围起来的严肃和崇高，她几乎不敢稍多浏览，就羞涩地低下了头。

就像她在医疗记录上描述的：害羞、极端内向、交谈困难、有严重的自闭倾向，怀疑有幻想或妄想症。

虽然她低低垂下头了，但还是可以看见稍胖的双颊上带有明显的雀斑。这位新见面的医师开口了，问起她迁居以后是否适应困难。她摇着低垂的头，麻雀一般细微的声音，简单地回答："没有。"

后来的日子里，这位医师才发现对她而言，原来书写的表达远比交谈容易多了。他要求她开始随意写写，随意在任何方便的纸上写下任何她想的文字。

她的笔画很纤细，几乎是畏缩地挤在一起的。任何人阅读时都要稍稍费力，才能清楚识别其中的意思。尤其她的用字，十分敏锐，可以说表达能力太抽象了，也可以说是十分诗意。

后来医师慢慢了解了她的成长过程。原来她是在一个道德严谨的村落长大，在那里，也许是生活艰苦的缘故，每一个人都显得十分的强悍而有生命力。

她却恰恰相反，从小在家里就是极端怯缩，甚至宁可被嘲笑也不敢轻易出门。父亲经常在她面前叹气，担心日后可能的遭遇，或总是唠叨，直接就说这个孩子怎会这么的不正常。

以后她也没有改变过甚至更为严重起来，她陆陆续续接受了一些治疗，直到最后她住进了这家精神病院。

医院里摆设着一些过期的杂志，是社会上善心人士捐赠的。这些杂志有的是教人如何烹饪裁缝，如何成为淑女的；有的谈一些好莱坞影星歌星的幸福生活；有的则是写一些深奥的诗词或小说。她自己有些喜欢，在医院里又茫然而无聊，索性就提笔投稿了。

没想到那些在家里、在学校或在医院里，总是被视为不知所云的文字，竟然在一流的文学杂志刊出了。

医院的医师有些尴尬，赶快取消了一些较有侵犯性的治疗方法，开始竖起耳朵听她的谈话，仔细分辨是否错过了任何的暗喻或象征。家人觉得有些得意，也忽然才发现自己家里原来还有这样一位女儿。甚至旧日小镇的邻居都不可置信地问："难道得了这个伟大的文学奖的作家，就是当年那个古怪的小女孩？"

她出院了，并且凭着奖学金出国了。

这是新西兰女作家简奈特·费兰德的真实故事，她是众所公认的新西兰最伟大的作家。

重新做一个梦

当贝斯特还是个孩子的时候，就曾梦想住在一所有门廊和花园的大房子里；娶一位身材修长、美丽善良的姑娘，她有乌黑的长发和碧蓝的眼睛，她弹奏吉他琴声美妙、唱歌歌声悠扬；有三个健壮的儿子，在他们长大之后，一个是杰出的科学家，一个是参议员，最小的儿子要成为橄榄球队员；而他自己要当一名探险家，登上高山、越过海洋去拯救人类；拥有一辆红色法拉利赛车……

可是有一天，在玩橄榄球时，贝斯特的膝盖受了伤。为此他再也不能登山，不能爬树，不能到海上航行。他开始研究市场销售，并且成为一名医药推销商。

贝斯特和一位漂亮善良的姑娘结了婚。她的确有乌黑的长发，不过却身材矮小而且眼睛是棕色的；她不会弹吉他甚至不会唱歌，却能做美味的菜肴；她画的花鸟更是栩栩如生。

为了经商，贝斯特住进了城中的一座高层建筑。在此，他可以俯瞰蔚蓝的大海和城市的夜景。但是，没有门廊和花园，不过有一只惹人喜爱的小猫。

贝斯特有三个非常漂亮的女儿，但最可爱的幼女只能坐在轮椅上。他的女儿们都很爱他，但不能和他一起玩橄榄球。她们有时去公园追嬉，可他的幼女却只能坐在树下自弹自唱——她的吉他虽然弹得不好，可歌声却是那样的委婉动听。

为使生活过得舒适，贝斯特挣了很多钱，却没能开上红色的法拉利赛车。

一天早晨，他醒来后，又回忆起往日的梦境。"我真是太不幸了。"他对他最要好的朋友说。

"为什么？"朋友问。

"因为我的妻子和梦想中的不一样。"

"你的妻子既漂亮又贤惠"，贝斯特的朋友说，"她创作了动人的绘画并能做美味的菜肴。"

但他对此却不以为然。

"我真是太伤心了。"有一天贝斯特对妻子说。

"为什么？"妻子问。

"我曾梦想住在一所有门廊和花园的大房里，但是现在却住进了47层高的公寓。"

"可我们的房间不是很舒适嘛，而且还能看见大海，"妻子说，"我们生活在爱情与欢乐中，有画上的小鸟和可爱的小猫，更不用说我们还有三个漂亮的孩子。"

但他却听不进去。

"我实在是太悲伤了。"他对他的医生说。

"为什么？"医生问。

"我曾梦想成为一名伟大的探险家，但现在却成了一名秃顶的商人，而且膝盖落下了残疾。"

"你提供的药品已经挽救了许多人的生命。"

可他对此却无动于衷。结果，医生收了他110美元并把他送回了家。

"我简直太不幸了。"他对他的会计说。

"怎么回事？"会计问。

"因为我曾梦见自己开着一辆红色的法拉利赛车，而且绝不会有生活负担。可是现在，我却要乘公共交通工具，有时仍要为挣钱而工作。"

"可你却衣着华丽，饮食精美，而且还能去欧洲旅行。"他的会计说。

但他仍旧心情沉重。他莫名其妙地给了会计100美元。并且依然梦想着那辆红色法拉利赛车。

"我的确是太不幸了。"他对他的牧师说。

"为什么？"牧师问。

"因为我曾梦想有三个儿子，可我却有了三个女儿，最小的那个甚至不能走路。"

"但你的女儿却聪明又漂亮"。牧师说，"她们都很爱你，而且都有很好的工作。一个是护士，一个是艺术家，你的小女儿则是一名儿童音乐教师。"

可贝斯特却同样听不进去。极度的悲伤终于使他病倒了。

一天夜里，他梦见自己对上帝说："小的时候，你曾答应满足我的所有要求。你还记得吗？"

"那是一个美好的梦。"

"可你为什么没有把那些赐予我？"

"我能够赐给你，"上帝说，"不过，我想用那些你没有梦见的东西而使你惊奇。我已经赐予你一个美丽而善良的妻子、一个体面的职业、一个好的住所及三个可爱的女儿。这些的确都是最美好的……"

"可是，"他打断了上帝的话，"你并没把我真正想要得到的赐给我。"

"但我想，你会把我所真正希望得到的给予我。"上帝说。

"你需要什么？"贝斯特从未想过上帝要得到什么。

"我要你愉快地接受我的恩赐。"

这一夜，贝斯特始终躺在黑暗中进行思考，并终于决定重新做一个梦。他希望梦见往昔的时光以及他已经得到的一切。

贝斯特康复了，幸福地生活在位于47层的家中。他喜欢孩子们的美妙声音，喜欢妻子那深棕色的眼睛与精美的花鸟画。夜晚，他在窗前凝望着大海，心满意足地观赏着城市的夜景。从此，他的生活充满了阳光。

生活的方式 | STORY

爱上圣母玛丽亚的小女孩

萨姆看了一下手表——四点半。他摘下眼镜，站直僵硬的双腿，走出后店的工作室，透过弧形小橱窗往外看。

嗯——她在那里。一周来每天这个时候他总能看见在铺满鹅卵石的小路上，一个小女孩兴冲冲地跑来，黑发飘逸，肩上的书包摇来晃去。

现在她停在橱窗前，脸紧贴着玻璃，不知道他在注意她。

他看见她眼神中的紧张、焦虑消失了。他几乎读懂了她的心思——还在这里——还没被卖掉。

他知道，在他橱窗里的古董中，小女孩感兴趣的只有一件——摆在货架上的圣母玛利亚雕像。这是他两周前在一次大甩卖中买的。

橡木雕像上人物线条十分简洁古朴，而圣母端详手中熟睡孩子的表情更是感人。

雕像对小女孩似乎有种神奇的魅力。她目不转睛地凝视着它，双唇微张，露出珍珠似的皓齿，苍白的小脸庞上泛起了淡淡的红晕。

过了一会儿，她深深地吸了一口气，慢慢地转过身，沿着街走了。

萨姆叹了叹气，回到工作室。在那里他花很多时间打磨、修复库存的旧银器和旧家具。

他在干活时就下定决心，明天得跟小女孩谈谈。他觉得她特别惹人喜欢，令他想起了自己的女儿在她这个年龄时的一些往事。

对，得跟她谈谈。问问是什么使玛利亚小雕像对她有如此大的吸引力。

但是，第二天清早，店门的铃响了，萨姆赶忙出来。他看见圣德雷萨教堂的老牧师站在柜台前，玛利亚小雕像在他粗糙的手上。

萨姆的心一下子沉了。以前没有哪笔生意他不愿做——可现在他不想卖掉小雕像。

奥迈顿牧师笑眯眯地看着他，厚厚的镜片后面双眼闪烁着。他说，玛利亚小雕像正是新近落成的儿童礼拜堂要找的东西。

牧师注意到，萨姆在犹豫。

"还没卖吧？"他问道，"我真希望还没有。"

"还没有，还没有。"萨姆闷闷不乐地答道。他想小女孩来到商店，发现玛利亚不见了，一定会满脸失望的。

他觉得卖了小雕像，对小女孩说得上是一种残忍的出卖。但近日生意惨淡，如今心地善良的老牧师又拿着钱等买。

拒绝他吧，萨姆觉得对自己是一种不诚实，对牧师是一种不礼貌，所以他极不情愿地把玛利亚包好。奥迈顿牧师拿着包裹走到街上，心满意足。

萨姆吁了口气，转过身。没有了玛利亚雕像，小商店似乎空荡荡的。

那天下午，他害怕四点半。他发觉他自己隔几分钟就使劲看表。当教堂的钟敲半点时，他看见她冲上小坡，双眼闪烁，满脸充满希望。

她停在橱窗前，看着货架。

好像有种光消逝了。

她呼吸急促，淡淡红晕不见了，苍白的双颊泛着蜡黄。她失望地把橱窗看来看去，最后长久地盯着货架上的空位子。萨姆以为她会哭，她却转过身，沿着狭窄的街道慢慢走了，脚步沉重。她再也没有回头看一眼。

几天过去了，他没有再看到她。他想，她肯定走另一条路回家了。他惦记着她那急切而明朗的脸，隐隐约约地感到不安，心头有种犯罪感——虽然他告诫自己说，这多么滑稽，想法摆脱这种感觉。

但几天过去了，萨姆还是感到茫然、迷惑、失落，他忘不掉最后一次看到小女孩的表情。

一天下午很晚的时候，他正准备关店门，一个愁容满面的清瘦男子走了进来，脸上的每一条皱纹都似写满焦虑。萨姆觉得，他身上有什么地方似曾相识。

"对不起，"陌生人紧张地开口道，"我有一个不寻常的请求"。

他停了一下，像是在措辞。

"我女儿叫霍普。她只有七岁，得了肺炎。她老叫我给她买一件在您商店里看到的东西。她说是一个母亲和婴儿，用木头雕的。其他什么都不说了——我不知道为什么——除非——"

他又尴尬地停了一会，接着说："哦，她一年前失去了母亲——婴儿也死了。"

萨姆十分同情她，可又觉得爱莫能助。

"很对不起，"他说，"我上周已把玛利亚卖了。"

陌生人不知所措地望着他。

"哦……嗯，很抱歉打扰你了。我……我现在不知如何是好。"

萨姆看着他走了。踌躇了一会便冲上街，追上了他。

"不必担心，"他急急地说，"我知道谁买了玛利亚。请留下你的地址和姓名，我会设法给你寻来"。

10分钟后，他把故事讲给了教堂里的老牧师。

"牧师，所以你明白，"他最后请求道，"我希望你能让我买回玛利亚"。

老牧师摇摇头。

"孩子，雕像我是不会卖的。"

萨姆沮丧透了。然而老牧师接着又说："我要亲自把它送给小女孩！"

他把她父亲留的姓名地址给了老牧师，心头顿感如释重负。

第二天一早，就在他取下百叶窗开店门时，他看到了小女孩的父亲。他步履轻盈地走上小坡。萨姆注意到，他不再是焦虑万分，而是信心百倍。

"我来谢谢您，"他话语质朴，"霍普好多了。奥迈顿牧师把玛利亚雕像递到她手中没多久，她就睡着了——她睡了个通宵。她好多了——算得上是个奇迹。"

萨姆看着他沿着街走了。

是的，萨姆想着——微笑慢慢爬上了他布满皱纹的脸——算得上是个奇迹。

（美）穆里尔·麦克诺顿

大人物

1993年5月，就在我将满19岁的时候，我在曼哈顿中区找到了一份引座员的夏季工。我得回长岛去过夏天，这样就可以在6月中旬做两班倒的工作，以便攒够夏天余下的日子里所需的费用，具体点说，是为了去看"Grateful Dead"乐队的演出。我所在的那个餐馆主要是为商业人员服务的，每天下午2点到5点是我们这些引座员的休息时间。在这3小时的时间里，我在这个我生长的城市四处游逛。尽管早已十分熟悉，但我还从未像一个兜里揣了点钱的成年人一样在城里走动过呢。

工作没几天，我就找到了一个可以做点好事的机会。每个工作日，我都会有一份免费工作餐，但我实在不愿意吃这些和我整天送进送出的食品一样的东西，而且我买得起、也更愿意在布莱恩特公园里买一份三明治。我们的餐馆就在佩恩车站前面的那个街区，前一年的夏天我曾在那个车站里帮助过一个无家可归的人。我估计尽管我的工作餐并不合我的口味，但对于在街上流浪的人来讲可能就是一顿国王的大餐。于是有一天中午，在就餐的人群散去后，我到厨房用外卖盒包好了一份食物，然后出了门。

我拿着满满一包食物来到了佩恩车站。半小时以后，在被那些常被路人冷落的人们冷落之后，我仍拿着那包食物坐在原地，为自己所遭遇的拒绝懊恼不已。我一直没意识到有人在不远处注意我，直到一只柔软的手碰了碰我的肩膀，随即一双邋遢的旅游鞋进入了我的视线。我抬起头，看到了一个大概比我大十岁的、嘴唇薄薄的女人正蹲在我身边。

"这个，"她说着用脏兮兮的手指了指我手里的纸袋，"我不饿，但是他们会从我手里把食物接过去的。"

尽管依然垂头丧气，但由于不想浪费食物，我把口袋递给了她。我看到这个大概只有五英尺高的邋里邋遢的女人把那袋食物递给了那个刚刚还对我嗤之以鼻的男人。她微笑着冲我挥了挥手，就好像是在和一个失散多年的童年旧友打招呼。如果她回过头的话，一定会看见我脸上的笑容，但是她却在我向她说谢谢之前消失在了拐角处。我当时感到有点奇怪，但马上就变成了一种负罪感。无论如何，让一个像她这样一贫如洗的人来安慰我好像总有些不对劲。

几小时以后，我终于找到了一个机会来感谢她。往长岛去的火车在非高峰期是每隔1小时一趟。那天晚上的工作结束后，我刚巧错过了一班火车，因此不得不坐在麦迪逊广场花园的台阶上，一边抽烟一边写日记来打发剩下的59分钟。就在我从车站往第七大街走的时候，我一眼瞥见了那个女人。我认出了那条破烂的牛仔裤，那裤子看起来好像大了五个号，还有那件让我看一眼都会觉得出汗的深灰色套头衫。她靠墙坐着，两膝紧紧并在胸前，嘴上叼着一支香烟。起初当我向她走过去的时候，她拿起一个破旧的咖啡杯冲我晃了晃，里面传出硬币的丁当声。可当我走近时，她立刻认出了我，于是马上挺直了脊梁，把咖啡杯放在了一边。

尽管时间长了我无法记清那一次谈话谈了哪些事，但我仍然记得我们俩的第一次交谈，那一切就好像是发生在昨天一样清晰无比。她的名字叫黛比，她和我握手时所表现出的坚定大大出乎我的意料。她问起我的情况，我告诉她自己是一个学艺术的学生，目前正在餐馆做服务员以便攒钱去旅行。当我谈到自己可能要辍学变成一个无业游民的时候，她的语气一下子充满了一种母性的说服力。

"千万别放弃上学，"她冲我晃着一根瘦骨嶙峋的手指警告道，"而且千万别碰毒品。"

我笑了起来，不是因为她的严肃，而是因为她态度的突然转变。可她接下来所说的话却深深触动了我。她脸上的神态由警告变为沉痛——那是一种你只能在一个从二战的大屠杀中幸存下来的老人脸上才可以看见的表情。仅仅这个神态就足以令我认真地听她讲话，仿佛她就是杰里·加西亚本人。她说得很快但语气坚定，就像你正在吃着一种味道很怪但却知道对你大有好处的东西一样。

"我没能拒绝毒品，这东西毁了我的一生。我失去了家庭和孩子们，现在只能待在这儿等着艾滋病随时带走我的生命。"尽管说出了这些话仿佛让黛比得到了某种解脱，但仍旧让我目瞪口呆。我们坐在那里沉默不语，我一个劲地抽烟，时间仿佛一下子凝固了。黛比的话在我脑海中不断回响，整个纽约城都好像陷入了沉寂之中。最后，我给她买了杯咖啡就上了火车。

在接下来一个月左右的时间里，黛比和我一起分享三明治，一起分享彼此的故事、想法、梦想，还有欢笑。我们也一起流泪，但是通常我都会把眼泪忍到上火车之后才流。我不想让她认为我只是因为同情才和她在一起。我真的喜欢有她做伴的感觉，而且非常珍惜她迫切希望教给我的那些东西。我尽可能使她的生活过得更舒服一点：一双鞋、一把新牙刷、还有咖啡。我甚至帮助她发起了一项"运动"，向那些每天都从佩恩车站经过，但却对在这里苦苦挣扎的人们熟视无睹的雅皮士们寻求"财务支持"。这一生中，我只有一次被迫乞讨的经历，那一回我没有了煤气，信用卡也达到了透支的最高额度。那是我最惭愧的往事，但黛比为了避免"受管制"而经历的一切却让我至今困惑不已。可是我从没有问过她为什么不利用那些她可以利用的资源和条件。我的角色就是一个朋友，而不是社会工作者。

终于到了我上路的时候了。黛比看上去并没有因为我的离去而过分伤心，我想主要是因为20多年以来她已经习惯了失去。即将开始的旅程让我很兴奋，所以我也没有太强烈的失落感。我们都认为我们俩很幸运，能偶结下这样一段看上去不太可能的友情简直是天意，我们都发誓要把对方牢记在心里。我给了黛比一个可以联系到我的电话和地址。不出所料的是，她从来也没有写过信或是打过电话给我。

几个月以后，就在我开始大学二年级的学习后不久，我利用一个周末的机会回家去看望在麦迪逊广场花园里表演的杰里和他的伙伴们。一天晚上，在"Grateful Dead"的音乐会结束后的拥挤人群中，我和朋友们急匆匆地跑着去赶火车。就在我们挤过那些留着怪异发型、扎着领带的人群时，我听到有人在叫我的名字。可是每10个出生在20世纪70年代的女孩子里就有一个是叫珍的，所以我只把那当做是在叫另一个和我重名的人。但当我环顾四周的时候，我看到了那唯一一个坐在地上的人。

我告诉朋友们等我一下，她们用眼神示意我，并指了指手表。我开始逆着人潮涌动的方向跑，试图靠近我的朋友，而她此刻正向我伸出了手臂。在那一刻，我感到自己就如同走在那些老生常谈的梦中，我沿着一条长长的通道不停地走，试图走到终点处的那扇门前，但却离得越来越远。我的目的地并不是一扇门，而是一张被绝症折磨得有些扭曲但仍旧熟悉的脸。黛比的眼底充血，伸出的瘦骨嶙峋的双臂上满是抓痕。就在我马上就可以抓到她手的时候，朋友们又在大喊我的名字。我转过身去想示意她们再等我一分钟，但却无法从人群中找到她们，我不由得慌乱起来。我飞速地对黛比无声地说了一句"我爱你"，她也同样地给了我一个"我爱你"的口型。我转身就跑，既是为了找到我的朋友们，也是害怕正视黛比那副痛苦和恐惧的样子。我至今仍然无法原谅自己当时作出了那样的决定。

第二年的夏天，我又回到那家餐馆去工作。在第一天上班的休息时间里，我又包了一些食物沿着第七大街走向佩恩车站。我看到了一些熟悉的脸，这一次接受我食物的人对我充满了感谢。但是有一张特殊的面孔却消失了。我猜想我所深爱的那张笑脸已经不在这个世界上了。可是，我宁愿相信黛比最终去寻求了帮助并正在某个地方舒适地躺在床上。那个相信这种猜测的我，会在女儿掉了第一颗牙的那一晚在她的枕头底下放上一张美元。自从我在一个不起眼的人的眼中发现了一个大人物之后，我已经变好了。

深夜搭便车的女人

20年前，我开出租车为生，这是一种适合我这种不想有一个老板管着的人过的生活。当时我还没有意识到，其实那也是一种责任。

我开夜班车，于是我的出租车成了一个流动的忏悔室。那些不知姓名的乘客们坐上车，坐在我身后，对我讲述他们的人生。我遭遇过各式各样的乘客，但最让我难以忘却的是8月的深夜搭我便车的一个女人。

凌晨2：30，我开车到一座大楼下，那座大楼一片漆黑，只有一楼的一间窗户射出一点微弱的灯光。在这种情形下，大多数司机都只是按一两下喇叭，等待片刻，便开车离开。但我曾见过太多疲惫无力的人，坐出租是他们唯一能依靠的交通工具。除非我确实感到了危险的气息，否则我都要去敲敲门。我告诉自己，那个乘客可能是个需要我帮助的人。

"等一下。"门里传来一个虚弱、苍老的声音。经过了好一阵等待，门开了，一个80多岁的瘦小女人站在我面前，身着一件印花裙，头戴一顶帽子，帽子别着一层面纱，活像20世纪40年代电影中的人物。

她身旁放着一个很小的尼龙手提箱。那间公寓看上去像是多年没有人住过了。所有的家具都用布盖着。墙上没有挂钟，橱柜里也空无一物。墙角有一个纸盒子，盒子里堆满了照片和玻璃器皿。

"你能够帮我把箱子搬到车里去吗？"她说。我把箱子放到车里，然后返回去扶那位老人。她挽住我的手，慢慢走向车子，嘴里一直不停地感谢我肯帮助她。

"这没什么，"我告诉她，"我只是希望别人也能这样对待我的母亲。"

"噢，你真是一个好男孩。"她说。

我们坐进车后，她给了我一个地址。然后问道："你能够开车经过市中心到那里吗？"

"那不是最近的路线。"我不假思索地回答。

"噢，我不介意。"她说，"我不着急，我要去一个养老院。"

我看了看后视镜，她的眼里有什么在闪烁。"我在这个世上没有亲人了，"她继续说道，"医生说我的日子不长了。"

我平静地伸出手，关掉了计价器，问她："你想走哪条路线？"后面的两小时里，我们驱车穿过整个城市。她指给我看一座大楼，她曾经做过那里的电梯管理员。我们经过了一个社区，她和丈夫新婚时就住在那里。她还让我在一个家具仓库前停了会儿车，那里曾经是一个跳舞场，当她还是个女孩子时，曾在那里翩翩起舞。

有时她会叫我在某栋楼房或者某个街角减速，然后只是沉默地坐在那里，盯着窗外的一片黑暗。当太阳的第一缕光芒刚穿过地平线时，她突然说："我累了，我们走吧。"

我们沉默地驶向她给我的那个地址，那是家养老院。

"我应该付你多少钱？"她一边问，一边伸手去掏钱包。

"一分钱都不用付。"我说。

"你也得过日子呀。"她回答我。

"我还会碰到其他的乘客。"我告诉他。

几乎是不假思索地，我拥抱了她，她也紧紧抱着我。

"你为一个衰老的女人带来了片刻的欢乐。"她对我说，"谢谢。"

我握了握她的手，走向了那柔柔的黎明阳光。在我身后，门"嘭"地关上了。那是一个代表生命结束的声音。

那天，我没有再载别的乘客。我漫无目的地行驶在大街上，陷入深深的思索。在那一天里，我几乎一言不发。假如那个女人碰到了一个脾气糟糕的司机，或者一个因为夜班即将结束而显得不耐烦的司机呢？如果我拒绝载她，或者当时只是鸣了一次喇叭就扬长而去呢？

我的思绪飞快地回到了过去，我想这一生里还没发生过比这个夜晚更有意义的事情。我们习惯于认为，生活的意义在于那些精彩的时刻。但精彩的时刻总是带着旁人看来微不足道的外表，不知不觉来到我们身边。人们可能已经记不得你曾经做过什么，说过什么了……可是他们会记得你给他们带来了怎样的感觉。

稍微停下你的脚步，品味那些你已拥有的回忆，那些发生在你身上的小事，虽然是一件小事，却让别人的那一天与众不同，并且拥有了一份特别的记忆。

抬头挺胸好处多

"他看上去像个了不起的大人物！"记得那中年男子站在旁边柜台结账时，我曾这样想过。有些什么使他显得很特别，甚至连包装食品的店员好像也察觉到了。他用尊敬的眼光瞥了那人一眼，干起活来好像也比平时利索。

我极力想找出他的与众不同之处，结果却发现他很一般。虽然他给人以个子很高的感觉，但我看出实际上他只有中等偏下的身材。他的相貌并非特别出众，且只穿了一套朴素的普通运动服。

直到他离开，我才如梦方醒：那是因为他有一副大丈夫的气概。他昂着头，挺着胸，神气十足地离开了超级市场。

相比之下，形成了多么鲜明的对比！那个给他结账的店员失神地呆望着。其他顾客则都委靡不振地提着购货篮。我自己呢？从商店边门的玻璃中，映出一个就像拿着过多食品杂货的疲乏不堪的家庭妇女形象。

忽然，我想起了儿时妈妈唠叨了成百遍的话："直起腰来！挺起身子，就像有根绳子扯住你的耳朵往上拉一样。"

于是我想象自己这时被一根绳子向上拉，我的头和上身不自觉地挺了起来。当我走近商店门口时，我觉得自己比往常变得高了些。当时，我看到玻璃中映出一个显得很自信的妇女！但当我5点钟在熙熙攘攘的车流中匆匆赶回家，并想赶在7点钟的聚会之前安排好晚餐时，我那种美好的姿态又消失得无踪影了。

直到第二天，当我在百货商店里试穿衣服时，才重新想起这回事。每件衣服我穿在身上都显得臃肿，皱巴巴的，简直像是套错了地方。

我侧转身，心想换个角度或许要好看些。这时我才真正意识到自己的姿态是多么不雅。突然，我想起在超级市场见过的那个男子。他是因为站得笔挺，所以看起来神采飞扬而又不同凡俗。我如果也这样，穿着这些衣服会不会也使我好看些？

我挺直身躯，不安地重新看着身上的衣服。讨厌的鼓起和折皱自行消失，线条也好得多了。

我喜欢这套衣服！

"真漂亮！"帮我试装的店员说。

"你认为这套衣服不错？"

"当然，它使你看上去苗条多了。"

当真，我看上去像是瘦了两三公斤。我脑子里闪现出读过的许多有关忌食的文章，诸如《怎样在几周内减轻体重》之类。现在我有了个新标题：《怎样在几秒钟内变得苗条些》。

我挺直身体时，看上去是否也显得年轻了些？我必须承认可能是这样的。这时，我有了另一个新的标题：《怎样在几秒钟内看上去年轻了几岁》。我还发现，我平时常去商店购物时的腰痛也消失了。在驱车回家的路上，我确信自己其他方面也都健康。首先，为了调节一下情绪，我一路做着深呼吸。我感到五脏调和，神情舒展。这时，又一个标题出现在我脑海里：《在几秒钟内觉得舒畅些》。

但保持挺立的姿势并非容易的事。重力作用和多年养成的坏习惯老是把我往下拉。或许正因为这个缘故，那天要去参加一个舞会时我才忧心忡忡，低着头，哈着腰，显得没精打采。我不想去。和那些人在一起我会感到不自在，而且我知道我会失言，会说些不得体的话。

晚饭后，我勉强穿上我的新衣服，在镜子中瞥了一眼自己的身影。"直起腰来！"我命令自己。我想象着有根绳子在向上拉我，尽量将身子挺起。我就这样走进了舞会。

好的姿势改变了我的外表固然使我惊异，但更令我奇怪的是，它改变了我的其他状况——心境、气质、态度和自我感觉产生的影响。我猜想是这么回事：当我昂起头并尽量挺直身躯时，一个无形的暗示作用于我说："你信心十足，你不妄自菲薄，你是个有作为的人。"其他人对我的外表神态作出反映，也表露出一种信息———一种很尊敬的神情。他们一定这样想：

"哦，如果她自认为是个贵人，那她一定就是。"我紧张的心情开始松弛下来，我知道了我有参加这种活动的能力——可以比往常更多地参加这样的社交活动。那个晚上，当我上床时，我意识到我又有了另一个新的题目：《怎样在一瞬间建立自信心》。

在那以后的几周内，我已感到那长时间的良好姿势继续使我受益。

我挺起身躯，使我更敢于坚持我所相信的东西。挺直了身子，我觉得我自己比以往好得多。

我本身因而获得改善，影响所及，我内心深处也就更宁静、更愉快了。

后来有一天，我到商店去买东西时，那个店员望着我，露出似曾相识的神情。

"喂，你是不是个要人？"她问。

"嗯，这么说也不错。"我回答说，"我是要人。我们大家不都是吗？"

（美）朱利·皮尔森

拯救灵魂

我在13岁头上得到了救赎。其实哪里是真的救赎。事情的经过是这样的。那时，吕德婶婶的教堂正经历巨大的复兴。几个星期的晚上连着布道、唱赞歌、祈祷，还有嘶喊，连不少顽固不化的罪人都皈依到基督的身边，于是，教堂的信徒激增。就在这次复兴活动结束前夕，他们专为孩子们举行一次特别的祈祷，"把这些迷途的小羔羊带回羊群"。婶婶谈论这件事已好几天了。到了那天晚上，我被护送到前排送葬者坐的长凳上，与所有尚未被召唤到基督跟前的小罪人挤在一起。

婶婶说过，得救时能看得见一缕光芒，接着内心就发生了变化！这是耶稣进入了你的生命呢！从此上帝将与你同在！她说，你看得见、听得到，能感觉出耶稣就在你的灵魂里。我相信了她。我早就听许多老年人——这档子事该他们知道——讲过同样的事。于是，我不紧不慢地坐在又热又挤的教堂里，等待着耶稣向我走来。

牧师的布道抑扬顿挫，其间充满了呻吟、呼叫、孤零零的哭诉，一幅幅可怖的地狱图景。接着，他唱了一支歌，歌中说九十九只羊会在羊栏里得到庇护，还会有一只小羊羔留在外面挨冻。他接着说："难道你们不过来吗？难道你们不想来耶稣身边吗？小羊羔们，难道你们不想过来吗？"他向我们这些坐在送葬人的长凳上的小罪人们敞开了胸怀。这时，小女孩们哭了起来；有的跳将起来，径直奔向耶稣。可我们大多数还死坐在那儿。

老人蜂拥而至，跪在我们四周祈祷起来，有漆黑的脸、编着辫子的老太太，有干活干得指节弯扭的老头儿。全体教徒唱起一首歌，大意是，微弱的灯儿燃着，可怜的人儿将赎去罪孽。整幢房子就在祈祷和歌声中震荡。

然而我还在等着见耶稣。

最后，所有的孩子都登上了祭坛，得到了拯救，只剩我和另外一个。他是酒鬼的儿子，名叫韦斯特里。他和我被淹没在姐妹们和执事的祈祷声中。这时教堂里很闷热，天也很晚了。终于，韦斯特里对我悄悄地说："见他妈个鬼！我可坐腻了。我们上前去被救算了。"他站起来，就赎了罪。

就这样我一个人被留在了送葬人的长凳上。婶婶走过来，跪在我的膝下，哭着，而祷告声和歌声如凶猛的波涛把我卷在这小小的教堂里。全体教徒为我一人祈祷呻吟，呼喊声呼天抢地。

我安详地等待耶稣的到来，等呀，等呀——可他没来！我要见他，可什么也没发生。什么也没发生！我想要让自己身上发生点什么变化，可什么都没发生。

我听到歌声，听到牧师说："你为啥不过来？宝贝儿你为啥不过来？耶稣等着你呢。他想要救你呢。你为啥不过来？吕德姐妹，这孩子叫啥？"

"兰斯顿，"婶婶呜咽道，"兰斯顿，你干吗不过来？不过来，不想得到救赎吗？噢，上帝的羔羊！干吗不过来？"

这时，天的确很晚了。我开始为自己害羞了，都是我，让大伙儿耽搁这么久。我想弄明白上帝会对韦斯特里怎么想了，他准没看见耶稣，可瞧他现在在祭坛上那个得意劲儿，一边晃荡着穿灯笼裤的双脚，一边和我扮着鬼脸，还有执事和老太太们团团地跪在周围为他祈祷。上帝并没有因他玩弄自己的名义，在教堂里撒谎而将他用轰雷劈死呀。于是，我明白，要避免进一步的麻烦，我最好也撒个谎，说看到耶稣来了，站起来，去得救。

我站了起来。

霎时，整个大厅成了欢呼的海洋。欢腾的声浪席卷着小教堂。女人们向空中雀跃。婶婶双臂围住了我。牧师拉住我的手，领我上了祭坛。

等平静下来，四周一片静默，不时听得几声狂喜的"阿门"，在这种气氛中，所有的小羊羔都以上帝的名义得到了祝福。接着，欢乐的歌声响彻大厅。

那天夜里，我哭了——这是倒数第二次哭，我毕竟已是12岁的大孩子了。我哭着，床上一个人，哭得不能自已。我把头埋进了被窝，婶婶还是听见了。她醒来告诉叔叔，说圣灵来到了我心中，说我看见了耶稣，所以我哭了。可其实我哭是因为我不忍心告诉她我撒了谎，我骗了教堂里所有的人，而且我实在没有看见耶稣，而我现在再也不相信有耶稣，不然，他总得来帮我一把呀。

（美）兰斯顿·休斯

生活的方式 | STORY

贾金斯先生

我第一次遇见贾金斯，或者说真正注意他，是在好些年前，那时我还是个孩子，正在外边野营。当时有人正要将一块木板钉在树上当搁板，贾金斯便走过去管闲事，说要帮他一把。

"停一停，"他说道，"你应该先把木板头子锯掉再钉上去。"于是，贾金斯便四处去找锯子。找来锯子之后，还没有锯到两三下又撒手了。"这把锯子，"他说，"需得磨快些。"

于是他又去找锉刀。接着又发现在使用锉刀之前，必须先在锉刀上安一个顺手的手柄，为了给锉刀安手柄，他又去灌木丛中寻找小树，要砍下小树干，他又发现这得先磨快斧头。当然，要磨快斧头，他不得不先将磨石固定好，这样磨起来才得心应手；可这又免不了要制作几根支撑磨石的木条。为了把这事儿办得体面些，贾金斯决定做一张木匠用的长凳；可这没有一套齐全的工具是不可能的事。于是，贾金斯到村里去找他所需要的工具，然而这一走，就再也不见他回来了。

几个星期以后，人们才看见他在城里露面；为了成批购买器械，他正在讨价还价。

自从第一桩事儿以后，我逐渐和贾金斯混熟了，十分了解他无论学什么都是半途而废。曾有一段时间，他废寝忘食地攻读法语，但很快便发现要真正掌握法语，必须首先对古法语有透彻的了解，然而实践表明：没有对拉丁语的全面掌握和理解，要想学好法语是绝不可能的。贾金斯进而发现，掌握拉丁语的唯一途径是学习梵文，因为梵文显然是拉丁语的基础。因此贾金斯便一头扑进梵文的学习之中，直到他发现，要正确地理解梵语，非学古伊朗语不可，因为它是语言的根本。然而，这种语言却早已销声匿迹了。

这样，贾金斯不得不一切从头开始。无可否认，他的确在自然科学上取得过一些成绩。他研究过物理学，很快从对力的研究追溯到分子，又从分子到原子，再从原子到电子，当他的全部研究已扩展到无限的空间领域时，他却仍然在那里追根溯源。

不用说，贾金斯从未获得过什么学位，他所受过的教育也始终没有用武之地。但这无关紧要。他有的是钱，可以拿出10万美元的资本直接开厂兴业。起初，他将这笔钱投资办一家煤气厂，可他发现造煤气所需的煤炭价钱昂贵，这使他大为亏本。于是，他以9万美元的售价把煤气厂转让出去，开办起煤矿来。可这又不走运，因为采矿机械的耗资大得吓人。因此，贾金斯把在矿里拥有的股份变卖成8万美元，转入了煤矿机器制造业。这样，他本来可以赚些钱的，偏偏用作工厂动力的是煤气，耗费巨大。于是贾金斯又以7万美元的价卖掉他的制造业。从那以后，他便像一个倒行的滑冰者，在有关的各种工业部门中滑进滑出，没完没了。

每年他都要亏损一大笔钱，尤其是在生意兴隆的好年头。倒是在生意萧条、商品卖不出的晦气日子里，他干得挺不错。

贾金斯的家庭生活说得上风平浪静。

当然他从未结过婚。但说实话，他也恋爱过好几次，虽然每一次都毫无结果。我还清楚地记得他的初恋故事，当时我和他过从甚密，无话不说。他对一位姑娘一见钟情，十分坦率地向她表露了心迹。

"我想请求她做我的妻子。"他对我说。

"什么时候？"我问他，"就办喜事吗？"

"不，"他回答说，"我首先得使自己匹配得上她。"

为此，他开始在精神品德方面陶冶自己。他去一所星期日学校教了一个半月的课，这时他意识到，假如一个人不打算首先系统地学习巴勒斯坦历史，休想在教书这样神圣的职业中干出一番事业。他还认为，当一个人对以色列的历史还只是一知半解，想去追逐一个女人，那真是无赖之徒。因此，贾金斯自动逃遁了。当他认为问心无愧、无妨启齿求婚之日，整整将近2年的光阴已经流逝了。这时，那位姑娘早已嫁给一个愚蠢的家伙，脚上穿着漆皮长靴。自然，贾金斯又再次坠入情网。无论如何，这一回他的思想品德是蛮够格的了。

这一次他如痴如醉地爱上了一位迷人的、有5个妹妹的姑娘。无论哪位名副其实的男子汉，准会一见钟情地爱上像她这样的姑娘。既然如此，贾金斯一定会向姑娘求婚的。可是当他上姑娘家时，遇见的却是她家的二妹。当然这位妹妹更年轻，这样贾金斯便喜欢上了二妹。可是一天晚上，当他去姑娘家拜访时，开门的是一位更小的妹妹。这一来，贾金斯只好倒回去逐个地将众姐妹衡量一番，到最后一个也没上手。

也许贾金斯从未结成婚倒是件好事，因为贾金斯的情形每况愈下，越来越穷，结了婚会陷入更困难的境地。你知道，他卖掉了最后一项营生的最后一份股份后，便用这笔钱买了一份逐年支取的终生年金，可是这样一来，支取的金额将会逐年减少，因此他要是活的时间长了，早晚得饿死。

与此同时，他的形象大变，看上去既老又古怪，上衣短了一截，裤子悬在破靴上，活像个瘪三，他那张脸也像个小老头，布满了道道皱纹。

而且他一谈起话来总是回忆过去，他老是没完没了地给别人讲述自己在往昔的快乐时光所经历的故事，提到各式各样的人。

譬如，他讲道："我想起一桩相当古怪的事情：那天我在火车上遇到……"

假如这时候你问："那是什么时候的事了，贾金斯？"那么，他会用一种迷惘的目光瞅着你，好像正在推算时间，接着说道："是1875年，也许是1876年，就我记忆所及，大致差不多是……"

我还注意到，当他回忆这些往事时，总是往回追溯，越追越远。有一段时期，他讲的都是他年轻时候的往事，而今他讲的故事更加遥远了。

不久前的一天，他告诉我一个有关他和其他两位他称做哈普尔弟兄的故事，这兄弟俩一个叫勒德，一个叫乔。他说勒德这老兄力大无比。

我问勒德有多大岁数，贾金斯回答我说3岁。他还补充说另一位兄弟年龄更小，但却是个十足的机灵鬼，大约——讲到这里，贾金斯停歇下来推算，大约有18个月吧。

于是，我才明白贾金斯缅怀往昔到了何种地步。他已经从童年退到了婴儿期。而现在，当他的年金枯竭，到了山穷水尽的地步，他也就退到了生命的底线，究竟是死是生，我便不得而知了。

然而，他的一生却向我揭示了一个我所体验过的最富有启发性的寓言。

旅伴

我和英格丽德在鲁普林斯阿瑟购物中心里闲逛，时不时地停下来看看漂亮的首饰，瞥两眼华丽的服装小店的橱窗，或者称赞精美的陶瓷展示。六个街区已经实施了交通管制，手工艺人、音乐家、游客和当地的居民一起走进了这个丰富多彩的街道集会。

我们停下来，看一位画家为一对幸福的年轻夫妇画蜡笔肖像。画家已经把这位年轻男士的脸部轮廓勾画了出来，正在用心地使这位年轻女士的画像更生动。他选择了适当的海蓝色来描绘她明亮的眼睛，选择了暖色的珊瑚红来丰富她令人羡慕的笑容。

我和英格丽德的家里也有一些我们俩拍得像一对"幸福夫妻"的照片，拍这些照片的时候，我们的丈夫似乎成了"电灯泡"。在夏末的一个下午，我们四人乘坐着一条旧船在海上航行。我的丈夫——当时还是我的男朋友——用胳膊搂着我，我则靠在他的肩膀上。我们两人枣红色的头发和安大略湖湖面的青蓝色形成了鲜明的对比。然而，如今我们并没有紧紧地靠在一起，压力侵蚀了我们早已破裂的婚姻，加大了我们之间的距离。他头发的颜色再也不会像我的一样了。现在，他的头发是灰色的，一部分是因为遗传，另一部分是因为生病。

在英格丽德夫妇的照片里，她过去的男朋友、现在的丈夫，看起来就像15岁的男孩，而且很多年都没有什么变化。如今，他已经44岁了，但是看起来就像是30岁。只是，眼角周围的细纹反映出了他的忧虑。他因为妻子不能怀孕而非常沮丧。由于各种各样的原因，英格丽德年轻、纤细的身体已经有所改变，并且越来越虚弱。药物治疗和压力是一方面，但主要还是因为多次流产造成的。因为每次流产之后，英格丽德都要经受一次永远失去孩子的痛苦。

前面传来了阵阵掌声，于是我们挤进另一圈人群。里面有一个年轻人骑在独轮车上抛火把。

我们用心地看着，脸上不时地掠过一丝丝微笑。在他最后的优美动作中，他从高处向前空翻落地，把扁扁的礼帽从头上摘下来，向观众深深地鞠了一躬。我们从口袋里找出一把硬币投给他，以表示我们对他的表演的喜爱。

我们继续向前走。夜晚的空气中弥漫着诱人的羊肉香味儿，其中混杂着柠檬、薄荷和大蒜的味道。我们在希腊餐馆外边的广场上找了一张桌子。我和英格丽德点了一瓶卡百内葡萄酒。

服务员很快为我们打开了瓶盖。

我知道英格丽德是不应该喝酒的，因为喝酒对她的药物治疗没有好处。但是看在上帝的分上，我们可是在旅游。而且她也认为生活就是一系列的选择，没有什么事情是绝对的。

"我根本不相信规规矩矩地养病最终会取得什么好的结果。"她说。

我们一边看菜单，一边喝了第一口酒。菜单上的食品都是希腊菜，但是菜名却都是法语。所以，我就把菜名翻译给她听。"Agneau就是羊羔肉，Poisson是鱼肉，Avecdes é pinards是菠菜。"

我们在旅途中经常互相做翻译。英格丽德的母语是德语，而我则在高中时学过一点法语。一路上我学会了一些其他国家的用语。其中，用得最多的是"请给我一杯咖啡"和"这个多少钱"。我以前从来没有翻译过类似于"婚姻"或"流产"这样的词。

后来，我们碰巧和一些年轻的法裔加拿大游客在一起聊天。他们对我们两个中年妇女在蒙特利尔青年旅馆干什么感到很好奇。我解释说："我们都已经结婚了。但是，我们的丈夫不喜欢我们这种形式的旅游。"他们又很自然地开始询问我们的孩子："你们的孩子呢？"

我偷偷地看了英格丽德一眼。她抿了抿嘴，轻轻地点了点头。我丈夫的疾病和我的不稳定情绪导致我们一直没有要孩子。而英格丽德和她的丈夫也同样一直没有孩子。我断断续续地给他们解释，尽力把每一个字都翻译出来。

"她失去了她的孩子。"

他们很疑惑地相互对视了一眼："失去？"

"噢！"有一个人说："掉了！她的孩子掉了。"

"掉了。"我向英格丽德重复了一遍。但是这样的翻译对我们来说没有什么作用，因为"掉了"根本不能体现出"失去"孩子的失落和悲痛。

我们开始吃开胃菜。对于我们的口味和有限的预算来说，这份5.95加元的开胃菜简直是太棒了。这样我们就可以点羊羔肉作为我们的主食，然后还可以再要点别的。很快，我们就开始品尝葡萄叶、面点菠菜、鱼子酱、羊奶干酪和橄榄叶。这些让我们回想起了我们在希腊的那段时间，那是15年前的一个夏天，我们在一起旅游。

"我喜欢和那些说'嗯'的人一起吃饭。"英格丽德说。这个周末我们说了很多很多的"嗯"。

我们都非常怀念这种旅游方式。1980年夏天，我们背着包徒步穿过欧洲，经过了11个国家。

我们那次的旅行是一次漫长的、偶然的、漫无目标的经历。我们乘上火车，头脑里只有一个目的地。但是如果某一个沿路车站看起来很有趣，或者同伴推荐了某一个小镇、博物馆或饭店，我们都会去看一看。

因此，我们在途中度过了许许多多美好的时光。有一次，我们偶然地走进一个在奥地利阿尔卑斯湖上的小村庄——圣沃尔夫冈。碰巧这里正在庆祝一个有500年历史的传统节日。晚上，我们和身着传统服饰（吊带花式皮裤和紧身连衣裙）的村民们一起在村里的广场上享受着乐队演奏的音乐。在希腊，我们骑上机动两用自行车围着科孚岛无拘无束地转了一整天。整个上午，我们都泡在爱奥尼亚海里。到了中午，我们围坐在阳光普照的餐桌旁，开始享受我们的午餐：西红柿、希腊沙拉和红酒，俯瞰着库罗拉这个小小的圆形海港。我们悠闲地坐着，半闭着眼睛，身上的海盐渐渐地变成一粒粒有光泽的粉末，反衬在晒黑的皮肤上。晚上，我们决定乘上"东方特快"离开巴黎。我们在拉丁特区的一个烟雾弥漫的爵士酒吧里喝着浓浓的咖啡，度过了整个晚上，直到午夜。

第二天清晨，我们同往常一样开始了一天的生活——在房间里喝第一杯咖啡。我们中有一个人把睡衣掖进牛仔裤里，穿上凉鞋，没戴胸罩，也没有洗漱，就冲到大街上的咖啡店里或咖啡车上，买回我们喜爱的、常喝的必需品和奢侈品——咖啡。我们一边穿着衣服，闻着新鲜的烤咖啡的浓香，一边品尝着咖啡。

等我们穿好衣服，全部准备就绪之后，我们出去找了一个温暖而舒适的咖啡屋，开始吃早餐。我们开始喝第二轮咖啡，同时还点了热气腾腾的、抹着黄油、加满杏仁的月牙形面包。喝完三杯咖啡、吃完两块点心后，我们打开书和地图，开始计划当天的活动。

三杯咖啡呀！如果让英格丽德的丈夫知道的话，他肯定会非常生气。因为英格丽德的药物治疗使她对咖啡因和酒精都很敏感。每当她喝了过多的咖啡，她的丈夫都会不高兴，因为这样总会令她兴奋，连说话的频率也会加快。但我不认为这有什么不好，聊天和爽朗的笑声正是我们本周所追求的。

然后，我们就开始在古老的蒙特利尔市狭窄的鹅卵石小路上漫步，欣赏着路边的建筑。这些建筑的屋顶上盖满了华丽的瓦片，外部则用锻铁框架装饰。陈旧的石头阶梯一直延伸到商店。商店室内的装修通常是由锡制的天花板和砖块或木头制成。我们进出过各种不同的商店，但大都只看不买，这主要是因为钱。

以前，我们曾经在欧洲度过一个夏天。当时，我们非常仔细地计算着手中的德国马克和希腊德拉克马。为了稍微高一些的汇率，我们宁愿多走一至两个街区。我们每天都靠从面包店买回的硬硬的法式面包和从奶酪店买回的香浓蓝纹奶酪生存，或是用从当地农民家外面桌子上的凉水桶中泡着的红葡萄酒配上松软的皮塔饼充饥。如果把空瓶子退回去的话，我们还可以换回50德拉克马。

现在，钱依然是最关键的因素。我们找到一家汇率最高的加拿大银行。英格丽德一直都在存钱，以防接到医院打来的电话，通知他们她已经怀孕的消息。我非常在意那一沓沓的银行卡账单，因为这都是我在这么多年中第二次失业后购买必需品花掉的钱。我放弃工作、重新回到学校进行全日制学习，以完成我在12年前就开始了的学位课程，这是我们共同的决定。但是，我至今仍然在为这一决定付出代价。

我们随意走进了一家小商店，店里充满了玫瑰花的清香。货架上摆满了漂亮的信纸、装帧精美的日记本、卡片、大张的包装纸、用椰子纤维绑着的手制肥皂、一瓶瓶浴油和装满了天然海绵的柳条篮。这些物品好像触到了我们的内心深处。我在货架之间穿来穿去，就像是在梦中一样。我抚摸着纸张的质地，想象着我会在日记本上记下的事情，还有我在送给朋友的漂亮的问候卡上该写些什么。

英格丽德却对那些香皂非常着迷。她生活在湖边的一套古怪、破旧的小别墅里。房间里的地板不平，橱柜也非常粗糙。冬天有暴风雪的时候，屋里的窗户会吱嘎作响。她最喜爱的就是那间新装修的、配有名牌水流按摩浴缸的浴室。从浴缸旁边那扇订做的弓形窗户向外望去，可以看到湖面。

我们每个人都选择了一个便宜的物品。我选择了一张卡片，卡片上的图案是一幅咖啡馆水彩画。我将在今后的某一天把它送给英格丽德，也许是在她再次感到伤心的时候，因为这张卡片会让她想起我们在蒙特利尔的这段时光。英格丽德则选择了一瓶别致的浴油。浴油里面装有香草和花瓣。瓶口用木塞塞住，并用蜡封住口。瓶子的外面还系着一条丝带。她会把这瓶浴油放在她的新浴缸旁边，而且这瓶浴油和浴室里手绘瓷砖上的花色也很相配。

在蒙特利尔的最后一个晚上，我们选择了另一家希腊餐馆。这家餐馆的特色是海鲜。我们今晚要吃一顿大餐。和往常一样，我们先要了开胃菜，但是这次接下来的主菜是龙虾，配有希腊沙拉和松脆的调味马铃薯块。英格丽德把这些菜搅拌了一下，并决定今晚我们还要喝葡萄酒和咖啡。在这里，她没有什么必须遵守的护理规矩。

服务员对我们所点的菜量和种类非常吃惊。他笑了，然后和我们开了个玩笑，"你们知道吗？"他说，"没有多少女士可以像你们这样充满热情地点菜或吃饭。这样很好，你们应该尽情享受。"

当他为我们提供甜点时，他对我们点的食品开始解释："果仁蜜酥饼和……"他说，"一种脆皮蛋糕……"

"对了！"我们同时大声叫道："加拉克脱饼！"

"没错！"他说，"你们知道呀！我会给你们一人来一份。"

我们免费得到了两块加拉克脱饼。我们品尝着这块精致的饼。饼上有橘子皮，周围是橘红色和灰色相间的果子露。接下来，我们开始喝浓咖啡，因为这样可以让我们一直聊天、大笑到第二天早晨。毕竟这就是我们所追求的。

这些年来，我和英格丽德都经历了许多不开心的、出乎意料的事情，不幸和灾难一点一点地侵蚀我们的信心、资源、信念和力量。但是，我和我的旅伴带着好胃口走在这世界上，充分地享受着生活！

幸福的挂历

这是一本特殊的挂历，我叫它"幸福的挂历"。在每个日子的空白处，都记着某年的这一天曾有过的幸福时刻。我是在1982年想到制作这个特殊的挂历的，当时自己遇到了一件不顺心的事。我专门买了一本每个日子都有一块较大空白的挂历，开始在上边记下在某年的同一天，自己因某件事曾度过幸福的一日。

我的办法很简单。我想起童年时代曾在一个日晷仪上看到的一句名言，叫做"只有阳光明媚的日子才算数。"于是，就把它写在一月份这一页的上边。这就是我"筛选"日子的"座右铭"。我把自己保存的日记本、记事本都找了出来。第一个记事本还是我9岁那年父亲送给我的。那是1944年，当时爸爸应征入伍。

有了这些原始材料，我很快就按月日列出了一个单子，上边记载着半个世纪自己有过的最幸福的日子。一本首版"幸福的挂历"很快就出来了。以后的事情便是不断充实和重新编辑。

每月结束时，我要选出最幸福的三四天，加上标题，写在这个月的页首。新年之际，我要从过去的一年间，选出每月的"头号幸事"，补充到原来的挂历中去。如果遇到同一天已经有了过去的记载，我就把新的记到背面，以便将来制作一份"最新版本"。幸福从来就是多多益善的！

下边，我就从"幸福的挂历"中每月选一天出来供您参考。或许，它可以揭示您制作您自己"幸福的挂历"。

一月。挂历上记录着：1982年1月1日"米歇尔和托马斯登台演出"。这一年的新年之际，我的两个儿子参加文艺演出，为别人唱歌作吉他伴奏，非常出色。

二月。我是2月7日出生的，与狄更斯是同一天。1971年我过生日的那天，妻子和我为了纪念狄更斯诞辰，举行了一次化妆晚会。来了很多朋友，大家十分开心。这次难忘的晚会使我更确信：哪里有朋友，哪里就有幸福。

三月。1985年3月27日，我从电视上看到，在加利福尼亚海域受困的灰鲸又重新回到水中自由自在地生活。不知道为什么，当我看到这一画面时，心情异常激动。感到无比的幸福。无疑，每个人对幸福都有自己的理解。

四月。1959年4月8日给我留下了美好的记忆。这天，报社派我采写著名诗人卡尔·桑德布尔获奖仪式的新闻。仪式在伊利诺州洛克福德市举行。在参观博物馆时，诗人仔细欣赏了当地一位退休农民的木雕展。中午，本来安排诗人午休，但他坚持去造访那位农民，一定要亲口表达自己的敬佩之情。诗人的谦逊使我认识到，肯定别人的成就和找到时间表达自己的赞誉之心都是极为重要的事情。后来，我的这篇报道还在美联社举办的一次好新闻比赛中获了奖。

五月。1959年5月7日，报社又派我去采访一个大学剧组，并为他们公演的戏剧《安提戈涅》写篇评论。扮演这位希腊女神的主角是一位伊拉克大学生，名叫欣德·拉萨姆。我为她写了一篇热情洋溢的评论，并且还娶了她为妻……

六月。6月2日是我母亲的生日；1956年的这一天，也是我大学毕业的日子。到了1985年6月6日，我和妻子、母亲又来到哈佛大学，一起参加儿子托马斯的毕业典礼。

七月。1980年7月4日，我乘飞机从加利福尼亚返回纽约。这天，晴空万里。在5小时飞行中，我一直从舷窗向外看，从空中观赏着这个幅员辽阔的国家。我度过了一个别有情趣的国庆日。

八月。1984年8月15日，我和妻子飞抵伦敦。由于时差原因，第二天天还没亮我们就醒了。

我们叫了一辆出租车，来到滑铁卢桥观赏日出的美景。伦敦的早晨也是美丽的！

九月。1985年9月27日，我和妻子外出散步，一直走到休斯顿河边。那天，"戈罗吉亚"飓风正在慢慢地静下来，天空仍是一片灰白色。公园里，迎面走来另一位散步的人，冲着我们说："这才是我喜欢的天气。我喜欢大自然发作的时候！"我猛然意识到，我过去曾听到过这句话。是多少年前爷爷讲过的。那也是暴风雨的一天，他外出为人接生回来，兴奋地喊道："我就喜欢这样的天气。我喜欢大自然发作的时候！"真想知道那是哪一年的事情。我把这句话记在了挂历上。

十月。1965年10月16日，我们全家人一起到森林里漫步。走着走着，突然妻子停下脚步问：

"大家听！你们听到树叶发出飒飒的响声吗？"当时，我把这句话写在了一个小本上。如今，我在挂历上加上了这样一个标题："秋日的微妙"。

十一月。1984年11月4日，我听到一只小鸟在屋外的树上纵情地歌唱，我数出它能唱出七段不同的"乐章"。我赶忙去找录音机，可当我回来时，小鸟已经飞走了。从这，我吸取了一个教训：莫要错过好时机！

十二月。过年过节的幸福回忆最多，足够写满几十本挂历的。1985年的圣诞节确实有些不一般。每年过节，我们按照传统在家里搞猜谜晚会。有人打字谜，也有人进行哑剧表演，让人猜电影的名字。我的外甥女亚丝米娜多年来一直看着我们玩，这次也参加了比赛。我妹夫约瑟夫的哑谜是打一部很老的影片名字。令人吃惊的是，亚丝米娜竟脱口说出了答案！10年前，约瑟夫第一次出这个谜时，无一人猜出，他的"代表队"因此而获胜。那一年，旁观的亚丝米娜才9岁。然而，她却记住了。实在是神奇！

我要讲的第13个实例。就是3月12日。1986年的这一天是令人不快的。不过，这一天我也重读了6年前同一天的记录。1980年3月12日，我开车带着最小的儿子和他的一个小朋友，在纽约看卓别林的一部老片子，然后又去动物园看猩猩。后来，儿子真的迷上了猩猩，长大后到Borneo进行这方面的专业研究。

我的挂历告诉我，3月12日并不都是一片灰色，也曾经被幸福的事件照耀得光彩夺目。1986年的这一天虽说不够辉煌，但这没有什么关系。因为这一天毕竟也曾有过幸福。而且，在今后的日子里，也还会有更幸福的这一天。

彩色的梦

我做的梦总是彩色的。与一般阴暗模糊或强光炫目的梦境不同，我的梦充满了丰富、生动的色彩。

我不知道这是不是遗传基因的原因。

我的曾外婆波吉就曾经做过女孩去西部的美梦。这个梦将她从印第安纳州的保利市带到了堪萨斯州一望无垠的大草原上，她的父母在那里扎下了根。他们的马车载着梦想和希望，以及实现这一切的工具。在远处，一场蓝灰军团之间的大战正在打响，鲜红的血溅在田野和石头上。

波吉在她的梦中有没有看到色彩？

（竖排）生活的方式 | STORY

我有一张波吉和曾外公坐在他们在爱达荷州卡尔德威尔市的小木屋前的照片。他们身后是墨色的天空和干燥、褐色的大地，在永无止境地向外延伸。他们正在过安息日，波吉在看报纸，曾外公在做手工。波吉的鼻梁上架着一副眼镜，头上是浓密、灰白的头发。她来自遥远的保利市，是一名基奥瓦语教师，前奴隶的女儿，四个孩子的母亲，擅长编织亚麻和编故事。

她是一个不折不扣的维多利亚时代的人，曾见过离开家乡去赴任总统前的亚伯拉罕·林肯。

当她的一个女儿提出要去"快乐的巴黎"，要生活在塞纳河畔、创作多彩的印象派画时，她坚决反对；然而，当同样还是这个女儿拿着奇妙的相机，用黑色和白色记录下这里的夏延族人和科曼奇人，并在暗室还原出他们的生活时，波吉却支持了她。

有些梦改变了，但是色彩仍是真实的。

我的外婆是波吉的另一个女儿，她经常梦到自己的家，梦到她在新英格兰的清教徒祖先。从商业学校毕业后，她嫁给了当会计的丈夫，并踏上列车，到了大西部。这时俄克拉荷马、新墨西哥和爱达荷州还没有成立。她看到了当时的一切：牧场小镇、矿区小镇和周围什么都没有的小镇。

当外公在事业上发展时，外婆在家织毛衣、弹西班牙吉他，并生了3个儿子。她曾经在一个地方住了很久，为的是让她的儿子们帮一个聋哑学校打橄榄球。他们是队里仅有的能听得见的队员。他们会听到另一个队的打法，然后用手语告诉他们的队友。他们的球队总是获胜。

在第一次世界大战时，他们都当了步兵。后来，外婆40岁的时候生下了我妈妈，并从此在爱达荷州首府博伊西市住了下来，度过了随后的59年。

我非常爱我的外婆，喜欢她那柔软、光滑的脸颊贴着我的脸。我喜欢她的声音，柔柔的，带着西部的腔调。

她梦见过我的妈妈。她梦见过我吗？

在我卧室的镜子上贴着一张我妈妈的黑白照片，她坐在她叔叔的农场里一根围栏上。这个农场在博伊西市北部，妈妈有一年夏天曾在那里骑着马放养过火鸡。她身后绵延起伏的山坡干枯少树。她戴着一顶软帽，穿着伐木工人的长靴，靴子一直套到膝盖上。她正看着镜头微笑——那是一种温馨而迷人的微笑，是抚平我一生中所有伤痛和忧虑的良药。照片中的她，有一头浓密的红头发，年轻又漂亮。

也许她正想着去温泉，跳进雾气腾腾的水中，洗去身上的尘土；也许她正想着在小河上游军营里的男孩们，他们的起床号每天很早就把人吹醒了。当他们到妈妈的阿姨家开的乡村小店里来时，很容易就让人认出他们是东部人。他们中有一个想当音乐家，但时运艰难。

我妈妈也有她的梦——舒伯特、肖邦的钢琴之梦。她的梦带着她从炎热、干燥的爱达荷州西南部来到了安阿伯市绿草如茵的密歇根大学校园里，同最优秀的同学一起学习。她穿着外婆缝制的做工精细的衣服在宿舍里吃着小甜饼，就在此时认识了我的科学家爸爸。

她想在瑞士和塞纳河畔举办音乐会的梦想被第二次世界大战打破了。后来，他们就在炎热、潮湿的华盛顿特区为生活而奔波，而我和我的哥哥们则满屋乱窜。

但是，她仍然有自己的梦，而且梦的色彩是真实的。

我有一段美妙的回忆，那是在我们搬到了匹兹堡后。我躺在床上，门关着，房间里很暗，但是透过门缝能够听到妈妈在楼下弹钢琴的声音，一把小提琴和一把大提琴在为她伴奏。另外的这两位音乐家都是科学家。他们正在演奏舒伯特的"鳟鱼五重奏"。当时，我的年龄还很小，但随着音乐声的起伏、流动，我却能想象出深深的池塘里鱼的颜色。

这段音乐将变为文字陪伴我终生。40年后，我妈妈将会看到她的梦想在萨尔茨堡、牛津音乐沙龙和蒂罗尔的群山中实现。

还有一段回忆，那时我只有4岁，正在好奇地向鱼缸里面看。我的鼻子贴着鱼缸壁，我的头发稀稀拉拉的像一簇玉米穗。当时我太小，还看不出我生活的方向，也不知道我有怎样的梦。我会有不成功的开始，会遇到走不通的死胡同。

然后，16岁时，我会弹外婆的西班牙吉他，在法语班上唱歌，得到一个A。我会编织衣物，也到过法国，曾走在巴黎的塞纳河畔。我会写一些乡村歌曲，会在夏威夷的怀基基海滩上遇到我的梦中情人。我会有三个儿子。我会住在西部。

现在，我的梦想是能够发表我的作品，能够把历史教得很好，让孩子们说"酷！"

我所梦见的这些色彩缤纷、生动逼真的梦也是我外婆和妈妈的梦。它们都是一个梦，梦的颜色是真实的。

在生活的琐事中感到满足

一辆汽车在宾夕法尼亚州瑞克托镇本尼特家的老房子门前停下。驾车的男人下车就问："乔治在吗？"

"舅舅在屋后车库修车。"本尼特回答。舅舅乔治走出来，跟这位从195公里外赶来的芝加哥来客握手，客人把一些草图摊在引擎罩上。他们认真地讨论，一直谈到深夜，然后那人不停地向乔治道谢，开车走了。

似乎人人都要向乔治·麦唐纳请教。乔治舅舅是一家之主。本尼特的生父在他出世前就离开了母亲，哥哥理查以及本尼特和罗杰这对孪生兄弟都由母亲抚养，乔治就一直舅代父职。

本尼特自小就常听到别人说："这件事我们去找乔治商量，"或者"看看乔治有什么意见。"1930年经济大萧条期间，他的舅舅上夜校，成了工程绘图员。

本尼特的舅舅有一张和善的宽脸，笑容可掬。他对事物的内部构造有浓厚的兴趣，也很能引起别人的兴趣。他有时会指着一架机器，一件工具，或者纸夹之类最普通的东西说："试想想发明这件东西要花多少心思。"他也很会教人一些常识，而绝不令人觉得枯燥。

有一次，本尼特看到理查的教科书上有"文化"一词。当晚舅舅下班回家，本尼特便迫不及待地问他："文化是什么？"舅舅大笑起来，领他们走进屋里。

一进屋，他就坐在旧安乐椅上，像煞有介事地叹一口气。"这就是文化"，他咯咯地笑着说："我们可以坐在石块或木头上面，不过坐椅子已有好几千年历史了。"本尼特看着那张椅子，有点莫名其妙。

舅舅解释说，椅背的斜面、扶手的高度、坐垫的软硬程度、所用的布料和钉子，全都是数千年来人们为了"坐"这件人人都做的事，经反复思考、试验而决定下来的。"当你获得了温饱之后，还能对椅子想得这么多时，那就是文化——因为这表示你有时间想到艺术和音乐，想到怎样和人相处，甚至想到思想本身。"

本尼特的舅舅似乎能从最细微的事物得到快乐与满足。比如，刚从菜圃摘下的番茄的味道；透过溪畔悬铃木的晨曦，驾车上石南山喝泉水，等等。他欣赏别人拥有的东西，例如他自知永远没希望拥有的华贵大轿车，但只是赞赏那些东西而已，并没有丝毫妒忌之意。舅舅对别人的工作和兴趣总是兴致勃勃，因此朋友有什么梦想、遇到什么困难，都会讲给他听。本尼特的舅舅那一代人，凡是本尼特认识的，都偶尔会说起在经济大萧条时期所受的煎熬。

他的舅舅也有过同样的遭遇，但从来不提。舅舅在烟雾笼罩的钢铁城北布勒道克长大，童年时外公就去世了，从此他挑起养家的责任，尝尽了艰苦。他很少提起童年，提起的都是最快乐的事。直到本尼特被大学录取，舅舅为他高兴时，本尼特才发觉，舅舅其实很渴望自己当年也有这么一个机会。

可以说，舅舅从来没有赚得很多钱，也从没得过任何荣誉，但他是个真正快乐的人。夏日周末的晚上，他和街坊在自家的厨房里一面听收音机播出的田园民歌，一面煮蚝汤。打烊时分，他坐在蒙莱杂货店柜台前，吃着乳酪和饼干，跟蒙莱聊天。深夜，他坐在卧室的油灯旁读《圣经》。

有一次，舅舅向人借了一具大望远镜，选了个无云的夏夜，在后院架起来，和孩子们一起仰望火星、金星和一钩新月，听着蟋蟀唧唧叫。黑暗中一道手电筒光向他们照射过来，原来是邻居甘博正走来参加他们的聚会。他们举头望着浩瀚的银河时，舅舅说："本尼特，你知道吗，这真合算：我们都有个永恒不朽的机会。"言语中充满了乐观。

本尼特刚毕业时，舅舅突然逝世。

第二天，本尼特走进舅舅的卧室。他的办公桌上放着他的袋表、罗盘、丁字尺和工程人员手册，在他那书页折了角、用铅笔画出重要字句的书里，有用来做书签的纸片，他在纸上写了这样的话："……我无论在什么景况下都可以满足，这我已经学会了。"

就在这一刻，本尼特恍然大悟，舅舅的秘密——令他这么快乐的秘密——就是一颗真诚的心。

在生活的琐事中也可以感到满足，在平凡的生活中也可以享受快乐，你只要调整好自己的心态，用正确的目光去关注那些值得关注的细节就行了。

学无止境

耶鲁大学毕业考试的最后一天。在一座教学楼前的阶梯上，有一群工程系大四的学生挤在一起，正在讨论几分钟后就要开始的考试。他们的脸上显示出很有信心的神情，这是最后一场考试，接着就是毕业典礼和找工作了。有几个说他们已经找到工作了。其他的人则在讨论他们想得到的工作。

怀着对4年大学教育的肯定，他们觉得心理上早有准备，能征服外面的世界。

即将进行的考试他们知道只是很轻易的事情——教授说他们可以带需要的教科书、参考书和笔记，只要求考试时不能彼此交头接耳。

他们喜气洋洋地鱼贯走进教室。

教授把考卷发下去，学生都眉开眼笑，因为看到试卷上只有5个论述题。

3小时过去了，教授开始收考卷。学生们似乎不再有信心，他们的脸上出现可怕的表情。没有一个人说话。教授手里拿着考卷，面对着全班同学，端详着他们担忧的脸，问道："有几个人把5个问题全答完了？"

没有人举手。

"有几个答完了4个题？"

仍旧没有人举手。

"3个？2个？"

学生们在座位上不安起来。

"那么1个呢，一定有人做完了吧？"

全班学生仍然保持沉默。

教授放下手中的考卷说："这正是我预期的。我只是要加深你们的印象：即使你们已完成4年工程教育，但仍旧有许多有关工程的问题你们不知道。这些你们不能回答的问题，在今后的日常操作是非常普遍的。"

教授微笑着说下去："这个科目你们都会及格，但要记住：虽然你们是大学毕业生，但你们的教育才刚刚开始。"

时间消逝，这位教授的名字已经模糊，但他的训诫却清晰依旧。

聆听教训

我的一位同学曾说过这样一段经历：

那年她刚从大学毕业，分配在一个离家较远的公司上班。每天清晨7点，公司的专车会准时等候在一个地方接送她和她的同事们。

一个骤然寒冷的清晨，她关掉了闹钟尖锐的铃声后，又稍稍赖了一会儿暖被窝——像在学校的时候一样。她尽可能最大限度地拖延一些时间，用来怀念以往不必为生活奔波的寒假的日子。那一个清晨，她比平时迟了五分钟起床。可就是这区区五分钟，却让她付出了代价。

当她匆忙奔到专车等候的地点时，时间已是7点5分，车子开走了，站在空空荡荡的马路边，她怅然若失，一种无助和受挫的感觉第一次向她袭来。

就在她懊悔沮丧的时候，突然看到了公司的那辆天蓝色轿车停在不远处的一幢大楼前。她想起来，曾有同事指给她看过，那是上司的车。真是天无绝人之路，她想。她向那辆车走去，在稍稍一犹豫之后打开车门，悄悄地坐了进去，并为自己的聪明而得意。

为上司开车的是一位慈祥温和的老司机，他从反光镜里已看她多时了，这时，他转过头来对她说："你不应该坐这车。"

"可是我的运气真好。"她如释重负地说。

这时，她的上司拿着公文包飞快地走来。待他在前面惯常的位置上坐定后，她才告诉他说班车开走了，想搭他的车子。她以为这一切合情合理，因此说话的语气充满了轻松随意。

上司愣了一下，但很快就明白了一切。他坚决地说，不行，你没有资格坐这车。然后，用无可辩驳的语气命令：请你下去。

她一下子愣住了——这不仅是因为从小到大还没有谁对她这样严厉过，还因为在这之前她根本没想过坐这车是需要一定身份的。就凭这两条，以她过去的个性，定会重重地关上车门以显示她对小车的不屑一顾，然后拂袖而去。可是那一刻，她想起了在公司的制度里迟到对她将意味着什么，而且她那时非常看重这份工作。于是，一向聪明伶俐但缺乏生活经验的她变得从来没有过的软弱，她用近乎乞求的语气对上司说：我会迟到的。

迟到是你自己的事。上司冷淡的语气没有一丝一毫的回旋余地。

她把求助的目光投向司机。可是，老司机看着前方一言不发。委屈的泪水在她眼眶里打转。然后，她在绝望之余为他们的不近人情而固执地陷入了沉默的对抗。

他们在车上僵持了一会儿。最后，让她没有想到的是，她的上司打开车门走了出去。

坐在车后座上的她，目瞪口呆地看着有些年迈的上司拿着公文包向前走去，看见他在凛冽的寒风中拦下一辆出租车，然后飞驰而去。泪水终于顺着她的脸颊流淌下来。

老司机轻轻叹了一口气，说，他就是这样一个严格的人。时间长了，你就会了解他了。他其实是为你好。

老司机给她说了自己的故事。他说他也迟到过，那还是在公司创业阶段。"那天他一分钟也没有等我，也不要听我的解释。从那以后，我再也没有迟到过。"他说。

她默默记下了老司机的话，悄悄拭去泪水，下了车。

那天她走出出租车踏进公司大门的时候，上班的钟点正好敲响，她悄悄而有力地将自己的双手紧握在一起，心里第一次对自己充满了无法言喻的感动，还有骄傲。

从这一天开始，她长大了许多。

现在，我的同学已经跳到另一家更大的公司上班。可是她说，她一直非常感谢那位上司，是他给了她一帆风顺的人生以当头棒喝的警醒。她说她的上司给了她两点教训，一是自己犯下的错误应想方设法自己去弥补，别人没有理由也没有责任为你分担；二是任何时候都不能忘记自己的身份，更不要轻易对别人寄予希望，除非他想帮助你。

荒野

在荒野里，人们只是沉浸在自己的思绪中；人怕待在荒野里，就是因为怕独自静处。

这是很久很久以前的事情了，但是我还没有忘掉；当我还活着的时候，这也不想忘掉。在那久远的"契诃夫"时代，我们两个农艺师，彼此几乎是不相识的，为了播种牧草的事情，同乘一辆小马车，到古老的沃洛科拉姆斯克县去。途中我们遇到一大片望不到尽头的含蜜的叶芹草，青翠欲滴，草花盛开。在晴朗的日子里，在我们莫斯科近郊妩媚的自然界中，这片鲜艳夺目的花的原野，蔚为奇观。仿佛是青鸟们从远方飞来，在这儿宿了夜，飞走之后，留下了这片青色的原野。在这片含蜜的青草丛中，我想，现在该有多少虫儿在争鸣啊。但是，马车在干硬的道路上发出轰隆声，令人什么也听不见。被这大地的魅力迷住了的我，把播种牧草的事情，早抛在九霄云外了，一心只想听听花丛中虫儿的鸣声，于是我请求旅伴把马儿勒住。我们停了多少时候，我在那儿跟青鸟相处了多少时候，我说不上来。只记得我的心灵随着蜜蜂儿一起飞旋了一阵之后，便向那位农艺师转过头去，请他赶车上路；这当儿，我发觉，这位貌不出众、饱经风霜的胖子正在观察我，惊讶地打量我。

"我们干吗要停留？"他问道。

"不为别的，"我答道，"我是想听听蜜蜂的声音。"

农艺师赶起了车。于是我也从旁边观察起他来，我发觉他有点儿异常。待我再瞥他一两眼后，我就完全明白，这位极端崇尚实务的人，也若有所思起来了；也许是由于我的影响，他已经领略到这叶芹草花儿的魅力了吧。

他的沉默叫我很不自在。我拿闲话来问他，想打破沉默，但他对我的问话毫不在意。仿佛我对大自然所抱的一种非务实的态度，也许竟是我那略带稚气的青春，触动了他，使他想起自己的黄金时代；在那黄金时代里，每个人几乎都是诗人。为了使这位红脸膛、大后脑勺的胖子回到现实生活中来，我向他提出了当时十分重要的实际问题。

"照我看来，"我说，"没有合作社的支持，我们播种牧草的宣传，只是一场空谈而已。"他却问道："您可曾有过自己的叶芹草？""您问什么？"我摸不着头脑。

"我问的是，"他重复说，"有过她吗？"

我明白了，于是像一个男子汉所应做的那样答复他：我当然是有过的，这是不消说的……"她来了吗？"他继续盘问道。"是的，来了……""哪儿去了呢？"

我感到痛苦。我什么也没有说，只是微微地摊开两手，表示她现在没有了，早已不见了。之后，我想了想，又说起叶芹草：

"仿佛是青鸟宿了夜，留下些青色的羽毛罢了。"

他半晌不语，沉思地凝视着我，然后自己得出了结论：

"这么说，她是再也不来了。"

他环顾了一下那遍地青青的叶芹草，接着又说："青鸟飞过，留在原野上的也只能是青色的羽毛啊。"

我觉得，他好像在用力，再用力，终于在我的坟墓上堵上了墓石，我还一直在等着呢，现在可仿佛永远完结了，她永远不会来了。

突然，他号啕大哭起来了。这时，在我的眼里，他那大后脑勺，那肥厚的下巴，那由于脸胖而显得细小的狡黠的眼睛，似乎都不存在了。于是我怜悯他，怜悯他在生命力勃发时的整个身心。我想对他说几句安慰的话，我接过了缰绳，把马车赶到水边，浸湿了手帕，给他擦脸，让他清醒清醒。他很快就平复了，擦干了眼泪，重新拿起了缰绳，我们照旧前行。

过了一会儿，我又对他说起播种牧草的事情，我说，没有合作社的支持，我们根本没法说服农民进行三叶草轮作。我这种看法，我当时觉得是很独到的。

"曾度过美好的夜晚吗？"他问道，对我有关工作的话题置之不理。

"当然度过的。"作为一个男子汉，我直言不讳地回答他。

他又沉思起来了，好一个折磨人的家伙！他接着又问道：

"怎么的，只有一夜吗？"

我厌烦了，几乎生起气来，好容易控制住自己，拿普希金的名言来回答他那一夜或两夜的问题：

"整个生命就只是一夜或者两夜。"

（俄罗斯）普里什文

灌木丛中的钻石

我并不想迁往阿拉斯加，那是我丈夫特里的梦想。还是在做孩子的时候他就在那里度过了一个难忘的夏天。而对我来说，阿拉斯加只不过是一堂我早已淡忘了的地理课。那是一块被人叫做希伍德冰箱的土地；在那儿，爱斯基摩人居住在圆顶茅屋里，猎狩北极熊——那是我丝毫不感兴趣的远乡僻壤。

我和特里在华盛顿州的斯波肯过着惬意的郊外生活。然而有一天，他意外地得到了一份去阿拉斯加的工作。于是，我们乘上飞机去了北方，想去仔细瞧瞧。这冰箱突然间不再是笑谈了。我走下飞机，那冰箱的门一下子冲我敞开了。

接下来的3天可真够戗。我是心诚意笃地想喜欢上阿拉斯加，但是，春末对于我同阿拉斯加的初次见面来说可算是糟糕的时候了。一开始，虽时值5月，而湖面上却依然是冰雪皑皑，举目不见一片绿叶。如同泥土中的那种褐色，呈现着这个季节的色调，到处都是如此。还有大得出奇的蚊蝇，瘦削挺拔的云杉树以及地上的麋粪……一切都是真切的了。

房屋大都星星点点地随意散缀在树林中，而不是井然有序地排列成行，坐落在灌木的掩映之中。在这里你见不到草坪那类的东西。我发现乡村里的阿拉斯加人竟然用链锯在院子里割草。

决定了，我们将迁来阿拉斯加。我装作挺快活的样子，可在心里却情绪低落。阿拉斯加使我感到畏惧，她太辽阔、大荒凉，确切地说，它不在我所熟知的美国之中。

回到家里，那几个星期就记忆模糊地全在腾空碗柜、出售车库和道别声中过去了。我不愿意看见我的家具被那些贪婪的生意人一抢而空，一件一件地被运走。最后那天，我在屋子四周转来转去，就像一个被遗弃的孩子，摸着每一面熟悉的墙。

在所有这一切的不愉快之中，有一个特殊的时刻。那是在一个早晨，我独自坐在屋外。这时，我年轻的女儿布兰达，赤着双足，穿着睡衣走过来，同我坐在一起。我们默默地注视着阳光在草丛中的露珠上熠熠生辉。

"瞧，布兰达，"我说着，又指了指，"那就是上帝的钻石。"

她朝那一片闪烁的草丛走了过去，小心翼翼地取下一滴露珠。

"啊，你给我摘下了一颗钻石！"我叫道。

她用指尖将它送到我跟前，然后我们一起把它举到阳光下。我们被一粒普通的水珠放射出的耀眼光芒给迷住了。

7月里出发的日子到了，在那些植物和箱子的空隙里，我们往旅行客车里塞进了4个兴高采烈的孩子和1只迷惑的狗，开始了驶向阿拉斯加毕格湖的2600英里旅程。要不是终点错了，这倒是一次了不起的度假。可我们再不会回来了。

生活的方式 | STORY

　　我们一直往北行驶，白昼逐渐地变长了，直到夜晚全部消失，而阿拉斯加绵延的山峦也越来越近了。第七天早上2点，我们十分疲惫地到达了毕格湖，遇上了一场猛烈的暴风雨。一位老住户向我这样的新来者表示欢迎，他当初也不想来这里。

　　雨接连下了2天。第三天早晨，天空晴朗，气候温和。我独自坐在卧室里望着窗外的灌木丛。阳光勾勒出了秀美的白桦树干上树叶的图案。红松鼠在树丛中跳来跳去。这是一个闲散的日子，一切都适得其所，但对我却不然。

　　在内心里接受搬迁这个事实是经历了一场斗争的。我对阿拉斯加抱有敌意，并且陷入了绝望之中。

　　后来，在那近在咫尺的地方，我看见了绿叶上的一颗雨珠，它在阳光的照射下闪烁着勃勃的生机！刚才还是一粒湿漉漉的水珠，转瞬之间就变成了一颗璀璨的珍珠。我的记忆中立刻闪现出一颗露珠在布兰达的手指上闪耀的情景。虽然它默默无言，但我明白了这颗雨珠所允诺的是什么。

　　它似乎在说：瞧，卡洛尔，世上到处都有钻石啊！

　　于是，就从这一刻起，我开心地笑了，我感到解脱了，浑身又充满了活力。就是那样一颗普普通通的雨珠驱散了我心中巨大的恐惧。我又望了一眼这令人难以置信的信使，它栖息在那片绿叶上，正冲着我眨眼呢。

　　如今，我们在阿拉斯加已经生活了2年。一个一个的日子如同充满了冒险的骑术比赛。我会在附近的河狸摆尾戏水时划着一只独木舟，或是望着落日的余晖沐浴着一群驯鹿，或是去往视荒野小径上的一只山羊，要不就是坐在蓝莹莹的冰川上，或是眺望着北极光在夜空中闪射着耀眼的光芒——这一度似乎是不可能的事。

　　我从来没有梦见自己会发现一只黑熊扒在卧室的窗户上窥探，或是惊动一只在院子里吃东西的麋。我永远不会想到我的洗涤槽里会装满了鲑鱼，或者是炉子上烘烤着塞满了野酸果的面包。我也没有想到过秋天里会有白桦树叶覆盖而成的黄色大海，或者牵引着雪橇的猎狗无声地从雪原上跑过，还有那一望无际、蜿蜒展现于眼前的雄伟山脉。在阿拉斯加，这一切都是真实的。

　　是啊，我热爱阿拉斯加，我属于这里。只要我一睁开眼，我就会看见到处闪烁的钻石。

看不懂的故事

最简单的真理往往最难发现。

格林教授每天都要给临睡前的孙子讲个故事，但《家教周刊》上的一篇叫做《三个猎人》的故事，却让格林教授讲不下去了。故事说：

从前有三个猎人，两个没带枪，一个不会打枪。他们碰到三只兔子，两只兔子中弹逃走了，一只兔子没中弹，倒下了。

他们提起一只逃走的兔子朝前走，来到一幢没门没窗没屋顶也没有墙壁的屋子跟前，叫出房屋主人，问："我们要煮一只逃走的兔子，能否借个锅？"

"我有三个锅，两个打碎了，另一个掉了底。"

"太好了！我们正要借掉了底的。"三个猎人听了特别高兴！他们用掉了底的锅子，煮熟了逃走的兔子，美美地吃了个饱。

格林教授琢磨了好几天，也没有琢磨出这个故事是啥意思。于是给《家教周刊》写了封信，指出这篇故事让人瞠目结舌的逻辑性错误：其一，中了弹的兔子怎么能逃走，没中弹的兔子又如何会倒下？其二，既然兔子逃走了，猎人如何能将它提起煮着吃？其三，没底的锅怎么能煮熟逃走的兔子，且美美地吃了个饱？

格林教授的信刊出之后，多家报刊做了转载，格林教授也收到了大量的读者来信。来信当然都是支持格林教授的观点，格林教授深受鼓舞，对幼儿读物成人也看不懂的现象，又一连发表了多篇批评文章。

一年以后，格林教授的家里来了位客人。客人与格林教授一见如故，相谈甚洽。谈到某重点大学毕业生因为害怕失去一份高收入的工作，考上研究生之后却放弃读研究生的机会，到储蓄所去做了储蓄员；劣迹斑斑、臭名昭著的黑社会分子却做了警察局局长等现象，两人更是唏嘘不已、再三叹惜。

不知不觉大半天过去，醉眼蒙眬中客人突然举杯问教授："你还记得《三个猎人》的故事吗？你现在能读懂《三个猎人》了吗？"格林教授愣了愣，默然无语。客人止住谈兴，端起酒杯，咂了咂嘴，又终于放下。良久，教授又喊："喝酒、喝酒。"两人便再喝酒，边喝边叹，边叹边喝。突然，格林教授眼睛一亮，"哎哟"一声，端起酒杯顿了顿，说："最简单的真理往往最难发现。《三个猎人》就是为了让孩子们从小就懂得，有很多可能的事会成为不可能，不可能的事却会成为可能……"

生命的时刻

在北卡罗莱那州匹斯加国家森林中有一座老房子，坐落在大山背阴处的大白松林里。它的锡皮屋顶塌陷了，屋顶的红砖烟囱也要倒塌了，天气预报牌在风中摇摆。一条小溪围着一株6月苹果树在缓缓流淌，毒芹和常青藤在果树上方攀爬缠绕。车道弯曲，延伸至一棵枝杈横伸的枫树旁，枫树下面是恣意生长的玫瑰丛。在这曾是白色的房子里，住着一位像山中的月桂树一样饱经风霜的人，他的名字叫弗兰克。

弗兰克一出生就是个聋子，他现在已80多岁了。

他不能说话，但生动的语言却能从他心底流淌出来，像溪水绕过岩石一样的顺畅——不是通过说话，而是通过手势、动作、表情和他那像阳光下的露珠一样闪闪发亮的眼睛。他的背驼了，背上鼓出一大块；他有心脏病，腿和脚都浮肿了；他有肺气肿，呼吸困难。

只有陌生人才会为他感到悲伤，他的朋友都知道他生活得很快乐。

我敬重这位温和的老人。他是我的朋友，他能让我哭，也能让我笑，这更加深了我对他的敬慕之情。

一天下午，我们坐在后院的树桩上，炽热的阳光照射在我们头上。附近的小溪在浅吟低唱，北美红雀在树尖上跳跃。弗兰克用富有感情的手势在我脑海中画下一幅新的图画，热情促使他站了起来，用夸张的姿势讲起了这个故事。

"很久很久以前，我建了个锯木厂，就在后面的树林里，在水湾畔，周围都是山，大山。"

他没说出一个字，因为他不能，但声音从他内心深处涌出，他的声音具有强烈的、长期封闭的、需要释放的感情。他用枯瘦的手指做出瀑布和转轮的手势，手里还拿着看不见的工具。现在，他的脸上有种梦幻般的表情。

"有一条很合适的小溪，"他告诉我，"在巨大的岩石间流淌。形成了一个瀑布，所以可以做一个水轮，大的！足能给我的锯木厂提供动力的大水轮。"

"我工作很努力，"他继续比画着，"装备也很好，锯出来的木材当然也很好。雨后溪水上涨时真的很好。"

我谢谢弗兰克给我讲故事，回家去了。这故事在我脑海中回旋着。由于好奇，在去东边山上拜访他妹妹时，我就问道："弗兰克真的在山里一个遥远的地方建过锯木厂吗？"

"确实，他建过。"她说，"在切诺基县的山中，离这里大概有50英里。我家过去住在那儿。他背着轮轴穿过大山走了大约14英里，那时还没有去水湾的公路。"

轮轴……我知道轮轴是那种长长的钢轴，它是建造锯木厂的主要材料，也是最重的材料。我走进我家后面的树林里，那里有一座废弃的锯木厂。我用尺子量了一下心轴，有八英尺长，直径也是八英尺。我试着举起它，但我举不动，完成这项工作简直令人难以置信。但是，弗兰克做到了。他的行动说明，一个人只要有毅力，就可以超常发挥自身的潜力。

"跟我来，"在一个慵懒的夏日，弗兰克打着手势，"带你看看我的工厂。"

我跟随着这个穿着破旧工装，戴着沾满油污的帽子，弯腰驼背的老人。他破旧的皮带把裤子系出几个褶皱，显然，这裤子对于他消瘦的腰来说太肥了。走进年久倾斜的小屋，里面装满了你能想到的所有五金零件：罐子、盒子，沿墙放着的大木桶，木桶里面装着多年来捡回的小零件。他小心地收藏着这些东西，以便用的时候能随时找到。旧割草机、舵柄、摩托车、自行车堆在屋子的中央，门的左边堆着许多擦得发亮的工具，右边放着一台柴油动力的旧洗衣机。

"弗兰克，这些东西我都是第一次见。"

他读懂了我的唇语，回答道："嗯，嗯。"他笑着演示了他的工作程序。"必须从房子里端来热水。"他比画道。

"我喜欢你的工厂，弗兰克。"我真诚地夸奖他。

他满意地笑了，他能读懂唇语，也能读懂一个人。

我们走出小屋时，正好有一架飞机从头顶飞过。他用枯瘦的手指着天空，表示他注意到天空中飞机所留下的银线。突然，弗兰克想起了另一个故事，他身上的每一个细胞都兴奋起来。我们坐在地上，周围是紫色的常春花。弗兰克详细地描述起他脑海中的画面。

"许多年以前……"他翻动想象中的日历寻找日子，"我造了一架飞机……小飞机。它能飞！"他挥动着手臂，"用木头做的，木头是从旧木板、旧包装箱拆下来的，飞机还有一个很大很好的马达。我做了很久呢。一天早晨，天空晴朗，我爬上飞机，发动了机器。飞机动得很慢，飞不起来。过了一会儿它飞起来了！飞过牧场，撞在苹果树上——就是那边的那棵。"他指着田野那边的一棵弯曲的死树。他的脸垂了下来，"摔碎了。我很伤心……爬下来。"他又笑了，"没受伤。"弗兰克用手语描述他是怎样平静地走出飞机残骸的，而下一个目标又出现在他脑海里。

这个矮小的男人在他的一生中曾创造了多少机械方面的奇迹？他曾在社区里骑车骑了多少英里直至年龄和疾病迫使他放弃？人们以前常拿自行车来让他修，这也让他很高兴。

一年又一年，弗兰克变得虚弱了，即便是在夏天他也觉得冷。他停止了大部分活动，甚至在他工厂里的工作，除了在最暖和的日子里。一天下午，他坐在旁边看我替他割草，看我小心地绕过紫蓟和金黄的野雏菊。对他来说，它们是最美的花。覆盆子灌木长得很茂密，结着几加仑的诱人果实。这带刺的植物长疯了，要把它们修剪整齐基本上是不可能的，而且他也不让我为它们剪枝。他摘下了长在房子附近的果实，打手势让我也摘果子吃。

弗兰克房间里的钟在缓慢地滴答作响，他喜爱钟就像他喜欢拖拉机的发动机一样。他自学的知识和自身的天赋使他学会了钟表修理。从他妹妹那里，我听说他曾做过以大理石做动力的钟，根据水轮转动的原理，他运用技巧让大理石有规律地敲打小齿轮的凹槽，齿轮又带动着指针，一只时间精确的钟就完成了。我想知道他是否还留着它，是否把它放在屋角的某个箱子里。

弗兰克为了保暖而不得不待在屋子里，这让他感到厌倦。凉风即将送走夏日，弗兰克衰弱的骨骼和浮肿的双腿使他走路都很痛苦。他坐在床上，白天，那是他的椅子。从旧工业杂志上撕下的一幅红色起重机的画页就贴在墙上。对他来说，这早已过时的机器是一个机械奇迹。他蓬乱的头不断地颤动着，希望和梦想随着时间的流逝而消失了，不再有……不再有了。钟声滴答，他听不见。突然，他黯淡无光的眼睛停留在钟上，一会儿又转向一本已摊开到最后一页的杂志。他的眼睛亮了，他把杂志递给了我。多有意思！

我现在知道一个人的眼睛是会说话的。"有老钟供你装配。"广告上写道，"只需149.95美元。"

弗兰克拿出一个边上起毛的钱包，抽出一沓钞票。"够了吗？"他问。

我点点头，我知道这是他所有的钱了，他的养老金少得可怜。

"你能帮我买一只吗？"他用手语问。

"当然了，弗兰克。我们一起去，你和我一起去，好吗？"

在商店里，他拿出钱来放在柜台上。

"钟芯。钟芯在哪里？"我看着包装盒，问道。

"它们是分开卖的，"售货员说，"想要的话，还要149.95美元加税。"

当我向弗兰克解释的时候，我的心都碎了，我先前应该把广告弄明白。

他一点儿也没气馁，把盒子夹在腋下，做手势说："等我的支票来了，我再来买。"

几个星期后，我们终于把钟芯也买回家了。他立刻开始做这枯燥的工作，把许多复杂的零件组装在一起。渐渐地，老钟被拼接成形了。接着，他又把钟芯装进去。指针在暗色胡桃木的衬托下闪着金光。最后加上钟摆，声音好听极了。弗兰克对这只钟爱不释手。

"你能听见吗？"每次我来看他时，他都会问，"它很漂亮吧？它是不是当……当……当，声音很响？"

"是的，弗兰克，它是最美丽的钟。"

他点点头，满意地坐回去，看着钟摆有节奏地摇摆。

漫长的冬天又一次降临了，老钟依然在为弗兰克计算着时间。他的眼睛里仍有火花在闪烁，他的脸上仍挂着微笑，他仍对所有的事物有着浓厚的兴趣，他热切地等待着种在玫瑰丛旁的熏衣草开花，等待着覆盆子、紫蓟和雏菊，等待着温暖的阳光再次来临——那将使他感觉好些。

他说，他必须修好旧割草机，可以开着它去邮箱取信，还有坏了的桌腿，还有门。

"我知道，弗兰克。我知道你有很多事要做。"

我等待着绿色重回大地。最近下了一场雪，大地覆上了一层厚重的冰毯——这在3月底是不常见的。

那座老房子被压在冰雪下，因为前厅的门廊不堪重负了。群山变成了冬日的仙境，美丽无比，这使我心里充满了神秘的渴望。但弗兰克是不会喜欢的。

"冷……太冷了。"他会说。

我很高兴他已不在了，因为我知道在一个没有夜的痛苦，香甜的野花永远开放的地方，他会更幸福的。他就在那里，我知道。因为他曾热切地叹息着告诉我，他就要去那里了。无休止的渴望困扰着我——我渴望知道，现在，现在他是否能听到他的老钟在滴答作响。你能的，弗兰克！我知道你能。

（美）乔伊斯·兰斯·巴尼特

危险人物

那是在35年前，费希普镇上来了一位名叫摩根·约翰逊的青年，并在那里住了下来。

那时候，问别人的来历会被认为是不礼貌的。摩根·约翰逊从不谈及自己的身世经历，这使人感到他充满了神奇色彩。

在许多方面，他看上去是个凶残的家伙。他脸上斜过鼻梁有一道伤疤，两条粗黑的眉毛连在一起，黑头发，黑眼睛，有着与众不同的瞧人方式。

35年前，当他第一次出现在桑塔菲大街上时，有些人说："这是个危险人物。"

当摩根·约翰逊再次徘徊在桑塔菲大街上时，曾经听说过他的人又对另外一些人说："这可是个危险人物。"

到后来，小镇上所有的人都晓得摩根·约翰逊是危险人物。每当他徜徉在街上，以他那独特的方式瞧着众人时，大家都对他敬畏至极。

假如他偶尔走进一家酒吧，刚刚还在进行的互不相让的争论马上就会停止。假如他偶然说了点什么，每一个人都极力赞成，谁都不想跟一个危险人物争论而自找麻烦。

单是摩根·约翰逊脸上的伤疤就告诉了人们他有过不平凡的经历。他能活着，而且还能在这里悠闲地散步，这更说明了他是能够保护自己的。

他从未说过伤疤的来历。可是有人说他们听说那是他勇战的标记。在纽约的一个深夜，10个强壮如牛的家伙对付他一个人，其中有一个家伙向他开枪，子弹擦伤了他的鼻子落下了疤。最后，摩根·约翰逊把他们10个人全干掉了。

没人知道是谁开始讲的这个故事。摩根·约翰逊从未否认过这段传奇的经历，甚至传说的人数增加到20。事实上，摩根·约翰逊从未否认过任何有关于他的传闻，就像有一只无形的手堵住了他的嘴，让他只专注于他的生意。

有一天，摩根·约翰逊正在街上漫步，发生了一件出人意料的事。

那天，一个名叫川都的有气喘病的矮老头从酒吧摇晃着走出来。

川都是个牧羊人，来自哈凡那河下游。没有人想过要去搅扰他，尽管他只是个放羊的，他每月酗一次酒。这天，他从酒吧酗酒出来。

酒吧卖的威士忌很烈，常常使一些从未想到要打架的人打起架来。

然而，没有人料到这酒竟然烈到这个牧羊人能打架。川都一看见摩根·约翰逊，便上前一把抓住他的衣服领子，并对他说："你是危险人物，是吗？"

大家都在为可怜的川都担心，因为谁都知道摩根·约翰逊会把他当即撕碎。

然而，摩根只是眨眨眼，说："什么？"

"他们告诫我你是个危险人物，"川都说，"我要用刀子把你割开看看，你是什么材料制成的。"

说着，他掏出了剥羊皮用的大折刀，要用刀子割裂摩根·约翰逊。

但是，摩根·约翰逊看见刀子的一刹那，急转身，避开刀子，以惊人的速度逃跑了。每一个目击者都说，如果他平时跑不快的话，那天他准会成为一名出色的短跑选手。

当然，川都不可能追赶他很远，他人老了，而且又喝醉了。摩根·约翰逊一刻不停地跑到镇外。最后一个看到他的人说，他朝着丹佛的方向跑去了。从此，他便销声匿迹了。

一些老人常常提起摩根·约翰逊。他们说这件事在某些方面证明了人性。你可以说一个人好或坏，如果你说得多了，最后人们也就相信了，尽管到了最后也许证实他不是好人或坏人。

梦幻人生

雄心壮志比荣耀名誉更令人陶醉；欲望逐渐萌发，占有欲使世间万物黯然失色。与其体验人生还不如梦幻人生。尽管体验人生等于梦幻人生，然而梦幻人生既不那么神秘，也不那么明确。一个模糊而又沉重的梦，就像正在反刍的动物微弱的意识中散乱的梦。在室内看莎士比亚的戏剧要比在剧场看演出更加精彩。创造了不朽的痴情女子形象的诗人往往只熟悉平庸的客栈女仆，而最令人羡慕的情种却根本不知道如何设计他们自己的生活，或者让什么样的生活支配他们。

　　——我认识一个体质孱弱、想象早熟的十岁男孩，他曾经许愿要把一种纯属臆想的爱献给一个比他大的女孩。他一连几小时等在窗前看她经过，看不见她男孩会哭，看见她也会哭而且哭得更厉害。他与女孩一起的时间很少很短。他不睡觉不吃饭。一天，他从自己家的窗口跳了下去。开始人们以为促使他去死的原因是根本无法接近他的女友让他感到绝望。事实恰好相反，他刚刚跟女孩谈了很久很久，而且女孩对他非常温存体贴。于是人们又推测，他之所以弃绝他平庸乏味的有生之日是因为唯恐这次欢情不会重演。从前他经常对一位朋友倾诉衷肠，从中可以推断，他每次看见梦中的女孩都会感到一种失望；但是女孩一离开，他那丰富的想象就全部集中在走掉的小女孩身上，于是他重又盼望见到她。每一次他都试图从不尽如人意的状况中寻找他失望的偶然原因。最后一次会面之后，他那招之即来的异想天开把他的女友引向性质可疑的十全十美的巅峰，他绝望地将这种不尽如人意的完美与他体验到并且为之去死的绝对完美相比较，结果他跳了窗。从此他变成了痴呆而且活了很久。他被摔得失去了记忆，女友的心灵、思想和言论被他忘得一干二净，碰见女友他也视而不见。然而她却不顾别人的恳求和威胁，毅然嫁给了他。后来她变得面目全非，让人无法辨认，又过了几年她才死去。

　　——生活就像这个小女孩。我们对生活进行思索，我们热衷于思索生活。试着去体验生活大可不必；头脑一糊涂我们就会往下跳，就像这个小男孩，然而这一切不是在刹那间发生的，因为生活中的一切是在潜移默化不知不觉之中逐渐堕落的。十年之后，我们不再记得甚至否认自己的梦，我们就像一头牛那样为了适时生长的牧草而活着。然而，从我们都会与死神缔结良缘这一点来看，天晓得我们的不道德意识会不会萌生？

（法）普鲁斯特

无论你的生活如何卑微

　　无论你的生活如何卑微，要正视它，生活下去；不要躲避它，也不要恶语相加。你的生活不像你本人那么糟糕。你最富有的时候，你的生活看上去倒是最贫穷的。

　　吹毛求疵的人即便在天堂也能挑出瑕疵。要热爱你的生活，尽管生活一贫如洗。即使身处贫民院，你也可能享受一段愉快、兴奋、辉煌的时光。西斜的落日映照在贫民院窗户上的余晖，与照射在富贵人家的豪宅上一样光芒万丈；门前的积雪一样在早春消融。我只看到，一个气定神闲的人在那里可以过着自得其乐的生活，抱着振奋乐观的思想，如同居住在皇宫里一般。依我之见，城镇的贫民倒是往往过着最独立的生活。也许他们十分伟大，对任何事情皆可坦然受之。大多数人认为他们不屑于接受城镇的施救；但是实际上他们经常使用不诚实的手段来维持自己的生计，这是更为不体面的。像圣贤一样，如同栽培花园中的花草一般来培养贫困吧。犯不着千辛万苦以求获得新东西，无论是衣服还是朋友。把旧的翻新，回到它们中去。万事万物没有变，是我们在变。

　　衣服要卖掉，思想要保留。上帝会证明，你并不需要社会。如果我被终日关闭在阁楼的一隅，如同一只蜘蛛，只要我还有自己的思想，那么世界还是原来那样大。一位哲人曾说过："三军可夺帅也，匹夫不可夺志也。"不要急于谋求发展自己，不要让自己受到各种影响的利用，这全都是浪费。谦卑如同黑暗，展现着天国之光。贫穷与卑贱的阴影笼罩着我们，"看啊！天地万物在我们的眼界中扩大了"。我们常常被提醒，假使上天赐予我们克洛索斯一样的财富，我们的目标必须依然保持不变，我们的手段也将维持基本不变。此外，如果你受到贫困的约束，比如买不起书和报纸，你的经验不过是仅限于最有意义、最为重要的那一部分；你将不得不与那些可以产生最多的糖和淀粉的物质打交道。但是最接近骨头的地方的生活最甜美，你不可能再成为一个无所事事的人。较高层次上的宽宏大量，不会使任何人在较低层次上获得损失。多余的财富只能够买多余之物。人所必需的灵魂是不需要花钱购买的。

　　我蛰居在一堵铅墙的角落里，铅墙里浇注了一点儿钟铜的合金。在我正午休息的时候，常常有一阵阵嘈杂不堪的喧闹声从外面传入我的耳中。这是我同代人发出的噪声。我的邻居向我讲述他们与那些知名的绅士淑女之间的奇遇，他们在宴会桌上碰见了哪些显要人物；但是我对这些事情，如同我对《每日时报》的内容一样，毫无兴致。兴趣的对象和谈话的主题主要是围绕服饰打扮和礼节举止；但是呆头鹅总归是呆头鹅，随便你怎么去刻意装扮它。他们向我不断唠叨加利福尼亚和得克萨斯，英格兰和东西印度群岛，来自佐治亚或马萨诸塞的尊敬的某某先生，全是短暂易逝、昙花一现的事情，直到我几乎要像马穆鲁克大人一样从他们的庭院中逃之夭夭。

我喜欢进入我自己的世界——不愿引人注目地走在盛大的游行庆祝队伍中，而愿与宇宙的缔造者平等地并肩同行，如果我可以的话——不愿生活在这个浮躁不安、神经质的、喧嚣忙碌、轻浮浅薄的19世纪，而愿随着19世纪一天天地消逝，或立或坐，思考着。人们在庆祝些什么呢？他们都参加了某个筹备委员会，时时刻刻盼着某个大人物的演说。上帝只是今天的轮值主席，韦伯斯特是他的演说家。那些强烈地、合情合理地引起我注意的事物，我喜爱掂量它们的分量，处理它们，被它们吸引——绝不吊在秤杆上来试图减轻重量——对任何事情不妄加推测，而是完全按照其实际情况来处理；只走我自能够走的那条唯一的道路，在这条路上，没有任何力量可以阻止我。在打下坚实稳固的基础之前，就开始着手建造起一座拱门，这不会给我带来任何满足。任何地方的底部都是结实的。我们读到过这样一个故事，一个旅行者问一个男孩，他面前的这块沼泽底部是否坚固。男孩回答说是坚固的。可是不久，旅行者的马深陷沼泽，直到马的腰部，他对男孩说："我还以为，你告诉我的是这块沼泽底部是坚固的。""是坚固的啊，"男孩回答，"可是你还没有到达它的底部一半深呢。"社会的泥沼和流沙也是如此，但是只有少年老成的人才了解这一点。

只有在一些罕见的巧合中，人们的所想、所言、所为才是对的。我不愿成为一个愚蠢地只是将钉子钉入板条和灰泥中的人，这样的行为会让我几夜都合不上眼睛。给我一把锤子，让我感受一下钉板条的滋味。不要依赖油灰状的黏性材料。钉入一个钉子，把它严严实实地钉牢，即便在半夜醒来，你也会对自己所做的工作感到满意——即便召唤缪斯女神来了，你对这件工作也毫无愧疚。

这样，而且只有这样，上帝才会伸手帮助你。钉的每一个钉子都应该成为宇宙这一机器中的铆钉，你才继续开展工作。

不要给我爱、金钱、名誉，给我真理吧。我坐在满是佳肴美酒的餐桌旁，受到了无微不至的殷勤款待，但是缺乏的是真诚和真理；我饥肠辘辘地转身离开这冷淡的餐桌。这种招待冷得像冰块。我想不必再用冰块来冰冻它们了。他们告诉我葡萄佳酿的年份和产地的美名；可是我想起了一种他们手上没有、也无法购得的更年深月久却更新更纯、更光荣的佳酿。他们的风格、豪宅、庭园和"娱乐"，我视之如草芥。我去拜访国王，但是他让我在客厅等待，举止像一个被剥夺了好客能力的人。

我的邻居中有个人居住在树洞里。他的行为真是有王者风范。我若是去拜访他，一定会好得多。

（美）亨利·大卫·梭罗

把行动和空想结合起来

精神分析学大师弗洛伊德将空想命名为"白日梦"。他认为，白日梦就是人在现实生活中由于某种欲望得不到满足，于是通过一系列的空想、幻想在心理上实现该欲望，从而为自己在虚无中寻求到某种心理上的平衡。

弗洛伊德还提出了一个关键性的词：逃避。也就是说，过分沉湎于空想的人必定是一个逃避倾向很浓的人。此言一语中的。这正是空想带给人的极大危害性。

一年夏天，一位来自马萨诸塞州的乡下小伙子登门拜访年事已高的爱默生。小伙子自称是一个诗歌爱好者，从7岁起就开始进行诗歌创作，但由于地处偏僻，一直得不到名师的指点，因仰慕爱默生的大名，故千里迢迢前来寻求文学上的指导。

这位青年诗人虽然出身贫寒，但谈吐优雅，气度不凡。老少两位诗人谈得非常融洽，爱默生对他非常欣赏。

临走时，青年诗人留下了薄薄的几页诗稿。

爱默生读了这几页诗稿后，认定这位乡下小伙子在文学上将会前途无量，决定凭借自己在文学界的影响大力提携他。

爱默生将那些诗稿推荐给文学刊物发表，但反响不大。他希望这位青年诗人继续将自己的作品寄给他。于是，老少两位诗人开始了频繁的书信来往。

青年诗人的信一写就长达几页，大谈特谈文学问题，激情洋溢，才思敏捷，表明他的确是个天才诗人。爱默生对他的才华大为赞赏，在与友人的交谈中经常提起这位诗人。青年诗人很快就在文坛有了一点小小的名气。

但是，这位青年诗人以后再也没有给爱默生寄诗稿来，信却越写越长，奇思异想层出不穷，言语中开始以著名诗人自居，语气越来越傲慢。

爱默生开始感到了不安。凭着对人性的深刻洞察，他发现这位年轻人身上出现了一种危险的倾向。

通信一直在继续。爱默生的态度逐渐变得冷淡，成了一个倾听者。

很快，秋天到了。

爱默生去信邀请这位青年诗人前来参加一个文学聚会。他如期而至。

在这位老作家的书房里，两人有一番对话：

"后来为什么不给我寄稿子了？"

"我在写一部长篇史诗。"

"你的抒情诗写得很出色，为什么要中断呢？"

"要成为一个大诗人就必须写长篇史诗，小打小闹是毫无意义的。"

"你认为你以前的那些作品都是小打小闹吗？"

"是的，我是个大诗人，我必须写大作品。"

"也许你是对的。你是个很有才华的人，我希望能尽早读到你的大作品。"

"谢谢，我已经完成了一部，很快就会公之于世。"

文学聚会上，这位被爱默生所欣赏的青年诗人大出风头。他逢人便谈他的伟大作品，表现得才华横溢，锋芒咄咄逼人。虽然谁也没有拜读过他的大作品。即便是他那几首由爱默生推荐发表的小诗也很少有人拜读过。但几乎每个人都认为这位年轻人必将成大器。否则，大作家爱默生能如此欣赏他吗？

转眼间，冬天到了。

青年诗人继续给爱默生写信，但从不提起他的大作品。信越写越短，语气也越来越沮丧，直到有一天，他终于在信中承认，长时间以来他什么都没写。以前所谓的大作品根本就是子虚乌有之事，完全是他的空想。

他在信中写道："很久以来我就渴望成为一个大作家，周围所有的人都认为我是个有才华有前途的人，我自己也这么认为。我曾经写过一些诗，并有幸获得了阁下您的赞赏，我深感荣幸。

"使我深感苦恼的是，自此以后，我再也写不出任何东西了。不知为什么，每当面对稿纸时，我的脑中便一片空白。我认为自己是个大诗人，必须写出大作品。在想象中，我感觉自己和历史上的大诗人是并驾齐驱的，包括和尊贵的阁下您。

"在现实中，我对自己深感鄙弃，因为我浪费了自己的才华，再也写不出作品了。而在想象中，我是个大诗人，我已经写出了传世之作，已经登上了诗歌的王位。

"尊贵的阁下，请您原谅我这个狂妄无知的乡下小子……"

从此以后，爱默生再也没有收到这位青年诗人的来信。

爱默生告诫我们："当一个人年轻时，谁没有空想过？谁没有幻想过？想入非非是青春的标志。但是，我的青年朋友们，请记住，人总归是要长大的。天地如此广阔，世界如此美好，等待你们的不仅仅是需要一对幻想的翅膀，更需要一双踏踏实实的脚！"

实际上，空想有正反两个方面的作用。它可以成为狂想、臆想，把人带向毁灭；也可以成为富有激情和创造力的幻想以及想象力，把人带向成功，带向辉煌。

谁说行家总正确

"不行。"这个巧手匠说，"肯定不行！"

我让他把一些黑白瓷砖贴到墙上去，他坚持说那样会掉下来。后来我想了又想，认定没什么理由能证明瓷砖会掉下来，于是我自己把它贴了上去。

妹妹凯洛琳来的时候，我正琢磨这事儿。她眼里流着泪。她小儿子入托的那个托儿所所长告诉她："要是你教孩子的方法正确，哪怕你走开他也不会哭。"

"胡扯！"我说，"他是个又好又乖的小宝贝儿，你不是不清楚！"

"可她还是儿童心理学硕士呢！"凯洛琳啜泣着，"她肯定知道。"

"单凭某些人是行家就能说明他们总正确吗？"我说。接着我向她讲了一件我认识的一个编辑的事儿——

那是在佛蒙特的一个寒冷早晨，这个编辑开的车突然一阵发飘，于是她赶快在一家汽车修理部门前停了下来。"别担心，"机械师向她保证："车一跑起来，就不会再飘了。"她了解自己这辆车，在过去哪次冷天它也没有过这情况。可行家告诉她没事儿，她也就只好将车开走了。

后来却发现是水箱冻住了，她那辆车也几乎报废。"真是报应，"她告诉我，

"就因为我听信了那些别人以为什么都懂的人的话，自己 对周围事物应有的判断力也丧失了。"

我对凯洛琳说："你对你儿子的做法也犯她那种毛病。"

我尽管责备，可对她还是非常同情的。这个世界已变得那样复杂，我们在了解或同它打交道时，从能力方面就已失去了自信。但常识却是现在和过去一样是大有益处的。再多的专长也替代不了对某一人、某一情境的特别认识。多数情况下，你还得相信自身的判断。

我是几乎丢了性命才学会这一点。一天我在看书的时候，无意识地挠了挠后脑勺，忽然注意到有那么一块地方，在挠头时发出的声响就和指甲划在空纸盒上的声音差不多。我马上去找大夫。

"您说您脑袋里有个洞？"他取乐似的说，"什么也没有，有的恐怕也是您头皮上哪根神经弹出的曲子！"

2年里我找了4个大夫，他们都告诉我完全正常。找到第5个大夫时，我几乎都绝望了："我自己的身体我自己清楚，我知道里面有什么不对的地方。"

"您要不信我的话，我就做个X光，让您看看我说得对不对。"他说。

果不其然，肿瘤在我脑袋里已弄成了一个眼球大小的空洞。手术以后，一个挺年轻的大夫站在我床边，踌躇片刻后说："要说也是件好事儿，您还是很聪明的。大多数人都死在这种瘤上了，因为我们不知道它在哪儿，等发现时已晚了。"

我知道自己并不聪明，而且在权威面前也表现得很驯服。在找头4个大夫看病时我就应敢于直言。当然，对某些完全肯定的观点能提出疑问还是相当困难的。

行家们说得大都是那样肯定。英国首相内维尔·张伯伦就表现得很自信，在第二次世界大战爆发前，他断言过将出现"和平的时代"。制片人伊文·索尔伯格曾不加犹豫地阻止过路易·B.梅耶，反对他购买《飘》的版权，因为据说反映南北战争的故事是赚不了几个钱的。连亚伯拉罕·林肯在葛底斯堡的演说也肯定地认为："全世界不会注意，也不会长久记住我们今天在这里所讲的话……"

既然如此，我们就更不应让行家之言所吓倒。当遇到我们确实熟知的领域，如我们的身体、我们的家庭、我们的住所，让我们听完行家们如何说后，自己再作主张吧。我们的推测或许和他们的差不多，有时可能还要比他们的强些。

看一下我用那黑白瓷砖贴的墙，你就知道我为什么这么说了，8年后，它仍牢牢地贴在那儿，看上去还是那么漂亮。

（美）乔·库德尔特

童年的朋友

我6岁或6岁半的时候，还根本不知道我在这个世界上到底要干什么。周围的人和各种工作都使我喜欢。

有时，我想当一名天文学家，为的是每天晚上不睡觉，用望远镜观察遥远的星星。有时，我又幻想当一名远航船长，到老远的新加坡去，到那里为自己买一只逗人的小猴儿。有时候呢，我渴望变成地铁司机，好戴上一顶神气的帽子到处走走。我也曾如饥似渴地想当一名美术家，在柏油路的行车线。有时，我觉得当个勇敢的旅行家也不坏，像阿连·蓬巴尔那样，光靠吃生鱼，横渡四大洋。不错，这个蓬巴尔旅行结束后，体重减了25公斤；我呢，体重总共才26公斤！要是我也像他那样去远渡重洋的话，旅行完了我的体重只剩下1公斤了。万一我再捉不到一两条鱼呢，也可能瘦得更厉害些呢。我把这笔账算完之后，便决定放弃这个念头。

第二天，我已经急着要当一个拳击家了，因为我在电视里看了一场欧洲拳击冠军赛。拳击家们你来我往打得真来劲！接着又播放了他们的训练情况。训练时他们打的已经是沉重的皮制的"梨"了，那是个椭圆形的有分量的沙袋。拳击家们使出全身的力量来打这个"梨"，为的是锻炼自己的攻击力。我看上了瘾，也想成为我们院里最有力气的人。

我对爸爸说："爸爸，给我买一个梨吧！"

爸爸说："现在是1月，没有梨。你先吃胡萝卜吧。"

我大笑起来："不，爸爸，我要的不是那样的梨！你给我买一个平常练拳用的皮子做的那种梨吧！"

"你要那个干吗？"爸爸问。

"练拳呗。"我说，"我要当一个拳击家啊！"

"那种梨多少钱一个呢？"爸爸问。

"值不了几个钱。10卢布，要不就是50卢布。"

"没有梨，你就随便玩点别的吧。你反正什么也干不成。"说完，他就上班去了。

爸爸拒绝了我的要求，我很不痛快。妈妈马上看出来了，立即说："我有一个主意。"

她弯下腰，从长条沙发下面拖出一个大筐，里面装着一些旧玩具。那些旧玩具我已不爱玩了，我长大了嘛。秋天，爸爸妈妈就该给我买学生服和帽檐闪光的学生帽了。

妈妈在筐里翻腾起来。她翻腾的时候，我看见掉了轱辘的小电车、哨子、陀螺、船帆上的碎片以及其他许许多多的玩意儿。突然，妈妈从筐底下发现一个胖乎乎、毛茸茸的小熊。她把小熊扔到沙发上，说："你看，这还是米拉阿姨送给你的呢。你那时刚满2周岁。多好的小熊，瞧那肚子多大，哪一点比梨差？比梨还好嘛！用不着买梨了。你练吧。"

这时有电话找她，她便到走廊上去了。

我真高兴，妈妈想的主意这么好。我把小熊放到沙发上，摆好，以便打起来顺手些，我要拿它练拳了。

小熊坐在我的面前，一身巧克力色。两只眼睛一大一小：小的是原来的——黄色，玻璃做的；大的白色——是用一个纽扣做的。小熊用它那不一样大的眼睛十分快活地瞧着我，两手朝上举着，似乎在开玩笑，说它不等我打就投降了……我瞧了它一会儿，突然想起好久好久以前我跟它形影不离的情景来了。那时我走到哪里都拉着它。吃饭时让它坐在旁边，用羹匙喂它；当我把什么东西抹到它嘴上时，它那张小脸儿十分逗人，简直像活了似的。睡觉时我也让它躺在旁边，对着它那硬邦邦的小耳朵，悄声地给它讲故事。那时候，我爱它，一心一意地爱它，为了它，把命献出来我都舍得。可它，我往日最要好的朋友，童年的真正朋友，这会儿却坐在沙发上。它坐在那里，一大一小的眼睛对我笑着，而我却想拿它练拳……

"你怎么啦？"妈妈问道，她已经从走廊上回来了，"出了什么事？"

我也不知道自己怎么啦。

我转过脸去，沉默了好长时间，为的是不让妈妈从声音猜出我的心事来。我仰起头，想把眼泪憋回去。后来，稍微克制住了自己的感情以后，我说："没什么，妈妈。我不过是改变了主意，不过是我永远也不再想当拳击家了。"

（俄罗斯）维·德拉贡斯基

或许你该早点知道

通常情况下，如果没有电话打扰的话，我是个会睡得非常沉的男人。作为一名医生，我受人尊敬，但我非常非常辛苦。

我一直在想着一件整整3个月的休假的事情。可是总有太多的事情让我不能离开，我为此给休蒂——我最好的朋友打了电话，问他是否能够和我一块去南美，去休一次真正的假。你猜怎么样？他摇摇头。"我不能去。"他说，"当然我非常想去，但是我一直在谈一笔很大的生意，很快就要成功了。我很抱歉，也许今后什么时候……什么时候……"

我们就是这样日复一日地让自己失望。可是，有一天，2001年的某一天，我收到了一封后来完全改变了我的人生道路的一封信：

中国，北京

亲爱的医生：

请不要因为收到这样一封信而感到吃惊。我只留下了我的名字。我的姓和你的一样。

你甚至完全不记得我。2年前我在你的医院里，我的孩子，就在他出生的那一天离开了人世。

那天，我的医生过来看望我，他离开之前说道："对了，顺便说一句，我们这儿有一个医生跟你一个姓，他是在住院名单上看到你的，还跟我问你来着，他说他想来看看你，说不准你们还是什么亲戚呢！我告诉他你刚刚失去了孩子，我想你恐怕现在不想见任何人，除了我。"

只过了一小会儿，你就进来了。你把手放在我的胳膊上，在我的床边坐了一段时间。你并没有说什么，但是你的眼神和声音都非常温和，很快我就感觉好多了。当你坐在那里的时候，我发现你看起来非常劳累，你的脸上有着深深的皱纹。我后来再也没有见过你，但是护士们都说你几乎日日夜夜都待在医院里。

今天下午我去了北京的一个美丽的中国家庭做客。花园周围是很高的墙，其中一边种满了红白相间的花，花的中间是长达两英尺的盘子，盘子上有字。我让人翻译给我听，他们说：

"享受生活，或许你该早点知道。"

我开始思考我自己。然后，因为我想起了我的孩子，我也就想起了你，还有你脸上疲惫的皱纹，以及在我最需要的时候给予的同情，我不知道你的年龄，但是我肯定你足可以做我的父亲；我也知道你和我在一起的那几分钟对你而言根本不算什么，这是必然的——可是对于一个绝望中的女人来讲，却意义重大。

所以我在这里冒昧地认为现在是我该为你做一些事情的时候了。或许你该早点知道。请原谅我这么鲁莽，但是当你做完工作，在读我的信的这一刻，请尽量安静地坐下来，尽可能地放松，然后，想一想这句话。

玛格丽特

那天晚上我无数次从梦里醒来，看到那面中国墙上的大盘子，我只能拼命躲开它；但是在此之前，我发现自己在不断告诉自己：嗯，或许你该早点知道；为什么你不行动起来呢？

第二天早上，我来到办公室，告诉他们我将要离开3个月。

我去了南美，当然，还有休蒂，他读了那封信之后，和我作出了一样的决定。然后我们幸运地遇上了当地最出名的男人，一个拥有着正在高速发展的钢铁公司的男人。

在旅程中，休蒂问他是否打高尔夫。他答道："我偶尔也会打，我其实很想打得更多一些。

我的妻子正在美国和孩子们度假，我真想和她们一起。可是这些事情我都没法做，实在是太忙了。我已经55岁了，再过5年我必须得停下来了。不过说真的，5年前我就这样对自己说了，可是我并不知道我们到底要做成什么样子。我们刚刚又开了一家新的工厂。"

"朋友，"我说，"你知道我为什么会来南美吗？"

"因为，"他说，"因为很可能你没那么多事情，然后又有足够的时间和钱。"

"不，"我答道，"我有很多事情要做，我也没有太多的时间或者钱。"

我告诉了他关于那封信的故事。就像休蒂一样，他让我重复说那句话："享受生活，或许你该早点知道。"之后，那天一整个下午，他看上去都若有所思的样子。

第二天早上我在酒店走廊上见到了他。"医生，"他说，"请等一等。我昨天没有睡好。真的很奇怪，不是吗？一次平常的邂逅，你可能觉得是这样，可是竟然能够改变一个本来非常忙碌的生命。自从昨天见过你之后，我想了很久，也很多。我已经给我的妻子打电话说我马上就准备过去了。"

他把手放在我的肩膀上。"这的确是一根非常长的手指，"他说，"那根手指在中国花园的那面墙上写了那些话。"

在休蒂生命临终前的几小时里，我在他的床边陪他度过。一遍又一遍地，他重复着，"弗罗德，我真的很高兴我们一起去过南美。感谢上帝我没有等得更久。"

彩票

在西班牙，除了斗牛和足球以外，最热门的就数彩票了。几乎每星期都有抽奖，但历史最悠久的则是圣诞节前开奖的那种。头奖的为5000万比塞塔，合美元125万。而且还免税。这种彩票一年四季在西班牙各地出售，每个号码分为100份，大多数人都只买1份。价值为1美元。中奖号码公布时，西班牙人全都停止工作，废寝忘食，没有心思考虑其他事情。

50年代的一天，我沿着马德里的普拉多大街行走，路过一家咖啡馆时，看见人们正在心情紧张地围观公布的中奖号码。像绝大多数西班牙人一样，我也买了1份彩票。当我掏出钱包看自己那张彩票时，手不禁颤抖起来。我的号码是141415。而头奖号码是141414。我从来没中过奖，但这次的号码太接近了……就是我这1份，也可得美元12500元。

接着，我开始回忆这张彩票是在什么地方买的，怎样买来的。我几乎就像自己中了奖那样兴奋。那是那年夏天，我到巴利亚利群岛度假时的事。有一天晚上，我偶然去马约卡岛的帕尔马市的"双狮酒家"去喝酒，像帕尔马的许多居民一样，我很喜欢那个地方。店里凉爽舒适，酒美价廉，而且大家都喜欢年轻的店主赫南多。

赫南多虽是店主，但实权却在他老婆手里，她就连赫南多本人也管得很严。我不知道玛丽娅是不是真的比赫南多力气大，但她给人的印象却是如此。她嗓音尖厉，酒馆里的一切都休想逃过她那一双锐利的黑眼睛。要是赫南多向一位瑞典金发女郎笑上2次，或想让一位手头拮据的老朋友赊账，玛丽娅就会说出刻薄的话，或者是狠狠地瞪他。赫南多便会立刻屈服，低声地说："是，亲爱的。"

有一天晚上，玛丽娅回乡探望母亲去了。她一走开，赫南多马上就变成了另外一个人。他的眼睛更加明亮了。抱着吉他自弹自唱时的声音也更加浑厚深沉了。这时，有个卖彩票的小贩走进店来，赫南多便说要看看圣诞彩票还有哪些号码，他迅速地翻阅了一遍，取出一沓套票叫道："好兆头！天上来得好兆头！"

他抓住我的胳臂："我的美国朋友，你瞧！我是本月14日出生的，而这个号码重复了我的生日三次——141414！"

小贩微笑着准备像往常一样把那张占1%的彩票撕下来。

"不要撕！"赫南多喊道，"老天有眼，聪明人是不会错过机会的。我把这套一百张全买下来！"

店内立刻鸦雀无声，一套要一百美元的，对一个小酒店来说，可不是一个小数目。有人在私下议论："玛丽娅会说什么呢？"

赫南多听见这话怔了一下，紧接着他愤愤地大声说："我想做什么就做什么。"

他说到做到，把钱匣中的钱全都倒了出来，可还不够，他又回家去取些，总算把钱凑足了。那天晚上，差不多每个人都买了一种彩票，我也像往常一样买了1%，号码比他大一号：141415。

现在，我漫步在普拉多大街上，心里想着赫南多拿了这笔钱会干些什么呢？他会离开他那泼辣的妻子，卖掉酒馆去过奢华的生活吗？

几个月后，我才得空再次到帕尔马去。飞机在下午三时降落，走出飞机场，我径直奔"双狮酒家"走去，到近处一看，并未发现它与以往有什么不同。

我走进店去，见赫南多独自坐在桌旁看报。看见我，他立刻满面春风地站起来，"欢迎，先生，好久没到小店来了！"他连问也没问，便去拿了一瓶我喜欢喝的白葡萄酒来。

"恭喜啊！"我举杯向他道贺，"恭喜幸运的百万富翁！"当我告诉他因见到这里依然如故而喜悦时，他很不自然地笑了。

"不，先生，"他说，"变化还是很大的。你还记得当时有人问我，要是玛丽娅知道了我花那么多钱买彩票会怎么样吗？"我点了点头，示意记得。而他却惋惜地摇头叹息："那人说得真对！"

原来玛丽娅像野猫一样，又吵又闹，非让他卖掉彩票，收回钱来不可。

"最后我只得让步，先生。"他耸耸肩膀说，一个人不能成天生活在狂风暴雨之中，可是把那么多彩票脱手，谈何容易。幸亏我有朋友，有些顾客也是朋友，他们都来帮助，最后只剩下了一张，其余全都卖了。她允许我保留一张。

"要是我碰上了这种事，"我说，"开奖后想到放弃的那些彩票，会后悔死的。"

"当时我的心情正是这样，先生。可是，持有其他九十九张中奖彩票的是谁？都是我的朋友。他们要感谢的是谁？是我赫南多。他们是托我的福发的财。而且我的小店的生意也从来没有像现在这样兴隆过。"

"再说，我虽只有一张彩票，也还得了五十万比塞塔。我买了一辆车，买了新衣服，还存了点款。"

"挺好，"我说，"可是你没想过其余那些钱会给你带来什么吗？"

他又笑了："说真的，先生，有了那么多钱我很可能做出傻事。就眼下的情况来看，得的这些钱已经给我带来了一亿比塞塔也未必能买得到的东西。"

我听了感到莫名其妙，脸上也肯定露出了这种表情。

"你是问我失去了那么多钱有什么感想？"他说，"难道你没想到我老婆有什么感想吗？是她逼我卖掉彩票的，她的感受你可想而知了。"

"现在，"他在椅子里往后靠了靠说，"情形不同了，每逢玛丽娅要吵嚷的时候，我就对她说：'141414。'这样，她马上便会想起因她而失去的那份财富。于是就什么也不说了。"

他把瓶中剩下的酒倒进我的杯子："所以，先生，我已得到了大多数男人花钱买不到的东西。我赢得了安静、婚姻幸福和听话的妻子。"

他在椅子中稍稍转了一下身，呼唤了一声玛丽娅的名字，声调一点都不严厉，但却有着和平的指挥力量。里面那道门的门帘掀开了，玛丽娅走了进来。她与从前不一样了，似乎有了什么微妙的变化，身材也似乎小了些。看上去不亢不卑，不忧不乐，实际上，她变得更快活，更温柔，更有女人的风韵了。

"玛丽娅，"他漫不经心地说，"请给我们拿点酒来。"

她面带笑容地朝酒桶走去，嘴里说："这就拿来，亲爱的。"

（美）爱伦·坡

向往乡村的鞋匠

好事的读者可以把这个故事应用到生活的各个方面。从前有一个鞋匠，住在自家门窗紧闭的鞋店里，所谓鞋店，不过是一间阁楼。他一边干活，一边透过仅有的一扇窗户望着太阳，也唯有这扇窗户，才给这位不幸的鞋匠师傅送来光线。

我讲的这个故事，发生在南方的一个城镇。可是普照大地的太阳，一天里只有两三个钟头的时间给穷鞋匠的家送进去一条窄窄的阳光。

可怜的鞋匠通过小窗户，遥望着蔚蓝的天空，一面做活，一面叹息，他向往着未曾见过面的大自然。

"这样的天气，能出去走走该有多好啊！"他时常大声地说。当某位顾客给他送来住在对面的马车夫的一双肮脏的皮靴时，他总要问："外面天气好吗？"

"好极了！四月艳阳天，不冷不热。"

鞋匠师傅的叹息更加深沉了，接过靴子，狠狠地往角落里一扔，说："你们运气真好，星期六来取靴子吧。"他试图用歌声来解闷，他不停地哼哼呀呀，一直唱到天黑下来。向往自由，而又得不到自由的人，无异于死亡，其实他早已不复存在了。

每天他都渴望地凝视着天空，长吁短叹，直到夜幕降临。这个不幸的人倒很喜欢黑夜，因为他那悲惨的命运使他在黑夜来临之前是呼吸不到新鲜空气的。

一天，一个同楼住的主顾，带着一双要修的皮鞋，来到他的阁楼。见面以后，由于鞋匠向他诉苦，说他总也见不到所渴望的乡村，那人便对他说："是啊，加斯帕尔。所以我认为赶驴的人是世界上最幸福的人。"

"赶驴的人？"

"对。他们来来往往，饱享着新鲜的空气，闻着芳馨的花草。他们是大自然的主人。那确实是一种最美好的工作。"

主顾走后，加斯帕尔陷入沉思，一夜没有睡着，第二天一清早下定了决心。

"让侄子照管店里的事，我要用攒下的50元钱买一头驴，做一个赶驴的人。"

于是他便照着想的做了，8天后他成了一个搬运夫。

"多么好的天啊！空气多么新鲜啊！现在才是过真正的生活，才是没有让我在那屋顶下的黑洞里枉过一生的大好时光。"

加斯帕尔开始了第一次出行，他一边采撷路旁的花朵，一边放声歌唱。

他走了将近1英里，也没有见到一个人。加斯帕尔如愿以偿，成了田野的独一无二的主人。

在他拐弯的时候，突然蹿出3个人来，大声喊道："不许动！"一个人把驴抢去骑上仓皇逃走了。第二个人抓住他，第三个人把他剥个精光，怕他追赶，又用棍子狠狠地打了他50下，打得他浑身青一块紫一块的。

要是在城里，肯定会有人听到他的呼救声，然而在这里却没人听得见。在光天化日之下，歹徒竟敢这样胆大妄为。

他拼命地呼喊："救命啊！救命啊！我要死了！"

将近5分钟的时候，一个农夫赶着马车打这里经过，把他救起来，用毯子裹上，拉进城去，送到他家门口。他的侄子和邻居见状大惊，纷纷前来询问，但他一言不发，有许多天没听到他讲过一句话。有一天下午3点多钟的时候，楼梯上忽然传来要到乡间去旅行一趟的声音："咱们一会儿就动身。"

"多好的天气！叫表兄也一块去吧！"

加斯帕尔一个人待在阁楼里，轻蔑地抬头望了一眼天空说："天气好！挨一顿狠揍就更妙了！"

（西班牙）布拉斯科

搭顺风车的异乡人

我从来没载过搭顺风车的人。但这人的情形有点不同，我无法驱车扬长而过。从后影望去，他衣衫褴褛，身材瘦小，裤子松垂，头上歪戴旧布帽，背上用皮带挂着个破背包。

我从后视镜里看到他的脸。不是我想象中那副愁眉苦脸的潦倒样子，而是带着安详平静的表情。体态似乎有点龙钟，容貌却还年轻，暗淡的眼神好像在凝眺遥远的天边。

我情不自禁地倒车，问他是否想搭个便车。他瞪眼注视我，微微点头，然后上了车。

"住在附近吗？"我问他。

"不在，"他答道。

"你上哪儿去？"

"出门去。"

"去什么地方呢？"

"到那边去。"即使他说得彬彬有礼，我也了解他的意思：他上哪儿去是他自己的事。到了我住的汽车旅馆前面，我让他下车。"多谢你。"他说。他朝大路走去时，我猜疑我看到的是否就是最后的老式流浪汉。

稍后，我出去前往餐馆，看到他站在我的车旁。噢，噢，我心想，打抽丰的来啦。我随便点点头准备上车。"请稍留步，"他说，这种绅士派的旧式礼貌言谈竟感动了我，"你今天让我搭了趟顺风车，我打算报答你。"

"不必啦。那无所谓。"

"不，那是一种善意。请。"他那暗淡的眼神使我感到了一种完全陌生的规矩。

我耸耸肩。他一挥手，以侍臣的姿势站立一旁，示意我上车。我进了车厢，摇下车窗，望着他。他伸手入背包，我不由得有点紧张，忙攥紧拳头准备行动。但他从背包里却拿出一支旧口琴。我立刻宽了心。真古怪，我心想，可是并无恶意。曲声悠然而起，我不禁神往。

我听不出口琴吹奏出来的是什么，既非古典曲，又非乡村音乐，也不是爵士乐，跟我所熟悉的音乐毫不相同。那是来自他心灵深处的遥远故乡。乐曲虽是即兴而奏，各音符却彼此关联如一串珍珠，一颗比一颗大，数到最大的一颗时，你便欣赏到同样和谐的节奏，但这次是向下数，一颗比一颗小。这怪人吹奏的奇妙优美的音乐把我听呆了。

一对年轻夫妇从汽车旅馆走出，听到了口琴声便驻足窃笑。我突然觉得不好意思，想用话掩饰窘态："不错，热门摇滚乐，好得很，可是我得走了。"我说话时倒没显出不客气，但的确带着出于挖苦和傲慢的一种不自然的轻浮。那对年轻夫妇哈哈大笑。

音乐由颤抖而逐渐停止，接着寂静了片刻。他放下口琴，双眼还在注视我，蠕动嘴唇，微微苦笑了一下，然后转过身，往肩上拉了拉背包，走向大路。我目送他远去。

那对年轻夫妇还在笑。男的说："世界怪人真多，是不是？"

我对他们颇感厌恶，忽然想追上那个在公路上身形逐渐缩小，又瘦又矮而相当高雅的人。但我改变了主意。我晓得，即使追上他也没什么话可说。我享受过一段美好时光，现在已经成为过去了。

要帮助，不要教训

有一天，我坐在游泳池附近，忽然听到人声嘈杂，再一看，池水深处有个人忽沉忽浮。这时，一个男人跑到游泳池边上，大声叫："屏住气！屏住气！"一个女人也跑到池边上，狂喊："躺在水上，浮着！"他们的喊声引起了救生员的注意，他奔到游泳池的尽头，"扑通"一声跳下去，把那遇险的男子救了上来。救生员后来对我说："天晓得，怎么没有人叫救命？人都快淹死了，还教他游泳！"

几个星期之后，我参观一所学校的餐厅，救生员的这句话对我很有帮助。我见到一个衣衫褴褛的小女孩走近餐桌，盘子里的牛奶突然被打翻了。有人跑上前去把泼出来的牛奶擦掉。一位教师告诉她拿东西应该小心一点，有几个同学更嘲笑她笨手笨脚。那个可怜的小女孩似乎不知怎么办才好，只是站在那里发呆，一句话都说不出来。我想起那句话，心想她可能没有钱再买牛奶。于是我走过去，买了瓶牛奶放在她的盘子里。她立刻露出如释重负和感激的表情，我知道我猜对了。

别人遇到危急，我们应该见义勇为，采取真正有帮助的行动。别人遭到困难，我们应该头脑清醒地采取实际行动。

有一年圣诞节，我的朋友和几位妇女去分送食物篮。有一户人家的小孩子依偎在主妇身旁，对她们所送的食物篮默默无语地摇头，表示谢绝。有几位妇人当时很诧异，觉得那妇人不近人情，死要面子。在临出门时，这几位妇女用鄙视的目光扫着那妇人愤愤地说道："真太不知趣了！"

"我们正要上车离开她家，突然我想到应再去看看。"我的朋友告诉我，"于是我又转身独自去了她家。"她发现那妇人正在对孩子解释，煤气公司已经把家里的煤气停了，没有办法烧火鸡，把火鸡送给别家烧吃，不是更好吗？"我当然把火鸡烧好了再送去。"我的朋友对我说。

当然，有时候对一些事不可操之过急。我认识一位牧师，他和一个肉贩子的交情很不错。"我每次去买肉，总要跟他聊聊天。"牧师告诉我，"而且我们常常一起去钓鱼。我知道他是酒鬼，可是从来不谈这方面的事。"亲友们多次规劝肉贩子戒酒，有的说："再这样下去，会喝烂你的心肺！"还有的说："嗜酒如命，定会自毙！"然而无论怎样劝说都没有用。于是便请牧师帮忙，可是牧师不肯，他只是和肉贩子继续往来。

有一天，肉贩子到牧师那里去，流着眼泪："我儿子刚才对我说，他有两样东西不喜欢：一是落水狗，二是酒鬼，因为都有一身的臭味。你肯帮助烂酒鬼吗？"

牧师等待这一天已经很久了。于是牧师请一位医生共同协助。"15年来他再也滴酒不沾。"牧师说，"有一次我问他：'你为什么不要别人帮助而来求助于我？'他说：'因为只有你从来没有逼过我。'"

帮助人，并没有一定的方式。有一次我坐飞机，邻座的一位年轻军人用恳求的语气对我说："太太，我可以跟你讲话吗？"我点点头。他差不多讲了一个多钟头。他说他离家一年多了。这一年他在战场上，日子像噩梦，只见弟兄们一个个死掉，他自己也挂了彩，一只腿残废了。飞机快到他家乡时，他越来越紧张，他的手在抖。可是他继续不停地讲。他变了许多，他的父母能了解吗？还有他的女朋友——他们是靠书信互寄相思的。

飞机降落在跑道上了，他惊喊起来："哎呀，糟了，镇上的人都来了！"空中小姐走过来，告诉他该下飞机了。他不做声。我起身替他解释："先生，怕什么？"空中小姐说，"你身上的勋章又不是白得的！"别的乘客也七嘴八舌地催他，可是他就是不动弹。"咳，那年轻人傻住了。"一位男乘客说，"我去打他一个嘴巴！"

"不行。"我抗议道。我把脸贴近那年轻人的脸，带着惶急的声音说："我的心脏病又发作了，恳求你能快扶我下飞机！"

这句话真灵验，他果然小心翼翼地扶我下了飞机。我们一下飞机，便有个姑娘从人群里喊他的名字，飞奔过来。她一到我们面前，我便转身走上飞机。"你怎么对他会这样应付自如呢？"空中小姐问我。"是一位救生员教我的。"我回答说。

（英）爱丽丝·米乐·达文斯

当玫瑰开花的时候

老园丁培育出许多优良品种的玫瑰花。他像蜜蜂似的把花粉从这朵花送到那朵花，在各个不同种类的玫瑰花中进行人工授粉。就这样，他培育出了很多的新品种。这些新品种成了他心爱的宝贝，也引起了那些不肯像蜜蜂那样辛勤劳动的人的妒忌。

他从来没有摘过一朵花送人。因为这一点，他落得了一个自私、讨人厌的名声。有一位美貌的夫人曾来拜访过他。这位夫人离开的时候同样也是两手空空，没有带走一朵花，只是嘴里重复嘟哝着园丁对她说的话。从那时起，人们除了说他自私、讨人厌之外，又把他看成了疯子，谁也不再去理睬他了。

"夫人，您真美呀！"园丁对那位美貌的夫人说，"我真乐意把我花园里的花全部奉献给您呀！但是，尽管我年岁已这么大了，我依旧不知道怎样采摘下来的玫瑰花，才能算是一朵完整而有生命的玫瑰花。您在笑我吧？哦！您不要笑话我，我请您不要笑话我。"

老园丁把这位漂亮的夫人带到了玫瑰花园里，那里盛开着一种奇妙的玫瑰花，艳红的花朵好像是一颗鲜红的心被抛弃在蒺藜之中。

"夫人，您看，"园丁一边用他那熟练的布满老趼的手抚摸着花朵，一边说，"我一直观察着玫瑰开花的全部过程。那些红色的花瓣从花萼里长出来，仿佛是一堆小小的篝火喷吐出的红彤彤的火苗。难道把火苗从篝火中取出来还能继续保持它那熊熊燃烧的火焰吗？花萼细嫩，慢慢地从长长的花茎上长了出来，而花朵则出落在花枝上。谁也无法确切地把它们截然分开：长到何时为止算是花萼，又从何时开始算作花朵？我还观察到当玫瑰树根往下伸展开来的时候，枝干就慢慢地变成白色，而它的根因地下渗出的水的作用，又同泥土紧紧地结合起来了。

"结果我连一朵玫瑰花该从哪儿开始算起都不知道，那我怎么能把它摘下来送给他人？要是硬把它摘下来赠送给别人，那么，夫人，您知道吗？一种断残的东西其生命是十分短暂的。

"每年到了10月，那含苞待放的玫瑰花蕾绽开了。我竭力想知道玫瑰是在什么地方开始开花的。我从来也不敢说：'我的玫瑰树开花了。'而我总是这样欢呼着：大地开花了，妙极啦!

"在年轻的时候，我很有钱，身体壮实，人长得漂亮，而且心地善良，为人忠厚。那时曾有4个女人爱我。

"第一个女人爱我的钱财。在那个放荡的女人手里，我的财产很快地被挥霍完了。

"第二个女人爱我健壮的体格，她要我同我的那些情敌去搏斗，去战胜他们。可是不久，我的精力就随着她的爱情一起枯竭了。

"第三个女人爱我英俊的容貌。她无休止地吻我，对我倾吐了许许多多情意缠绵的奉承话。我英俊的容貌随着我的青春一起消逝了，那个女人对我的爱情也就完结了。

"第四个女人爱我忠厚善良。她利用我这一点来为她自己谋取利益，最后我终于看出了她的虚伪，就把她抛弃了。

"在那个时候，夫人，我就像是一株玫瑰树上的4朵玫瑰花，4个女人，每人摘去了一朵。但是，如果说一株玫瑰树可以迎送100个春天的话，那么一朵玫瑰花只能有一个春天。我那几朵可怜的玫瑰花，就是因此而永远地凋零了。

"自此以后，从来没有人在我的花园里拿走过一朵花。我对所有到我这花园来的人说：'你什么时候才能不热衷于那些被分割开来的、残缺不全的东西呢? 假如你真能把每件事物的底细明确地分清楚，假如你真能弄清玫瑰长到何时算作花萼，又从何时开始算作花朵的话，那么，你就到那玫瑰开花的地方去采摘吧! '"

（智利）佩·普拉多

雪崩

它是我们的梦幻小屋，俯瞰着蒂姆帕诺戈斯山背后那壮丽的瀑布，靠近罗伯特红色浅滩中那著名的拜太阳舞滑雪胜地的斜坡，它花费了我和妻子好几年的时间去设

改变一生的小故事 | STORY

计、规划、建筑并最终使它得以落成。

但是，仅仅10秒钟它就被完全摧毁了。

我清晰地记着发生灾难的那个下午，就如同它是昨天刚刚发生过的一样。1986年12月13日，星期四，正是我们的第九个结婚纪念日的前一天。那天，雪下得很大，将近下了40英寸厚。尽管如此，我妻子依然从我们在犹他州普罗沃的家中出发，冒着风雪在寒冷中驾车行驶了近30分钟驶上了峡谷，去参观我们新近刚刚竣工的山中小屋。她是在那天下午的早些时候出发的，带着我们6岁的儿子艾伦。途中，她还要停下来买一些蛋糕上用的物品，以庆祝我们特殊的日子。我打算晚些时间再去与她相会，同时还要带上我们9岁的女儿艾米和最小的儿子亨特。

我的第一个危险信号来自于拜太阳舞滑雪巡逻队打来的一个电话。

"你的小木屋遇到了麻烦，最好能立即赶来。"

他们没有讲出更多的详细情况。虽然我当时已经延误了一项书面计划，但我还是离开了计算机，在大雪拥塞的路上冲上了峡谷。当我到达滑雪驻地时，驻地里的头儿与他的队员都向我致意，脸上均带忧虑的神色。

"小木屋那里出事了，我想你的妻子和儿子现在正在那儿。上我的车来，咱们一起去。"

小木屋同拜太阳舞的滑雪主坡相邻近，只要通过一条狭窄而迂曲的山道就可到达那里。当我们在路上飞速奔驰的时候，在汽车的两旁形成了两道雪堤，看上去我们犹如是在迷宫中盘旋一样。我们在路上转了一个弯儿，看到另一辆车正从那条窄路上开了下来，我们双方都赶快使劲刹闸，但车还是撞了一下，两个车都受到轻微的损伤。简单地和对方交涉了之后，我们继续往前行使，直到在远处已可以看到小木屋的铜制屋顶。

在我们驶近时，我看见妻子和儿子还站在路上，周围环绕着好几位拜太阳舞滑雪巡逻队的队员。我跳下了车，在向她奔去时，她向我指了指屋顶上面的树。我几乎被所看到的景象惊呆了。

一次巨大的雪崩把整个山的一侧给削塌了，听着那些粗重的大树像火柴杆擦着时地啪啪折断，我再看一眼小木屋，就看到了雪崩是如何摧毁我们的山中之屋的那一幕。在几秒钟之内，它就撞坏了所有的窗户，成吨成吨的雪堆进了我们宽敞的居室，压塌了所有的房板，并完全粉碎了我们的梦。仅仅剩下了一个框架。屋子的外面，我们精心挑选的家具被撞成碎片躺在雪地里。这如此令人震惊的破坏性场景，我永远也无法忘记的。

　　滑雪巡逻队的队员们催促我们赶快离开雪崩地带，因为还会有新的雪崩在威胁着大家的生命。我们昏昏沉沉地返回家时，处在惊恐、震惊之中。我不得不承认，失去小木屋给我们以很大的震动。一直到几个月之后，我还在感叹为什么我们会如此的不幸，以至于失去了我们的山中小屋。为什么上帝竟然要允许这种事发生？

　　这个故事本来在这里应该结束了，但如果那样的话，你就无法了解到发生在那一天的一个奇迹。实际上，我本人也是在8个月之后才发现那个奇迹的。

　　在一次商业会议上，我的一个同事问了我一个看似简单的问题：

　　"你的妻子是否曾经告诉过你，就在你们家发生雪崩的那天，我妻子差点没和她在去往你们小木屋的那条道上出了事故？"

　　"没有，"我回答："发生了什么事？"

　　"嗯，我妻子和我的孩子们当时正住在我的小屋里。因为那天的大雪，她们才决定离开小屋回家去。在离开小屋之前，我的一个孩子建议他们做一下祈祷，以求能保佑他们平安到家。他们鞠躬做了一个简单的祈祷，然后就出发了，顺着那条狭窄的小路往下走。你妻子当时正开车往上走，看见了我妻子和孩子坐在车内。但当我妻子刹车的时候，那辆车却无法停下。它正以加速度在光滑的山路上往下滑。她简直没有任何办法可以使它停下来，最后，在两辆车将要相撞的一刹那，她转过了车轮，把车头撞进了路边的雪堤里，而车的尾部撞进了路另一边的雪堤里……实际上是挡住了你妻子继续前进的道路。她们为了要让汽车松动，几乎花费了将近一小时的时间，但最后还是不得不求助于滑雪救助人员。"

　　"很让人惊奇，"我说："我的妻子从未给我讲起过这件事。"

　　我们谈论了那个"事故"一会儿之后，在公司中分手了。我呆呆地站在那里，仿佛突然遭受了一下重击。

　　如果不是这个"事故"的话，我的妻子和儿子可能已经被雪崩压死了。

　　我经常回想起在那条道上发生的那个"事故"。我想象着当那辆可爱的小车挡住了我妻子去路时，她正坐在那里一筹莫展的情形。我还能想象得到我的朋友的妻子在当时的情景，她一定对整个局势表现得非常窘迫。我还能看到她的孩子们的不安与骚乱，他们在感叹上帝是否果真听见了他们的祈祷。

　　在那时，每一个人都把当时的情势当做一个不折不扣的灾难来看待。很显然他们当时都并不知道自己正在参加一个奇迹。

　　现在，我对那些在我生活中时不时所发生的"灾难"总是慢一点再作出判断。最后，随着更多的信息的获得，它们中有许多被证明是正在创造的"奇迹"。"事故"发生时，我总是尽力问自己："在这个不幸中，上帝会创造出什么样的奇迹呢？"

　　我不再去惊叹："为什么？上帝！"而是简单地说："谢谢您，上帝。"

　　然后，我期待着，直到所有的证据滚滚而来。

（美）罗伯特·艾伦

知识尘埃

　　每天放学或课间休息的时候，我都要到华盛顿大街去站上一会儿，透过窗上的栅栏凝望着那座房子的灰墙，因为那里面严密地收藏着知识的钥匙。

　　从孩提时代起，我就知道那座房子里保存着我曾祖父的藏书。

　　我曾经听父亲说起过那些藏书，他一直把自己身体垮了，这件事情归咎于那次给藏书搬家。

　　曾祖父在世时，那一万册图书一直放在圣灵街的家里。等他去世之后，子女们分了他的财产，而那部分藏书给了当大学教授的伯祖父拉蒙。

　　拉蒙娶了一位非常富有的太太，但是她不能生育，耳朵又聋，而且不通人情，使拉蒙一辈子都过得很不舒心。为了弥补夫妻生活的失意，他就随便跟所有能够弄到手的女人勾勾搭搭。他因为没有子女，在众多的甥侄当中特别偏爱我父亲。这不仅意味着我父亲可望继承遗产，同时他也必须承担义务。因此，当需要把那些书籍从圣灵街往华盛顿街他家里搬的时候，事情自然就落到了我父亲的头上。

　　据父亲说，整整用了一个月的时间才把那上万册书籍搬光。他得爬到很高很高的架子上面去，把书搬下来，装进箱里，运进另一所房子，再重新整理分类，而且所有这些工作都是在灰尘扑面，飞蛾乱舞的情况下干的。书是搬完了，但他却一辈子也没有缓过劲来，但是这番辛劳是有报偿的。拉蒙伯祖父问我父亲："等我死的时候，你希望我把什么留给你？"

父亲毫不犹豫地回答："你的藏书。"

拉蒙伯祖父健在时，我父亲经常到他家去读书。从那时起，他就和一笔总有一天会到手的财产厮守在一起了。曾祖父很博学，他收集了人文学科方面的大量书籍，所以，可以说，他的藏书汇集了十九世纪末叶一个有教养的人应该掌握的全部知识。与其说我父亲是在大学里有所成的，倒不如说他是从那批藏书里接收到了更多的教益。他常说，坐在藏书室里的一把椅子上贪婪地阅读着随手拿来的书籍的时代是一生中最幸福的岁月。

然而，我父亲却注定永将得不到那笔宝贵财富。伯祖父死得很突然，没有留下遗嘱，所以藏书和其他财产一起就都归了他的遗孀。再说，伯祖父拉蒙死在一个情妇家中，所以伯祖母对我们家，特别是对我父亲，一直怀着不解的仇恨。她根本不想见到我们，怀着满腔怨恨，独自躲在华盛顿街的房子里深居简出。过了几年之后，她把房子一封，就到布宜诺斯艾利斯和亲戚同住去了。当时我父亲经常到那栋房前面徘徊，望着栅栏和封死的窗户，想象着依然摆在架子上面他从未读完的书籍。

父亲去世后，我继承了他的强烈的心思和希望。我的一位前辈怀着深厚的感情购买、收集、整理、阅读、抚爱、享用过的书籍竟成了一个既不关心文化又跟我们家没有关系的吝啬的老太婆的财产，在我看来这简直就是犯罪。眼睁睁看着它们落到最不识货的人的手里，不过，我仍然相信公理永存，总有一天它们必将物归原主。

机会来了。我听说，伯祖母杳无音讯地在布宜诺斯艾利斯住了几年后，要到利马来待几天，了结一桩卖地的事情。她在玻利瓦尔饭店住了下来，我三番五次给她打电话，终于说服她同意见我一面。我希望她允许我从那些藏书中挑点书，哪怕是几本也好，因为，我本来想对她说："那些藏书原是我们家的。"

她在下榻的套间里见了我，还请我喝茶、吃点心。她的样子简直像一具木乃伊，但却搽着脂粉、穿珠戴翠，实在可怕得很。她实际上没讲话，但我猜得到，她从我身上看见了她丈夫、我父亲以及她所憎恶的一切事物的影子。我们一起待了十分钟，她从我嘴中的动作中揣摩着我讲的话。明白了我那难以启齿的要求。她的回答毫无商量的余地，并且极其冷淡——"她的东西"什么也到不了我们家里。

她回到布宜诺斯艾利斯之后不久就死了。她的亲戚继承了华盛顿街的那栋房子以及房里的所有东西，这样一来，藏书离我就更远了。实际上，那些书的命运必然是通过继承转户的渠道逐渐转到跟它们关系越来越少的人手里。他们可能是南方的乡巴佬，也可能是专营生产咸肉或从事鼠窃狗偷的布宜诺斯艾利斯无名之辈。

华盛顿街的房子继续封了一个时期。可是，继承它的人——莫名其妙，竟是阿雷基帕的一位医生——决定给它派点用场。由于房子很大，他就把它变成了学生公寓。我是偶然了解到这一情况的，当时我就要从大学毕业了，并且由于不再抱任何幻想，不再到那座旧房子前面去打转转了。

一天，一个和我要好的外省同学邀请我到他家去同他一起准备考试。我万万没有料到，他竟把我带到了华盛顿街那栋房子里。我以为那是不怀好意的玩笑，可是他却说，已经和五个同乡同学在那儿住了好几个月了。

我毕恭毕敬地走进房子，对周围的一切十分留意。门厅里有一位漂亮的太太，可能是公寓总管，我对她没有理会，只顾认真地察看里面的陈设，揣度着房间的布局，以便找到那些神奇的藏书。我没费力气就认出了直到那时我只是在家庭相册上见过的沙发、靠壁桌、绘画和地毯。不过，那些在相片上显得庄重和谐的器物，全都遭到了破坏，好像已经失去固有的光彩，而变成了一堆被不问及来历也不知其用途的人淘汰和糟蹋了的破桌烂椅。

"我的一个伯祖父在这儿住过。"我对我的朋友说。他看见我望着一个大衣架出神，已经显出有些不耐烦的样子，可是那个从前用来挂翻皮大衣、外套和帽子的衣架，现在却挂着掸子和抹布。

"这些家具过去是我家的。"

他对我的表白几乎没有起任何反应，只是催我到他房间去准备功课。我跟着他去了，但注意力却集中不起来。我的想象继续在这幢房子里漫游，搜寻着那些看不见的书籍的踪迹。

"喂，"我终于忍不住对他说，"开始学习之前，你能告诉我藏书在什么地方吗？"

"这儿没有什么藏书。"

为了使他相信，我就告诉他说：一共有一万册大部分从欧洲订购来的书籍，是我曾祖父收集起来的，我伯祖父拉蒙占有并保管过，我父亲拿过、并且还读过很多书。

"我在这房子里从未见到一本书。"

我不信，由于我坚持自己的说法，他告诉我也许医学系学生的房间里可能有一点儿，不过他从来没到那边去过。我们去到了几个房间，但只找到了一些破烂家具、扔在屋角的脏衣服和病理学讲义。

"那些书总得放在什么地方啊！"

像大多数外省的学生一样，我的朋友野心勃勃，而且粗鲁得很，对我提出的问题毫无兴趣。

可是当我告诉他，里面可能有一些极其珍贵的法学书籍对我们准备考试非常有用之后，他就决定去问问唐娜·玛露哈。

唐娜·玛露哈就是我进门时见到过的那个女人，而且我没有搞错，正是她在管着公寓。

"噢，书呀！"她说，"可费了我的事了！有满满三屋子，全是老古董。三四年前我接管公寓时，真不知拿它们怎么办才好。我不能把它们扔到街上去，会罚款的。我让人搬到原来仆人住的房子里去了。还不得不雇了两个人呢！"

仆人的房间在后院。唐娜·玛露哈把钥匙交给了我，并说如果我愿意把书搬走，真是再好不过了，这样的话，那几间房子就可以腾出来了。当然，她只是说说笑话而已，要想搬走，我得要一辆卡车，一辆不行的话，得好几辆。

在开锁之前，我迟疑了一下。我早就料到等待着我的会是什么情景，我把钥匙插进锁孔，门刚打开，一大堆发霉的纸就呈现在了我的眼前。水泥地上，到处都是烂书皮和虫蛀的书页。要进那间房子，走是不行的，必须爬。书几乎一直堆到了天棚。我开始向上爬去，并且觉得手、脚都在向一种像灰尘似的松软的东西里面陷下去，刚要伸手去抓，立刻就散了开来。有时也会踩到某种硬东西，抽出一看，原来是皮革书皮。

"快出去吧！"我的朋友对我喊道，"你要得癌的。那里全是病菌！"

但是，我没有泄气，继续惊恐而愤怒地攀登着那座知识的山峰，但最后还是不得不改变初衷。那里除了知识尘埃之外，已经什么都不剩了。我朝思暮想的藏书已经变成了一堆垃圾。由于年深日久，无人问津、照管、爱护和使用，所有的稀世珍本全都被虫子蛀蚀或者自己腐烂了。多少年前曾经阅读过这些书籍的人已经长眠地下，但是却没有人接他们的班，所以，一度曾是光明和乐趣源泉的东西，现在已经化成一堆毫无用处的粪土。我好不容易才发掘出了一本如史前珍禽异兽的骨头一样奇迹般保存完好的法文书。其余的全都泯灭了。正像拿破仑的帽子放在博物馆的玻璃柜里，其实要比它的主人更加没有意义。

（美）奥斯瓦尔多·里贝罗

亲爱的，照照镜子

萨迪姑姑躺在一个绸缎枕头上睡觉。她用绸缎做枕头是为了保持发型。这个枕头对我来讲非常普通。但是，萨迪姑姑告诉我，如果我仔细地看看它的话，我会发现它是一个奇特的枕头，因为美国麻省理工学院的研究员们科学地证明了枕头上的突起和曲线可以令头发像刚离开美容院一样美丽。这就是萨迪姑姑所说的故事，她对这个故事深信不疑。这个枕头是她最珍爱的物品之一，她非常信赖它。

"只花9美元95美分就可以让我拥有一个能令我光彩照人、令男人瞩目的枕头。有此枕，夫复何求？"萨迪姑姑说。

我哪敢和美国麻省理工学院的研究员争论，我哪敢和我的萨迪姑姑争论，我哪敢去怀疑已经存在的奇迹，即使只是一个枕头。

但是，我就是不明白萨迪姑姑为什么希望她的头发可以保持一个星期不变。她的头发就好像是硬硬的、黏黏的、蓬松的灰色雕塑。她的头发被喷了许多发胶，即使是龙卷风都不会吹乱一根。

"姑姑，"我说，"现在已经是20世纪90年代了。现在流行看起来非常自然的头发。"

萨迪姑姑对此并不感兴趣。她已经80岁了，让她去接受新事物根本不可能。另外，她喜欢她的样子。她喜欢在每个星期五的下午3∶00到发廊去做头发，这会让她感到很开心。

这是一个时代的问题。萨迪的妹妹、我的姑姑罗丝，也在竭尽全力地保持她的发型。罗丝姑姑保持发型不变的独特方法是在晚上用卫生纸把她的头包起来。这令我想到了在圆形的桶里旋转的棉花糖：白色的砂糖在圆桶里一圈一圈地不停转动，直到形成了一个圆锥体。罗丝姑姑把卫生纸一圈一圈地缠到头上，直到她的头被白色的"头巾"包满，以保持她的硬硬的棉花糖发型不乱。

我觉得姑姑们希望她们的头发看起来像经过修整的、整洁的干草，等待莫奈为她们的头发画像。莫奈从来没有画过这种黄昏时美丽的灰色画面。尽管时尚的东西每周都在变，科技也为我们的日常生活带来了巨大的变化，但是，罗丝和萨迪的美发方法并没有随着时间的流逝而改变。当黄金般的岁月给她们的身体带来改变，使她们难以打开罐头或进行有氧运动时，她们把头发整成像木板一样硬的美发方法并没有改变。她们就好像陷进了时间的误区。她们还继续向我慢慢地灌输着女性仪表十分重要的观点。

我可没那么容易听话。我没有接受她们保持发型的建议，依然让头发自然地垂下，还在她们面前用力地甩动像马鬃一样的头发。

"你这样做是不会得到好结果的。"她们警告我。

然后，她们改变了战略，眼睛充满希望地向我介绍另一种打扮方法：佩戴首饰。她们认为这个方法可以驯化我。

"总得有一个放首饰的地方，就像得有地方放果子冻一样。"萨迪姑姑说。我们全家都很爱吃甜点，所以她们认为这样说可以奏效。

于是我的姑姑们送给我一个由珍珠、别针、莱茵水晶石和猫眼石装饰而成的柠檬果子冻形的首饰盒子。当我仍然拒绝的时候，她们显得非常生气。

"首饰呢？"每当我去看她们时，她们就会问。

"我没有戴，什么都没有戴。"我回答说。

我从来都不戴任何首饰，而且我总是拒绝戴上她们送给我的首饰，这样的做法令姑姑们非常伤心。

"每个人都要戴首饰，"她们伤心地说，"不戴珠宝就不是美国人。"

"我想约翰·埃德加·胡佛下个星期就会到我们家去拘捕我。"我回答说。

"小姑娘，别和我们开玩笑！"我的萨迪姑姑说，"他那么忙，怎么可能来找你。"

（我是不是说过她们时间观念紊乱）

我的姑姑们坚信，她们可以使我赞同她们的女性打扮方式。她们在我面前晃动她们那些金银饰物，希望我会把这些贵重的首饰带回家，并且戴上。她们确定我会把首饰看成现代生活中的必需品。她们争辩说，所有真正的女人都要戴首饰。

萨迪姑姑问："你到底是怎么了？"

姑姑罗丝说："带个手镯又不会死。你已经是一个大人了，应该戴一些首饰。"

"往嘴唇上擦一些口红也不会受伤。"萨迪姑姑说。

"不，我不戴首饰。"我捂上耳朵说。

她们越是坚持，我就越是反抗，直到我像她们一样疯狂，但仍拒绝戴任何闪闪发光、晃来晃去、丁当直响的首饰。

她们再也无法忍受了，哭了起来。尽管我固执地坚持，此时我却疑惑了：用她们的眼泪换来我的胜利值得吗？

在罗丝姑姑的87岁生日宴会上，她们两个就像以前的广播节目里的人物一样又开始推销她们的"首饰仪表"。我记得小时候，妈妈曾告诉我该如何明智地选择与别人的较量。我还记得她们是怎么哭泣的。我知道珠宝并不值得我们去争吵，于是我同意把一个猫眼石戒指和一个银镯带回了家。我的姑姑们得意地拿出她们的小玩意儿，并把它们交给了我。从这一历史性的时刻起，我开始进入"女性社会"了。这么一件区区小事就足以让我心爱的老姑姑们开心了。

现在，我会利用各种机会去购买服饰。我已经变成了一个收集华而不实的便宜饰物的人。这样做让我感觉更像一个女人吗？我并不愿意接受这一点，但是，应该有一点像吧。不过，我这样做更主要的是为了表达我对罗丝和萨迪姑姑的尊敬。

我现在仿佛看到她们在另一个世界里正哄着天使们："你们想让自己和真正的人一样吗？弄弄自己的头发，涂点口红，佩戴点珠宝吧。亲爱的，你现在看起来漂亮多了。"

生活的方式 | STORY

一双真正的牛仔鞋

20世纪30年代，世界各地的采矿业和制造业都很不景气。在宾夕法尼亚州西部保罗·E.莫黑尼的家乡，成千上万的男人都走上街头去寻找工作。保罗的哥哥们就在他们中间。那时候，一家人虽不至于饿坏，却也无法饱食三餐。

因为保罗是一个大家庭里的许多小孩子中年龄较小的一个，所以他的所有衣服都是从上面传下来的。长裤子被齐膝裁断，裁下来的裤腿被用作补丁或直接加在原裁剩下的裤子上。上衣可以被重复改制。但是，鞋是彻底地贴着地面穿的，它们可以不折不扣地被磨损，只有在脚丫从皮革中顶出来的时候才被扔到了一边。

保罗清晰地记得，在他得到那双牛仔鞋之前，他穿的鞋两边都有裂口，松弛的鞋底前面张着口，走路时发出啪啪的声响。他从一个旧车胎上剪下两根带子，用它把脚趾与鞋底绑在一起，以防止鞋掉下。

保罗有一个姐姐。那时，她和她丈夫迁往西部并在科罗拉多州安顿了下来。她总是尽她所能地给家里寄来一些她的旧衣服，以帮助保罗他们渡过困难。

感恩节的前一天，保罗他们又收到了一箱姐姐寄来的这类东西。家里所有的人都聚集在箱子的周围。箱子的角上塞着一双鞋。那个时候，保罗还没见过那种样式的鞋，不知道那是什么类型的鞋。母亲也不知道，开始努力地猜测。父亲也不懂，所有的孩子也都不懂。

大家一致认为：这双鞋是保罗的姐姐穿旧了不再穿的。

母亲低头看到了保罗那从破鞋中伸出来的脚趾头，就俯身把鞋从箱子里取了出来，递给了他。保罗把手抄在背后不要，环顾家里的人，他开始轻声地哭泣了起来。他的哥哥们没有像往常一样嘲笑他或叫他爱哭的小孩，这简直是个奇迹。

这件事在多年后回想起来依旧是让人心痛的。母亲把保罗带到一边，告诉他她很抱歉，但的确没有别的鞋能让他穿。而且冬天已经来临了，他不得不穿它了。他父亲拍了拍保罗的脑袋，但没说什么。保罗最喜爱的哥哥迈克抚弄了一下他的头发，对他说："一切都会好起来的。"

最后，大家都走了，只剩下了保罗一个人。他穿上了姐姐的鞋。这双鞋呈深褐色，鞋头很尖，跟部加高了。但穿起来感觉挺舒服。保罗泪眼蒙蒙地注视着鞋子，一个人轻轻地抽泣着。

第二天，保罗起床穿衣服去上学。他穿得非常慢，并把那双鞋放在最后。他感到自己的眼泪又一次充盈了眼眶，但他努力没让它流出来。最后，保罗终于不得不去学校了。他有意走在了最后。在到达学校之前，他没碰上任何人。但走到校园时，蒂米·奥图尔正站在那里。他是保罗唯一的敌人，比保罗年长并高大，同保罗一起都在米勒小姐教的班级。

他一眼就看见了保罗的那双鞋，然后抓住了保罗的胳膊大声叫嚷："埃文穿着女孩鞋！埃文穿着女孩鞋！"保罗本应把他打倒在地的，但他比保罗要高大得多，也壮实得多。

蒂米不让保罗走，一直闹到有一大群小孩把他们围住了还不肯罢休。保罗不知道自己都干了些什么，但突然校长奥尔曼·韦伯走了过来。

"进来，"他喊，"最后一遍铃的时间到了。"保罗赶快摆脱了蒂米·奥图尔对自己的折磨，跑进了教室。

保罗静静地坐在凳子上，眼睛望着下面，把脚缩到了凳子底下，但尽管这样也阻止不了蒂米，他继续烦扰着保罗，毫不停息。他每次来到保罗的桌子旁，总是手舞足蹈，叫保罗"埃德娜"，并对他的鞋作一些愚蠢的嘲弄。

在接近课间的时候，他们正在谈论西部的影响。米勒小姐向学生们讲述了许多关于先行者出发到达堪萨斯、科罗拉多、得克萨斯以及其他地方的情况。差不多正在这时，奥尔曼·韦伯走进了教室，但他只是站在门口，静静地倾听着。

在那天早晨以前，保罗同所有的其他同学是一样的——也就是说，保罗非常不喜欢奥尔曼·韦伯，他被想象成非常刻薄、脾气暴躁，还偏袒女孩。

他站在教室的门内。也许除米勒小姐之外，别人当时都不知道奥尔曼·韦伯过去曾一度在俄克拉何马州的大牧场上生活过。米勒小姐转过身，问他是否愿意加入大家的讨论。令大家十分惊奇的是他竟然愿意。只是他没有向大家讲述那些通常意义上的事情，他开始谈论关于一个牛仔的生活以及印第安人，诸如此类的事。他甚至还唱了两首牛仔歌曲。就这样持续了有40多分钟。

接近中午是该回家吃午饭的时候，奥尔曼·韦伯走到了保罗座位旁的通道上，依旧讲着话。突然，他停在了保罗的桌子旁边，不再说话了。保罗抬起头看了看他的脸，意识到他正注视着自己的桌子下面，盯着姐姐的鞋看。当保罗把脚缩到凳子下面的时候，可以感觉得到自己的脸正在涨红。但就在保罗把脚比较舒适地放好之前，奥尔曼低声地说："牛仔鞋！"保罗说："先生？"

他又说了一遍："牛仔鞋！"因为这时其他的孩子都在努力想弄清他正注视着什么并想听清楚他说的到底是什么，所以他又用一种欢快的声音大声说："哎呀！埃文，你究竟是从什么地方搞到这双牛仔鞋的？"

哦！很快屋子里所有的人都尽力拥挤到了保罗的周围。甚至连米勒小姐也不例外。

而且每个人口里都说："埃文搞到一双真正的牛仔鞋！"这无疑是保罗一生中最快乐的一天。

不管怎样，因为剩下的时间已经不多了，奥尔曼先生就对米勒小姐说："这并没关系，假如埃文同意的话，就应该让孩子们好好地、真实地见识一下牛仔鞋。"

噢！每个人包括蒂米·奥图尔在内都排成队从保罗的桌子旁边经过，观看他的美丽的鞋子。

保罗感觉自己简直成了巨人。

保罗几乎无法走出教室，因为每个人都想和他同行。接着，每个人又都想试穿一下它。保罗得意地说："我还得考虑一下。"

就这样，保罗让教室里所有的男孩都试穿了一下，甚至包括蒂米·奥图尔在内。

永不融化的记忆

尼古拉斯弄不清楚是什么弄醒了他。或许是孩子喃喃的梦语？当他掀开被子向外张望时，吸引他的不是孩子的小床，而是窗外的雪景。

窗外，大雪正在纷纷扬扬地下着。

为了不吵醒妻子，他悄悄地起了床，慢慢地走到小床边，弯下腰，轻轻地连被子一块抱起了孩子。他踮着脚走出卧室，孩子抬起头，睁开眼睛，像往常一样，对着爸爸笑了。

他抱着她下楼，一边数着"嗒嗒嗒"的脚步声。很快，他们坐到了餐桌边，然后将他们的鼻子一起压在玻璃窗上向外望。

这时候，尼古拉斯觉得自己不是大人了，他变成了孩子，和他的孩子一样充满了好奇心。

天已经快亮了，雪还是下得很大。雪花打在窗户上，偶尔有一两片雪花撒在窗户上，像不情愿落到地上似的。然而它们还是得慢慢地滑下玻璃，融化了，留下一条美丽的线，不久就消失了。

父女俩开始新的一天时，已经听见邻居们在家里涌动了。往常街对面的一家人总是起得很早，他们总是开亮前廊的灯，然后钻进汽车，砰的一声关上车门，汽车开动了。

但是今天不一样了，他们从一个房间跑到另一个房间，透过窗户向外张望，孩子们原来细长的身子现在变大了。终于，前廊门打开了，里面跑出来三个人，在雪地里滚动起来。

尼古拉斯不知道他们是从哪里学到玩雪的，就连最小的孩子，也许还是第一次见到真正的雪，也像是天生就知道该怎么玩似的。

他们在雪地里滚动，还不时尝上一口雪。他们把雪捏成一个个雪球，打起雪仗来。然后又跑上附近的一个小山脊，开始堆起雪人来了。

很快，雪人的鼻子也安好了。邻居们也都全醒了，一辆汽车呜咽着向前开，但是车轮总是打滑。公共汽车就像在海上航行，拼命地想开上小山。这时候，孩子安全地躺在尼古拉斯温暖的臂弯里又睡着了。

过几天再说

多年来，我老想清理我的文件——那些塞满了书橱、壁架和堆在地上、大厅里甚至厨房里的一沓沓字纸。至少有15年，我心里一直对自己说："再不能这样拖下去了，我必须把东西收拾好。"

昨天早上，我终于动手了。我劝服妻子带孩子们到海滩玩一天，我自己则一口气工作到午夜。我本想通宵干下去，只是我已把家里弄成了一团糟，必须踮着脚才能走动。我打开冰箱门，却惊见里面放的是我的运动衫、袜子和几件木工用具。我将它们取出欲转移另外的地方，不慎和书橱碰个正着，撞得堆放在最高层的一大沓书掉下来，纷纷砸在我的头上和脸上。

晚上，我的头肿起了包，鼻子贴了橡皮膏，左眼已几乎看不见了。我在客厅中央踩着一只拖鞋，脚下一滑，扭伤了足踝。我不明白为什么拖鞋会在那里。我早注意到拖鞋是到处乱跑的东西，剪刀也是。它们只是一个喜欢展露自己，而另一个则喜欢躲得无影无踪。

最令我气恼的是，我花了那么多力气，却没有什么成绩。我本想把所有的文件看一看，选出要留的，因此我搬动了大堆的文件夹、旧报纸和纸箱，看看下面和里面是什么。谁知这竟是个严重的错误：2小时后，我的文件体积比原先增加了3倍，未到中午已无处可坐。我想到街口的咖啡室去舒口气，但房门由于被堆放着的东西堵住而打不开了。

于是我改变战术，决定一次只处理一件事情，从就在眼前的一个捆着的纸箱着手。我解不开绳结，想找剪刀又找不着，倒很方便地找到了一只拖鞋。我心头火起，一下把它抛出了窗外。最后我用厨房里的菜刀割断绳子，打开了纸箱：只见里面装的是结账单、剪报、信和一块甜饼。

我正要把这整箱的东西抛进垃圾箱，突然，我想，万一政府忽然认为我有一笔税款未交，我该怎么办？我可以想象我面对税务员说我已把所有的结账单扔了。我简直不敢再想下去。

所剪的报是六十年代的，都是些极有趣的文章，我想留待日后阅读。但那一天尚未来临，事实上，可能永远也不会来临。不过，我还是决定继续保存那些剪报，也许子女们有一天会看的。

我想抛掉那些旧信，只保存邮票。如果我不重读那些信，也许我真的要那么做了。可是当我随便看看时，不料越看越有趣，最后我决计还是保存的好。

时至下午，我又检查了两沓文件，除了一张1970年的账单外，竟找不到一张可以丢弃的纸片。而就在我从一个文件柜走到另一个文件柜之际，又踩着了另一只拖鞋而使身子闪了一下，我立刻把它抛出窗外，让它去追随它的"伴侣"。接着，我强打精神，把那张1970年的账单和那块甜饼丢进了废物篓，把所有的纸箱和一沓沓东西放回原处，午夜时分，家里看来差不多还是老样子。我筋疲力尽地停止了工作，妻儿们也回来了。"我累得要命！"我对妻子说。

"哦，你做什么了？"

"我明天再告诉你。"我说，"现在不想再说这件事。"

"你也猜不到我们在房子前面的街上捡到了什么。"她欣喜地说道，背后的手好像拿着什么东西。

"我的拖鞋。"我哽咽着说，险些忍不住流下了眼泪。

我所发现的生活

那个人家住费城，小时候很穷，他走进一家银行，问道："劳驾，先生，您需要帮手吗？"一位仪表堂堂的人回答："不，孩子，我不需要。"

孩子满腹愁肠，他嘴里嚼着一根甘草棒糖，这是他花一分钱买的，钱是从虔诚、好心的姑妈那里偷来的。他分明是在抽泣，大颗大颗的泪珠滚到腮边。他一声不吭，沿着银行的大理石台阶跳下来。那个银行家用很优雅的姿势弯腰躲到了门后，因为他觉得那个孩子想用石头掷他。可是，孩子拾起一件什么东西，却把它揣进寒碜又破烂的茄克里去了。

"过来，小孩儿。"孩子真的过去了。

银行家问道："瞧，你捡到什么啦？"

他回答："一个别针儿呗。"

银行家说："小孩子，你是个乖孩子吗？"

他回答说是的。

银行家又问："你相信主吗？——我是说，你上不上主日学校？"

他回答说上的。

接着，银行家取了一支用纯金做的钢笔，用纯净的墨水在纸上写了个"St. Peter"的字眼，问小孩是什么意思。孩子说："咸彼得（小孩把英文Saint的缩写St.，误认为Salt，即咸的意思）。银行家告诉他这个字是"圣彼得"，孩子说了声"噢！"

随后，银行家让小男孩做他的合伙人，把投资的一半利润分给他，他娶了银行家的女儿。现在呢，银行家的一切全是他的了，全归他自己了。

我叔叔给我讲了上述这个故事，我花了6个星期在一家银行的门口找别针儿。我盼着那个银行家会把我叫进去，问我："小孩子，你是个乖孩子吗？"我就回答："是呀。"他要是问我"St.John"是什么意思？我就说是"咸约翰"。

可是，银行家并不急于找合伙人，而我猜他没有女儿恐怕有个儿子，因为有一天他问我说："小孩子，你捡什么呀？"

我非常谦恭有礼地说："别针儿呀。"

他说："咱们来瞧瞧。"

他接过了别针。我摘下帽子，已经准备跟着他走进银行，变成他的合伙人，再娶他女儿为妻子。但是，我并没有受到邀请。

他说："这些别针儿是银行的，要是再让我看见你在这儿溜达，我就放狗咬你！"后来我走开了，那别针儿也被那吝啬的老畜生没收了。这就是我所发现的生活。

（美）马克·吐温

信号

这是星期五的晚上，我敲完了电子邮件的最后一行，点击了"发送"，我丈夫艾伦关上了他正在看的电视体育频道。

"德布娜，关机吧，该睡觉了。"

"再等会儿。"我在他身后说，又打开了一封电子邮件。这是我朋友卡若琳发来的，她希望我们在她的订婚仪式上去帮忙。

"我和艾伦将在明晚到你家来帮忙，"我写道，"到时见。"接着，我又处理了几封公务邮件。当我关掉电脑时，已是半夜。

当初我想，家里有一台电脑，将会让我和家人有更多的时间在一起，我可以留下一些公务电子邮件到晚上处理。这样，在下午5点我就可以离开办公室，先去采购，然后去学校接我们10岁的女儿梅里德。晚饭后，洗漱完毕，我们一家3口便可以待在一起，到那时我再集中精力处理完剩下的公务邮件。

那一个周末的晚上，也像其他的晚上一样，我们在一起：梅里德在房间的一角埋头读小说，艾伦坐在沙发上看电视的体育频道，而我则在上网，处理着我的公务信件，到我上床时，艾伦早已熟睡。

星期六一大早，我和艾伦驱车到城里买东西。在商店里，我注意到艾伦显得很不耐烦。

"你着急什么？"我们手里提着大包小包离开面包店时，我问艾伦。

"我们得把这些东西赶快弄回家，然后准备好去达比家，参加他们下午2点半的聚会。"

"达比家的聚会？什么聚会？"

"我提醒过你的，2周前。"艾伦说着，打开了车门。

"我一点也不记得了。另外，我还有好多事要做，怎么走得开呢？"

"哎，我会和你一起去参加今晚的订婚仪式的，我也希望你能和我一起参加今天下午的聚会。"艾伦干巴巴地说。

好吧，我想。

回程路上，我很烦恼。我一点儿也记不得艾伦曾提醒过我什么聚会了。如果我随时和他一起看看电视，我大概就应该知道，那是有关他们生意上的一次应酬活动。

一到家，我让梅里德帮我把点心和零食拣在盘子里，自己则冲上楼去匆匆梳洗，我换上了一件出席聚会穿的礼服和一双高跟鞋。我们要腾出足够的时间去参加两个聚会，我提醒着自己。下得楼来，我看了一眼时钟，心想，还有几分钟的时间，我可以查一查电子邮件。我正急急忙忙地敲着回信，忽然门"砰"的一声关上了，我听见艾伦发动了汽车，"奇怪！"我想。

"宝贝儿，"我转向正在看书的梅里德，"爸爸说过他要上哪儿去了吗？"

"没有。"她说。

"他从没有连招呼都不打就出门的。"我想，"他一定生气了。"

"妈妈，怎么啦？"梅里德问。

"啊，没什么。我上楼去等着你爸爸。"

楼上，我踢掉高跟鞋，一头倒在床上，望着天花板发呆："他怎么可以不等我一下！"过了一会儿，我摸出地址本，拨通了电话。

"我可以找艾伦说话吗？"有人接听，我马上说。

"请等一等。"我能听见那里传来的音乐和笑声。

"喂！"艾伦接了电话。

"真是难以相信你已经走了！"我大叫，眼泪都快流下来了。

"我以为你不来了。"

"我从没说过我不来，是你不等我换好衣服。"

艾伦辩解道："我告诉了你我出发的时间，而你——"

他还没说完，我就把电话撂了。我把头埋进了枕头，"他怎么可以这样！"我想。过了一会儿，我起身洗了一把脸。"我们怎么啦？"我问自己，"我们之间以前可从来没有发生过这样的误会呀。"

过了许久，当我听见艾伦回来的声音时，愤怒已被沮丧所替代。我忙理了理头发，拉了拉衣服。

艾伦出现在门厅里。我劈头给他一句："现在我可不想吵架。"

"我也不想，"他说，"我们去参加另一个聚会吧。"

那晚的订婚仪式上，我和前来贺喜的嘉宾们谈笑着，就是不能正视艾伦的眼睛。我不无感慨地望着准新娘时而在准新郎的耳边说悄悄话，时而幸福地将头靠在准新郎的肩头。"以前我和艾伦也是这样的。"我想。现在我都想不起来，除了生意和公务之外，我们最近的一次亲昵交谈是在什么时候了。

仪式结束了，我们的回程一路无话。梅里德在后座上打着瞌睡，我望着黑黑的车窗玻璃，看见了每晚在我电脑屏幕反光中映出来的同样的模糊影像：我们3人在一起，艾伦和梅里德在我的背后。

我们一家3口在客厅里度过了一个又一个的晚上，我们有与世界相连的最先进的技术，但是我们却没有相互间的交流。想到这些，我不再生气，但是感到悲哀和恐惧。

"德布娜，"艾伦平静地说，"我为今天的事道歉。我觉得我似乎不再可能深入你的内心了。也许我们应该想法为我们自己留一些时间。"

"那正是我一直在努力做的事！我把在办公室的时间缩短，就是为了每天能多1小时在家里陪你们。"

"但是如果你整个晚上都在网上的话，你就没有真正把这些时间用于我们，德布娜。"他回答说。

可他把所有的时间都用在看电视上。我忍住了没有反驳他，而是反问自己："他说得对吗？"我是不是把自己的生活越搞越复杂，而不是相反？不错，我是把更多的时间腾出来在家里度过，但是我并没有好好地使用它。

每天晚上我都和家人共享一个空间，但是我却没有和他们共享生活。

第二天一早，艾伦和梅里德还在沉睡，我便起床，打开了日历，我翻到当天的那一页，星期天，用笔在空白处写下了一行大写字母：艾伦和梅里德。

我们一起去教堂做礼拜，那天傍晚，我还是打开了电脑，但是，我不再查看电子邮件，而是帮助梅里德在网上为他们学校里开展的昆虫研究活动查找资料。也许，问题的关键不在于新技术的涌现，而在于我们使用它们的方法。

然后，使我惊讶的是，艾伦关掉了正在转播篮球赛的电视机，过来加入了我们。

"我想，我也该学学怎么使用这个了。"他耸了耸肩。

我们在网上找到了精美绝伦的昆虫照片和图表，甚至还有与艾伦的母校南加州大学的相关链接。艾伦可是学校球队的球迷。

我们坐在一起查看着南加州大学的球赛档案信息，其间夹杂着艾伦对每一个球员的介绍。

当我又从电脑的屏幕反光里看见了我们3人并排在一起的影像时，我感到某种东西回到了它原本应该在的地方。

"也许我们可以赶上这一赛季的最后一场球赛呢。"我提议说。

艾伦把手盖在我握鼠标的手上，微笑着说："那你首先得教会我怎样从网上购买3张球票。"

STORY

永恒的光芒

永恒的光芒

玛丽是个14岁的女孩，父母独生女，3天前还在练习做拉拉队队长，接着就突然得了脑膜炎。现在，在一个明朗的夏日，尽管医院有的是医学本领和先进技术，她的脑子已没有了生命。她母亲——一个单亲——和她外婆，坐在她床沿，等待她咽气。

护士和艾德把病床四周的帘幕拉上，艾德又把呼吸器关掉。他们守在房间两边。那母亲抚摸孩子的头，外婆捉住她的手时，艾德则瞧着她们和那个时钟。为了某些原因，不知怎的艾德的眼泪开始滚滚而下。

艾德目睹过许多死亡，虽然艾德总是恰如其分地表示同情，但通常不会流泪。但现在，艾德发觉自己为那个陨灭了的生命而哭泣，为那母亲将会体会到的无法形容的寂寞而哭泣；为那外婆失去了再下一代而哭泣。但同时，艾德也为自己的孩子——2个健康的男孩——而哭泣。艾德看着女孩死去时，艾德也哀悼他的孩子将来某日免不了的死亡。艾德现在把他们的一部分死亡铭记在心里。

垂死的儿童被切断呼吸器时，生命往往是极不愿意地离去的。但这女孩的呼吸节奏却很平和地消逝。她从生到死的转变过程是安静而不干扰别人的。

后来驾车回家途中，艾德想到自己的孩子。他们前一天晚上要为艾德摘山莓。艾德妻子曾告诉过他们艾德喜欢吃鲜山莓当早点。没有什么比它更好吃，但（像所有真正珍贵的东西一样）也没有什么比它更不经久。艾德决定停下来到店里买一套球拍和网球，以答谢他们和庆祝他们仍然健康活泼。

艾德家在乡下，四周有许多生物，所以死亡也就屡见不鲜，而对他们饲养的金丝雀来说，尤其如此。他们饲养它们是因为喜欢它们的歌声和美丽，而不是因为它们耐养。他们有个习惯：一只鸟死了之后，他们便假装把它变成星星。他们走到院子旁边，把那小鸟身躯掷入空中，让它落在毗连的麦田里。那鸟儿毫无声息地消失在的麦田里。

当晚吃饭时，他们谈到那女孩，他们那3岁的孩子问是否已把她变成星星。艾德告诉他已经把她变成星星了，等睡觉的时候会指给他看。

那天夜里，艾德梦见女孩的母亲和艾德把她带到他们的院子旁边，然后把她摇来荡去。他们把她抛到麦田里，就像抛金丝雀一样，她在半空中无声无息地消失了。艾德霍然惊醒，挺坐在床上，然后走进孩子的房间里，亲吻他们的额头，替他们盖好被。艾德万分感激那女孩。她的死亡教导了艾德如何生活。

金婚

我们家庭的前一次团圆是4年前我父母亲的金婚纪念日。拥进家门，呼喊、拥抱，箱子堆成堆，电话铃响起来，朋友亲戚串门来。

我的两个兄弟，他们的妻子，我的丈夫乔治以及我安排庆贺活动——邀请、典礼、食物、乐师以及大厅。我们在激动中狂欢，很高兴能出席这样的仪式以作为对他们的礼物。

看着他们的婚姻，我看到自己已有30年的婚姻就像翻过去的书页一样——有些章节好些，有些发生火花，有些充满痛苦，有些激动，有些艰难，有些困惑。他们的婚姻也是这样的吗？这么多年的一起生活意味着什么？

这么多年一起生活，运行在同一条轨道上，不知拖了多少英里地板，熨了多少吨衣服，父亲出门工作冒雪顶雨回家的无穷无尽的日子，数不清的秋天野餐和周末盛宴；大卫骑车摔断了手臂，14岁的杰里送报回家喝多了劣质酒并醉了；鼓励努力学习，兄弟姐妹间要公平和忠诚；痛苦地看着儿女离巢飞走；团聚的珍贵时刻。

欢迎式上的庄严气氛打动了我。大厅静下来后，我们3个孩子站在众人面前，我念了一篇给父母亲的献词。

"我们，你们的孩子感谢你们给了我们生命，指引我们尽责，你们的生活为我们树立了榜样。

"我们，你们的家庭和朋友，向你们共同生活的半个世纪表示祝贺，参加你们的欢庆，在今后的岁月中仍与你们同在。"

我现在感谢他们那些我曾一度背叛的东西——他们的生活方式，过去我认为这种生活方式太牢固可靠，以至于有些笨拙，它太平静，以至于有些令人厌烦。但是，正是他们所代表的经久不衰的坚固性对我产生了最大的影响，那使我看到了许多爱和信任的面孔。正是那种可靠性，使我渡过了许多难关和危机。

我想象着他们新婚时的景象，似乎看到他们站在他们家乡农庄附近山顶上那个小教堂的神坛上。他们，同样是双目炯炯的年轻恋人——我的父亲头发漆黑，肌肉强健，我的母亲纤细美丽，梳着赤褐色的辫子。

那天黎明，在他们重温宣誓时，教堂静默朴素。仪式实在得一如他们的生活。他们站在神坛上，双手相握——我的母亲现在有些发胖了，步态也有些蹒跚了，她的赤褐色头发也变得又短又疏了。我父亲的肩膀依然平挺，但他的头发也稀疏花白了。他们孤零零地站在上面，他们的家庭和朋友看着他们喜悦的脸庞。他们一如50年之前严肃地重复了他们的誓言。

我致完辞，看着我的父母亲，父亲打着大大的蝴蝶结，母亲穿一袭软质绿衣。我真想冲过去拥抱他们，给他们挂上饰有长长流苏的大奖章。人们怎么能用几句话的崇敬和赞扬就把这么多年的一起生活包容尽呢？

我认识到与他们一起参加金婚庆贺是多么难得——现在这样的庆祝活动已经很少了。我们充满兴致地准备一切，很高兴有个团聚的机会，但事实上还不仅仅如此。我有一种很突出的长距离接力赛的感觉：我们，3个已经成婚的孩子，现在接过了长长的传统并将把它传下去。

我知道婚姻是多么脆弱，因此曾惶惑过几年以后我们会怎样。但是我只惶惑了一会儿——我的父母亲在那儿，他们是持久牢固性和爱的证明。我是一个长跑选手，是接力赛中的一环，我将把传统继续下去。

我的父母亲现在更老了，4年的岁月对70岁以上的人带来的变化是很大的。我注意到母亲常听收音机而很少打开电视机。我注意到父亲做一切家务，包括烹饪和购物。他把我叫到一边，告诉我如看到鸡蛋沾在汤匙上也别吭声。"你母亲的眼睛已不大好使了。"他重新安排了房子，把他们的睡床移到餐厅，这样她就用不着爬楼了。

我丈夫和我计划邀请他们今年和我们一起到欧洲去，或者到父亲一直非常向往的罗马去。我想让他乘飞机飞越太平洋看看他一直充满好奇心的世界。现在我明白他不会去了。母亲不能去，而他想陪伴在她的身旁。那是他的责任，没有什么梦想比他和她之间的纽带更强烈。他对她的热诚不仅是出于责任，而且还出于爱心。

约会另一个女人

结婚22年之后，我发现了与妻子佩姬保持相爱相亲的秘诀：我开始约会另一个女人。

其实那是佩姬的主意。"你知道你是爱她的，"有一天她突然这么说，弄得我措手不及，"人生太短暂了，你实在应该常跟你爱的人相聚。你大概不会相信，我真的觉得如果你们俩多聚聚，我俩会因此而更亲密。"

佩姬鼓励我去约会的"另一个女人"是我72岁的母亲。自从父亲20年前去世后，她一直独居。父亲辞世不久，我就搬到了4000公里外成家立业。6年前我迁回家乡附近居住，当时曾暗下决心要多抽时间去陪母亲。但因为工作太忙，又要照顾3个孩子，我只在家庭团聚的日子和节日去探望过她。

我打电话给她，提议我们一起出去吃饭看戏。她大感惊讶，半信半疑地问："出了什么事？"在母亲看来，任何不寻常的事都代表坏消息。

"我想跟你多聚聚很不错呀，"我说，"就我们两个人。"

"我好高兴，"她答道。

开车去她家的时候，我在路上像个首次去和女孩子约会的小伙子那样，紧张得不得了！"我们谈些什么好？如果她不喜欢我选的饭馆子，那怎么办？"

我驶进母亲住处的车道时，她已经在门口等着了。她身穿大衣，头发刚卷过，一脸笑容。"我跟朋友说儿子约我出去，她们都羡慕极了，"她一面上车一面讲，"她们都很想知道我俩今晚过得怎样。"

我们并没有到什么特别了不起的地方去，只是去了附近一家可以静坐畅谈的饭馆。进饭馆时，母亲紧抓住我的手臂，这自然是亲情的流露，但也是为了要我做她的扶手，扶她上楼梯。这时候她的眼睛只能模糊地看到大的物体，看不清楚菜单上的字，要我念给她听。念到一半的时候，我抬起头，看见母亲在望着我，抿着嘴微笑。

"你小时候，念菜单的是我，"她说。

我明白她的意思。照顾人的变成了受人照顾的人，受人照顾的转过来照顾人，我们的关系刚好反过来了。

"所以现在你该享享福，让我来报答你，"我说。

吃饭时，我们谈得很开心。没讲什么惊天动地的大事，只是闲话家常。我们谈了好久，结果电影也看不成了。

"我会再跟你出去玩的，"母亲下车时说，"不过下一次你得让我做东。"我答应了。

我回到家时，妻子问："你的约会开心吗？"

"开心……比我想象的开心，"我说。

她莞尔一笑，像在说："我早就告诉过你会这样的啦。"其后我每个月都和母亲出去两三次。有时我们去看场电影，但通常只是两人聊聊天。我把工作上的烦恼告诉她，又向她夸耀孩子和佩姬。

母亲告诉了我许多以前家里的闲言琐事，以及她的以往。现在我知道了第二次世界大战期间她在工厂里工作的甘苦，也知道了她怎样在工厂结识父亲，他们在那段艰难日子里怎样在电车上谈恋爱。这些故事我百听不厌。它们对我很重要，是我历史的一部分。

我们也谈到将来。母亲因为健康关系，对以后的日子很担心，"我还有许多事要做，"有一次她告诉我，"我要活到看见孙子长大成人。我希望能把所有这些事都做完。"

像许多中年男人一样，我要兼顾家庭、事业和友情，一天里几乎没有一刻空闲。我常常抱怨日子过得太快。抽空跟母亲欢聚使我明白把生活步调慢下来的重要。

佩姬说得对，和另一个女人约会的确对我的婚姻有好处。

我是重要的

一位在纽约任教的教师将学生逐一叫到讲台上，然后告诉大家这位同学和整个班级对他的重要性，再给每人一条蓝色缎带，上面用金色的字写着："我是重要的。"

之后那位老师给每个学生3个缎带别针，叫他们出去向别人道谢，然后观察所产生的结果，一个星期后回到班级报告。

班里一个男孩子到邻近的公司去找一位年轻的主管，因为他曾经指导他完成生涯规划。那个男孩子将一条蓝色缎带别在他的衬衫上，并且再多给了他2个别针，接着解释说："我们正在做一项研究，我们必须出去把蓝色缎带送给他所感谢和尊敬的人，再给他们多余的别针，让他们也能向别人进行感谢仪式。"

过了几天，这位年轻主管去看他的老板，从某些角度而言，他的老板是个不易相处的同事，但极富才华，他向老板表示十分仰慕他的创造天分，老板听了十分惊讶。这个年轻主管接着要求老板接受蓝色缎带，并允许他帮助他别上。一脸吃惊的老板爽快地答应了。

那年轻人将缎带别在老板外套的心脏正上方的位置，并将所剩的别针送给他，然后问他："您是否能帮我个忙？把这缎带也送给您所感谢的人。这是一个男孩子送我的，我们想让这个感谢的仪式延续下去，看看对大家会产生什么样的效果。"

那天晚上，那位老板回到家中，坐在14岁儿子的身旁，告诉他："今天发生了一件不可思议的事。有一个年轻的同事告诉我，他十分仰慕我的创造天分，还送我一条蓝色缎带。甚至将印有'我是重要的'的缎带别在我的夹克上，还多送我一个别针，让我能送给自己感谢尊敬的人，当我今晚开车回家时，我开始思索要把别针送给谁呢？我想到了你，你就是我要感谢的人。这些日子以来，我回到家里并没有花许多精力来照顾你、陪你，我真是感到惭愧。有时我会因你的学校成绩不够好，房间太过脏乱而不愉快。除了你妈妈之外，你是我一生中最重要的人。好孩子，我爱你。"

他的孩子听了十分惊讶，他开始呜咽啜泣，最后哭得无法自制，身体一直颤抖。他看着父亲，泪流满面地说："爸爸，我原本计划明天要自杀，我以为你根本不爱我，现在我想那已经没有必要了。"

言语难诉的爱

詹妮弗·爱德华是一个满头长着乱蓬蓬黑发的小女孩，1972年7月17日出生于俄亥俄州乡村的一所医院里。她的妈妈索尼娅从头到脚仔细地查看这个7磅重的早产儿，然后小声地感谢上帝，尽管妊娠很不顺利，可这孩子看来一切正常！

但是，有一天索尼娅在给3个月的詹妮弗洗澡时，发现女儿的右脚肿得很厉害，这引起了她的注意。她查看了孩子的全身，想找到是否有虫咬的痕迹，然后怀着不安的心情带孩子去找医生。

医生也不能解释是什么原因引起的肿胀。肿胀逐渐蔓延至詹妮弗的整个右脚、右腿和右臀部，右手也肿得有正常的两倍大。此后2年半的时间里，爱德华夫妇就像生活在一场噩梦中，虽然不断地请教专家，可常常是一无所获。詹妮弗的患肢裹着弹性绷带，忍受着不时袭来的疼痛。

结果，丹弗儿童医院的威廉·戴维斯医生作出了严酷的论断：詹妮弗得的是帕克斯—韦伯综合症。医生还说："这是一种极少见的淋巴水肿疾病，是天生的，原因尚不明确。也可以说是一种不治之症。詹妮弗还会有更坏的情况发生，虫咬或搔抓都有可能引起致命的感染，她面临的是轮椅上的生活，也许还要截肢。"

索尼娅和爱德华惊呆了。诊断之后，詹妮弗同意了当时唯一的治疗方法——放射治疗，并把患肢包在一种压力长筒袜中，但这些都没能减轻肿胀。

他们决心尽可能地让詹妮弗像正常孩子那样生活，可有些孩子经常嘲笑她。当詹妮弗从学校回来后，索尼娅总能看出她是否哭过，詹妮弗却只字不提这些。她鼓足勇气对待这些事，偶尔还透露出一丝幽默。

"有时男孩子们叫我'大胖腿'或其他什么，我才不在乎呢！"她说，"我就跟他们说：'你们长着一个大头，却只有个小笨脑子。'要么我就冲他们挥着我的大拳头说：'这是我的最好武器！'因此，他们就不能把我怎样了。"

当索尼娅带着女儿们去商店时，詹妮弗对姐姐们买新衣服很羡慕。可是她因为肿胀的腿，妈妈只好自己动手为她缝裤子。而她的右脚肿得有左脚的3倍那么大，也只得买特制的鞋。

即使有病折磨和受人嘲笑的难堪，詹妮弗还是勇敢地承受了这些。她很调皮，又很爱运动。她用左侧支撑着身体，学会了骑自行车。在学校，她参加体育锻炼，坚持跑步，尽管拖着病腿老是跑在最后一名。她也花了不少工夫学游泳，她说："在水里，我两条腿就一样了。"

詹妮弗的祖父——老爱德华，为了孙女日趋恶化的病情而深感痛苦，看着她穿着特别的裤子，肿胀的腿露在外面，老人的心都碎了。他以为没有哪个医生能给孙女以帮助。

老爱德华不断地想办法帮助孙女。爱德华夫妇已经习惯了经常从老人那里打来的电话，要么劝他们试着在詹妮弗睡觉时抬高患肢，要么劝告他们用一个定型的外套阻止腿再肿大。尽管这些都无效，可老爱德华还是不断地寻找办法。

1980年春天，詹妮弗近8岁时，肿大的右腿出现了溃疡。必须采取某些措施，否则要是发生严重感染，就得截肢。匹茨堡T·D华盛顿康复医院的迈克尔·阿历克山大医生建议，让詹妮弗来做2周的实验治疗，因为这种办法对另外一些淋巴水肿的人已产生了疗效。

爱德华夫妇同意了。詹妮弗的腿被一种袖带交替缠裹住，袖带连着一个泵，这泵按设计压力不断送出气流，以推动淋巴液流向心脏。但不幸的是，这种泵对詹妮弗效果并不大，膝部的肿胀倒是消退了，可脚和大腿却更肿了。

老爱德华来看望詹妮弗。当他看孙女用这种单压力泵时，感到难以容忍。突然他眼睛一亮：自己年轻时曾学过工程，而且在当经理时，曾有过7项发明专利，现在第8项专利的构思已开始形成——他自豪地称之为"我一生中最重要的发明"。

他建议医生，不能把整个腿裹在袖袋里，而是从脚到大腿向上渐渐移动压力以推动液体向心脏流动，但是怎样才能做到呢？老爱德华发誓："在上帝的帮助下，我会为孙女做些事情的。"

在随后的3个月中，他一头钻在地下室的工作间里。这位坚毅的老人常常工作到深夜。他对生理学知之甚少，就频繁去图书馆查阅医学书籍。这期间，他的心脏病发作了两次，但他毫不理会妻子不许他过分劳累的警告。

一个新装置终于产生了。1980年11月15日，当阿历克山大医生在自己的胳膊上试验了老爱德华的泵的安全性后，便马上决定让詹妮弗使用这种泵。这种新型泵由两个专为詹妮弗设计的袖袋和电子控制系统组成，一个放在右臂上，一个放在右腿上，每个袖袋分为三部分，每部分在特定时间接受特定的压力。

爱德华夫妇虽然满怀希望，但也感到担忧：因为哪怕泵是有效的，也可能会有副作用，肾脏和心脏能承受得住吗？

第一个星期里，詹妮弗每天用泵8小时，效果明显，看到患腿渐渐消肿，每个人都为之振奋。

一个月后，詹妮弗的右手出现了关节外形。她的眼睛闪闪发光，激动地叫道："妈妈，我手上的骨头都凸出来啦！"

在以后的几个月中，她的两条腿渐渐变得差不多粗细，詹妮弗和祖父高兴地分

永恒的光芒 | STORY

享每一点进步带来的喜悦。她学会了在自行车上重新掌握平衡，学会了不拖着腿走路。一天，詹妮弗回到家，气喘吁吁地对祖父说："爷爷，我现在跑得比班上的任何人都快！"老人的眼睛湿润了，他感到再没有哪件事能比听到这些使自己更幸福、更快乐。

在获得专利后，老爱德华想让一些医疗器械公司生产这种装置，以便使其他有同样病的患者能使用它。但几乎没有一个公司对此作出反应。于是，他建起自己的公司。索尼娅制作袖袋，詹妮弗在办公室里帮忙。如今，已有230多台这种泵用于医院和家庭，用户遍及全国，且远销至加拿大、意大利、巴哈马、日本、南非等。

在没有更新的方法治疗淋巴水肿前，詹妮弗要终生用这种泵。但是，她现在一天只需使用1小时，其他时间均能正常生活。

刚好在老爱德华完成泵的研制工作后的2个月，他的右眼视网膜出血，加上他的另一只眼以前就有病，这样老人失明了。

索尼娅说："是顽强的意志使他能等到泵发明完成后才失明。"现在詹妮弗以百倍的关心照顾回报爷爷的恩情。她给他读报纸，走路时总是拉着爷爷的手。

索尼娅又说："他们之间的感情是特殊的，这种情感不是华而不实的，而是难以用语言形容的，是朴实而又深厚的，这是一种超越言辞的爱。"

弟弟不再讨厌

我的弟弟长着一双黑色的大眼睛。他有一种特质，让人觉得他很奇怪、也让人感到很紧张。

弟弟总是与众不同，比如他听到笑话也不笑，却常常没什么理由时反而笑得很开心。他上小学一年级之前，表现平平，还花了好长一段时间来学些基础的东西。那年他的老师向爸爸妈妈抱怨，说他上课的时候一直在笑，还浪费很多时间看教室外的假瓷砖。第二年，弟弟参加了一个考试，根据成绩，他该进入特殊教育的班级去。

我年纪大一点的时候，开始讨厌起弟弟来，因为只要和他走路，大家都会盯着我看。弟弟也不是肢体有什么病变，只是他奇特的行为举止常常引起众人的侧目。有时我会气得咬牙切齿，特别希望他跟其他正常人一样。

我经常会一直瞪着他看，使他觉得很不自在。每一次和他四目相对时，我就会用很严厉的眼神看着他，对他大声说："看什么？"这时弟弟就会很快把头转开，喃喃自语地说："没什么。"另外，我也很少叫他的名字。朋友们都说我对他太凶了，但我一概否认。我认为他们对待自己的兄弟姐妹的方式也很恐怖——可是，我忘了她们的兄弟姐妹都是有能力报复的。

有时候朋友在旁边的时候，我也会对弟弟好，不过他们一走，我就又开始用凶悍的态度对待弟弟了。

一直到去年暑假的某一天，我才停止了对弟弟的残暴行为，也不再因为他而觉得特别不好意思。那是个假日，爸爸妈妈那天都要工作，而我要到牙医诊所去做牙齿矫正，理应带弟弟一起去的。那是个7月的午后，天气很暖和。春天结束了，空气里也没有了湿气的新鲜味道，只剩下夏天空空荡荡的感觉。我们走在人行道上，我突然开始对他说话。

我问他暑假过得怎么样，问他最喜欢什么车子，也问他未来想做什么。他的答案可能会让别人觉得无聊，不过我倒不觉得。我终于知道弟弟喜欢什么了。他喜欢凯迪拉克；他想要当一名工程师，或者商人；他也喜欢听绕口令，他喜欢的音乐团是"史密斯飞船"。弟弟的笑容特别天真，可以照亮一个黑暗的房间，也能让晴天更明亮。他有理想，有抱负，个性温和，心胸开阔，话也很多。我们那天的谈话很特别，对我而言那是一个新的开始。

一个星期之后，我们全家一起去波士顿旅行，我坐在我们家小货车后排的座位上。我在读史蒂芬·金的小说《愤怒》，爸爸和弟弟则坐在前排聊天。他们说的话吸引了我，虽然我一直假装全神贯注地在看自己的书，但我却发现自己一直在听他们讲话。弟弟说："上个星期，我和姐姐一起走到公共汽车站去。我们边走边聊天，姐姐对我特别好。"

弟弟向爸爸说了那天的事。他用的字都很简单，但字字都是他的肺腑之言。他一点儿也不讨厌我。他一开始就接受了我，也知道我有一天会真变成他的好姐姐。我把书合起来，看着那书的封面。那位作家的脸模糊了……原来，我哭了。

我再也不用假装了。在那部美国电视剧《美好时光》里，我们看得出世事多变这个道理——没有任何事物是绝对完美，或者永远不变的。我再也不会瞪着弟弟看了。我会跟他在大家面前一起走路，教他使用计算机，叫他的名字。更重要的是，我会继续和他一起聊天——尽管我们的对话很无聊，却是最美好的。

秘密花园

一个星期前，卡罗琳打电话过来，说山顶上有人种了水仙，执意要我去看看。此刻我正在途中，勉勉强强地赶着那2小时的路程。

通往山顶的路上不但刮着风，而且还被雾封锁着，我小心翼翼，慢慢地将车开到了卡罗琳的家里。

"我是一步也不肯走了！"我宣布，"我留在这儿吃饭，只等雾一散开，马上打道回府。""可是我需要你帮忙。将我捎到车库里，让我把车开出来好吗？"卡罗琳说，"至少这些我们做得到吧？"

"离这儿多远？"

我谨慎地问。

"3分钟左右，"她回答我，"我来开车吧！我已经习惯了。"

10分钟以后还没有到，我焦急地望着她："我想你刚才是说3分钟就可以到。"

她咧嘴笑了："我们绕了点弯路。"

我们已经回到了山路上，顶着像厚厚面纱似的浓雾。值得这么做吗？我想。到达一座小小的石筑的教堂后，我们穿过它旁边的一个小停车场，沿着一条小道继续行进，雾气散去了一些，透出灰白而带着湿气的阳光。

这是一条铺满了厚厚的老松针的小道。茂密的常青树罩在我们上空，右边是一片很陡的斜坡。渐渐地，这地方的平和宁静抚慰了我的情绪。突然，在转过一个弯后，我吃惊得喘不过气来。

就在我的眼前，就在这座山顶上，就在这一片沟壑和树林灌木间，有好几英亩的水仙花；各色各样的黄花怒放着，从象牙般的浅黄到柠檬般的深黄，漫山遍野地铺盖着，像一块美丽的地毯，一块燃烧着的地毯。

是不是太阳倾倒了？如小溪般将金子漏在山坡上？在这令人迷醉的黄色的正中

间，是一片紫色的风信子，如瀑布倾泻其中。一条小径穿越花海，小径两旁是成排的珊瑚色的郁金香。仿佛这一切还不够美丽似的，倏忽有一两只蓝鸟掠过花丛，或在花丛间嬉戏，她们品红色的胸脯和宝蓝色的翅膀，就像闪动着的宝石。

一大堆的疑问涌上我的脑海：是谁创造了这么美丽的景色和这样一座完美的花园？为什么？为什么在这样的地方？在这个荒无人烟的地带？这座花园是怎么建成的？

走进花园的中心，有一栋小屋，我们看见了一行字：我知道您要什么，这儿是给您的回答。

第一个回答是：一位妇女——两只手，两只脚和一点点想法。

第二个回答是：一点点时间。

第三个回答：开始于1958年。

回家的途中，我沉默不语。我震撼于刚刚所见的一切，几乎无法说话。"她改变了世界。"最后，我说道，"她几乎在40年前就开始了，这些年里每天只做一点点。因为她每天一点点不停地努力，这个世界便永远地变美丽了。想象一下，如果我以前早有一个理想，早就开始努力，只需要在过去每年里每天做一点点，那我现在可以达到怎样的一个目标呢？"

女儿卡罗琳在我身旁看着，笑了："明天就开始吧。当然，今天开始最好不过。"

（美）布莱恩·马蒂摩尔

永恒的光芒 | STORY

希望的播种

小时候，克奇尔每年夏天都要随父母去内布拉斯加的爷爷那里。

克奇尔记忆中的爷爷是佝偻着身子，瘸了腿的老人。听爸爸说，爷爷年轻时很英俊，很能干，他做过教师，26岁时就当选为州议员了，正是事业如日中天的时候他患了病——严重的中风。

宽阔的原野，高高的草垛，哞哞的牛叫声，脆脆的鸟鸣，使克奇尔流连忘返。

"爷爷，我长大了也要来农场，种庄稼！"一天早上，克奇尔兴致勃勃地说出了他的愿望。

"那，你想种什么呢？"爷爷笑了。

"种西瓜。"

"嗯，"爷爷棕色的眼睛快活地眨了眨，"那么让我们赶快播种吧！"

克奇尔从邻居玛丽姑姑家要来了五粒黑色的瓜子，取来了锄头。在一棵橡树下，爷爷和克奇尔翻松了泥土，然后把西瓜籽撒下去。做完这一切，爷爷说："接下去就是等待了。"

当时克奇尔并不懂"等待"是怎么回事。那个下午，克奇尔不知跑了多少趟——去看看他的西瓜地，也不知为此浇了多少次水，把西瓜地变成一片泥浆。谁知，直到傍晚，西瓜苗却连影子也没有。

晚餐桌上，克奇尔问爷爷："我都等了整整一下午了，还得等多久？"

第二天早晨，克奇尔一醒来就往瓜地跑。咦！一个大大的、滚圆滚圆的西瓜正瞅着他笑呢！克奇尔兴奋极了——他种出世界上最大的西瓜了！

稍大些，克奇尔知道这个西瓜是爷爷从家里搬到瓜地里的。尽管这样，克奇尔不认为那是一种游戏，是慈爱的爷爷哄骗孙子的把戏，那是在一个不懂事的孩子心中适时播下一颗希望的种子。

如今，克奇尔已有了自己的孩子，事业上也有所成就。而克奇尔觉得自己乐天的性情与成功的生活是爷爷为他在橡树底下播的种子长成的——爷爷本来可以告诉他，在内布拉斯加种不了西瓜，八月中旬也不是种瓜的时节，而且树荫下边也不宜种瓜……但是他没有这么做，而是让克奇尔实地体验了"希望"与"成功"的滋味。

柯蒂

听妈妈讲，柯蒂小时候胆大任性，满脑子的恶作剧，有一回竟然将一个黄蜂巢拿进了教堂。那件事令库尔牧师特别生气，多亏了奶奶求情才平息了风波。奶奶常说："孩子有孩子的上帝。"

小镇上唯一能驯服柯蒂的只有伍德大哥。我见过伍德的照片，一个长得十分英俊的青年，他是柯蒂心中的英雄。伍德非常宠爱柯蒂，经常带着柯蒂去打猎，有时还教她骑马。

"我只要伍德大哥在乎我。"这是柯蒂的想法。

在柯蒂10岁那年，一场谁也无法预料的灾难，夺走了她所有的快乐。

那是一个礼拜日的下午，柯蒂跟伍德上山打猎，回来时他们就坐在一座石桥的栏杆上休息。

当时正是傍晚，桥下的铁轨在夕阳的映照下犹如两条金色的丝带。一阵风吹来，把柯蒂戴的红草帽吹到桥下。伍德拍了拍柯蒂的头，然后笑着跑下桥去捡，谁知草帽竟随着风沿铁轨向前跑去。伍德抓空了几回后才在铁轨的分叉处用脚踩住了帽带。柯蒂坐在桥上咯咯直笑，她根本没有想到，灾难已经来临。伍德的脚陷到交叉的铁轨中，竟然拔不出来。正在这时，一列火车呼啸着驶来了……

是库尔牧师为伍德主持的葬礼。柯蒂没有去参加，她远远地躲在一旁，泪水淹没了一切。伍德走了，柯蒂的生活中再没有了欢乐。除了奶奶，她不再主动和任何人说话。后来，她上了中学，学会了抽烟、喝酒和赌博。镇上的人都说柯蒂这生算是完了。

也只有奶奶没有放弃柯蒂。柯蒂17岁那年，奶奶从外乡请来了一位叫西娜的姑娘。这已是奶奶第6回为柯蒂请家庭教师了。西娜长着金色的卷发，目光柔和善良。镇上的人谁都没有想到就是这个柔弱的女孩子改变了柯蒂并影响了她这一生。

那时柯蒂已经很少上学了，她出没于酒馆，跟男人们玩纸牌游戏，谁也别想占她的便宜。西娜从不规劝柯蒂，却像影子一样跟在她的身边。有一天黄昏，无法忍受的柯蒂终于想出了甩掉西娜的办法。她驾着一辆破旧的敞篷车，带着西娜来到车站旁的铁轨边。

这时一列火车慢慢地从车站驶出，柯蒂飞步向列车跑去，然后一纵身跳上了一节车厢。"你敢吗？胆小鬼。"柯蒂大声冲着西娜叫道。哪知话音刚落，西娜已向她跑来，西娜紧紧地抓住了车厢门的扶手，却怎么也跳不上来，火车速度已越来越快，柯蒂终于向她伸出了手。

天逐渐地黑了，火车隆隆地向远处驶去。"我们这是要去哪儿？"西娜问。柯蒂也不说话，在列车驶过一个村子时，她将车厢里的那些罐头食品往下扔，铁轨旁的孩子高兴地争抢着这些从天而降的物品。西娜终于被感染了，她也开始扔。两个姑娘哈哈大笑着，直到筋疲力尽才停手。她们坐在车厢地板上，相互第一次打量着对方。漆黑的夜色中，她们感到有股神奇的力量正在拉近她们之间的距离。"该回去了。"不知过了多久，西娜站起身说，就是从那个时刻起，柯蒂不再觉得孤单了。

柯蒂终于有了欢乐，她开始阅读从西娜那里借来的书，有时间的时候，就带着西娜去打猎，然后告诉她许多关于伍德大哥的故事。那段时间，小镇上经常能听到柯蒂和西娜高兴的笑声。奶奶觉得很欣慰，她更加坚定了自己的想法："孩子有孩子的上帝。"

夏天过去之后，西娜就要回去做新娘了。柯蒂却还蒙在鼓里。一天下午，她们在山间小路散步时，看见一个巨大的蜂窝。

"里边有蜜吗？"西娜好奇地问。

"当然有。"柯蒂特自信。她问西娜："你还没吃过新鲜的蜜吧？"西娜笑着晃了晃头。

"你等等。"柯蒂说完快步向蜂窝走去。

西娜脸吓得发白。只见柯蒂很从容地把手伸进蜂窝，然后慢慢地取出蜂蜜，她一边嘴里哼着什么，一边拿着蜂蜜向西娜走来。"放心地吃吧，它们不叮人。"她说着将浓浓的蜜汁送到西娜的嘴旁。西娜看着柯蒂，眼眶忽然红了。

2个月后，西娜走了，与一个叫贾德的人结了婚。西娜向柯蒂发了邀请，然而柯蒂却没有出现在婚礼上，她把车停在离贾德家不远的一棵大树下。贾德大笑着把西娜抱进屋去，那时柯蒂眼里含满了泪水，她发誓再也不见西娜了。

在奶奶的资助下，柯蒂在镇头邻近铁路的地方开了一间小酒吧。警官奥维尔是酒吧的常客。

镇上的人都知道，奥维尔爱上了生性泼辣的柯蒂。在9月的一天，又到了采蜜的季节，柯蒂违背了自己的誓言，她装了满满的一罐蜂蜜，开着敞篷车到西娜的家。然而，她万万没想到，在门口她看到的却是一个满脸伤痕的西娜。

"他打你了！"柯蒂愤怒地叫起来。"快走吧，求你快走吧，别让他听见。"西娜一边央求一边就把门关上了。随后，柯蒂就听见屋里传来男人凶狠的咆哮和西娜的惨叫。

"开门！西娜！"柯蒂用力地砸门，可屋里已没了声响。

1个月之后，柯蒂带着警官奥维尔接走了西娜。那个叫贾德的男人喝得酩酊大醉，在西娜走的时候，他恶狠狠地将她从楼梯上推下，要不是奥维尔阻拦，拿着猎枪的柯蒂几乎要与贾德拼命。

回到镇上，柯蒂才知道，西娜已经有了身孕。她发誓，一定要让西娜和她未来的孩子过上好日子。

日子在一天天地过去，西娜终于从恶魔般的害怕中解脱了出来。她帮柯蒂打理着酒吧，两个女人日夜忙碌着。秋天的时候，她们把酒吧改名为月光酒吧，听大人们说，那个时候，月光酒吧几乎成了小镇男人夜晚最爱去的地方。奥维尔警官一直在等着柯蒂，可是柯蒂的答复总让他失望。第二年的春天，西娜的孩子出生了，一个惹人喜爱的男孩，西娜给孩子取名为伍德。

孩子出生的消息很快传到醉鬼贾德那里。一天晚上，他终于找上门来，要强行从西娜怀中夺走孩子。如果不是柯蒂和奥维尔及时赶来，也许他已得手。临走时，他恶狠狠地说："我还会来，我一定要带走他。谁敢阻拦我，我就杀死谁！"

柯蒂毫不示弱，她拿着猎枪指着贾德说："你来吧，看我的猎枪答不答应！"

那之后，西娜和柯蒂日夜守护着小伍德，生怕那个恶魔般的影子会再次出现。复活节那天，有人曾看见贾德开着车疯狂地向酒吧驶去。不过当时西娜正带着小伍德在戏院看戏，并不知道酒吧里发生了什么。

从那以后，贾德再没有出现过，谁也不知道他去了哪里。噩梦终于过去，小镇又恢复了安静。然而好景不长，冬天的时候，西娜病了，医生诊断说是癌，日子已经所剩无几。那年冬天，小镇上下了好大的一场雪，封了山，也盖没了铁轨，大雪一连下了7天。

就在雪停的那天早上，西娜轻轻地握着柯蒂的手，用微弱的声音对柯蒂说："对不起，我不能再陪你爬火车了，我也再吃不到你采的蜜了……"

柯蒂泪如泉涌，自伍德大哥去世之后，她还从没有像今天这样流过泪。"我把小伍德交给你了……柯蒂，别哭，你是全镇上最勇敢的女孩……"西娜的声音越来越弱，她美丽的双眼终于闭上了。

柯蒂又失去了一个最好的朋友。然而悲伤之后，就有一股力量血液一样快速流遍她的全身。

小伍德已能和伙伴们在山野里奔跑了。柯蒂好像看见了一条河，从伍德流向西娜，再流向她，最后是小伍德。生命就是这样延续的。柯蒂又经历了一次次的生离死别。奶奶病故，奥维尔在一次和劫匪的枪战中不幸身亡。不过这些都转化成丰厚的馈赠，她感到自己生命的河床变宽了。伍德读到中学那年，柯蒂卖掉了月光酒吧，移居得克萨斯。她要让小伍德念最好的学校，要他成为真正有用的人才。

这个故事到这儿就该结束了。从前的那个女孩柯蒂其实就是我的姨妈。柯蒂姨妈终身未嫁。

在她临终的时候，身旁站着她的儿子——一直把她叫做妈妈的小伍德。

（美）珍妮·迈克米

橘子

冬天的一个傍晚，天空阴沉沉的，我乘上一列由横须贺开往东京的上行客车，坐在软席车厢的一个角落里，呆呆地等待着发车的铃声。异常的是在电灯早已亮着的车厢里，居然就只有我一个旅客，朝窗外望去，那昏暗的月台上，今天也很特别，竟连个送客的人影都不见，仅有一只关在笼子里的小狗时而发出凄厉的吠声。

不知怎的，此情此景跟我当时的心情颇为相似。无法形容的疲劳和困倦，在我的脑海里投下了一片灰蒙蒙的阴影，灰得像临下雪的天空。

我双手插在兜里，一动不动地坐着，提不起一点精神来，甚至不愿把兜里的报纸拿出来翻一翻。

不一会儿，发车的铃声响了。我这时才感到心情舒畅一点，同时把头靠在后面的窗沿上，漫不经心地等待着眼前的车站徐徐后移。车站并没移动，却从剪票口处传来一阵尖嚣的木屐声。

紧接着，在列车员的几声喊骂声中，我乘坐的软席车厢的车门哗啦一声打开，一个十三四岁的小姑娘匆匆忙忙地跳上车来。就在这当儿，火车剧烈地摇晃了一下，便慢慢地开动起来。

一根根打眼前徐徐晃过的、竖在月台上的电柱，一辆多半是被遗忘在那儿的运水车，以及正向车厢里的一位旅客道谢的搬运夫，所有的一切，都在朝着窗门漫卷过来的煤烟中无可奈何地消失在车后。我总算松了一口气，一边点着香烟，一边第一次抬起困倦的眼睑，朝坐在我前面席位上的小姑娘的面孔瞅了一眼。

看样子，这是一个地道的乡下小姑娘，干枯的头发绾成银杏叶式，满是横裂纹的两颊红得令人感到不快。而且，耷拉着沾满油污的浅黄色毛线围巾的膝盖上，放着一只大包裹，那双抱着包裹、生满冻疮的手，小心翼翼地紧捏着一张红色硬席车票。我不喜欢小姑娘那张庸俗低劣的脸庞，对她那身邋遢的衣服也很讨厌，尤其令人生气的是她愚昧无知到连软席跟硬席也分辨不清。所以，我点着了香烟，也出于想忘掉小姑娘的存在，便漫不经心地把兜里的晚报拿出来摊在膝盖上阅读起来。这时，落在晚报上的户外光突然成了电灯光，几栏印刷低劣的铅印字特别清晰地呈现在眼前。不用说，火车已钻进了横须贺线上无数隧道中的第一号隧道。

许是为了安慰我那忧郁的心情，即便稍微浏览一下让灯光照亮的晚报，就可以发现社会上也同样充满着平凡庸俗的人和事：和谈问题、新娘新郎、贪污事件、死亡广告……当火车钻进隧道的一瞬间，我不禁产生一种错觉，以为火车在朝着相反方向行驶，同时，机械地把这些索然无味的消息挨着看了过去。即便在这段时间里，我也每时每刻感到，那个脸上仿佛凝结着现实中各种卑鄙和庸俗的小姑娘正端坐在我前面。无论是在隧道中行驶着的火车和那个乡下小姑娘，还是充塞了平庸消息的晚报，全都是一种象征，象征着一个神秘、低级、无聊的人生。

我感到一切都毫无意义，于是就把看了一半的晚报丢在一旁，又把头靠在窗沿上，死一般地闭上双眼打起盹来。

这样过了几分钟，突然感到似乎有一样东西向自己扑过来，不禁睁开双眼环视四周。原来，不知几时，那个小姑娘已从那头移到了我前面一排的临窗座位，而且几次三番地想要打开车窗。可是事与愿违，沉重的窗门怎么也打不开。那满是横裂纹的脸颊越来越红，抽鼻涕声随同轻微的喘息声急促地传入耳鼓。不用说，这般情景也确实引起了我几分同情。

四周一片昏暗，唯枯草还在明亮可见的两侧山腰正渐渐逼近车窗。仅从这一点，也应该马上明白火车快临近隧道口。然而小姑娘全不理会，还是固执地要打开那扇特意关好的车窗。我无法理解其中的道理，不，甚至只能认为这完全是小姑娘的怪癖。所以，我依然冷若冰霜，眼里露出差不多是祈祷她永远失败似的目光，冷酷地凝视着她正用生满冻疮的手拼死地想要打开车窗的情景。

不一会儿，火车拖着震耳欲聋的吼叫声冲进了隧道。这时，小姑娘想要打开的车窗终于吧嗒一声掉了下来。于是，一股股乌黑的空气——煤烟灰仿佛全溶化在里面似的——从四方的窗洞里喷涌进来，顷刻间变成令人窒息的烟雾，蒙蒙地迷漫着整个车厢。我甚至来不及拿手帕捂住脸孔，烟雾就迎面扑来。我本来喉咙就不舒服，这一来更是咳个不停，差一点透不过气来。

小姑娘依然对我毫不介意，只管把头伸出窗外，银杏叶式的头发在夜风吹拂下微微飘动。她就这样一直远眺着火车行进的方向，正当我借着灯光透过煤烟注视她那身影时，窗外渐渐地亮堂起来，泥土味、枯草味、水汽味也随着寒气从窗外飘进来，于是咳嗽也慢慢止息。否则，我说不定会劈头盖脑地怒骂这个陌生小姑娘，而且还要叫她照原样关上车窗。

这时，火车已安然穿过隧道，正驶过坐落在两座枯草丛生的荒山之间一个穷山镇的镇边铁路岔口。在铁路岔口的周围，杂乱地拥挤着一片简陋的草房和瓦房。大概是铁路岔口管理工用的吧！仅有的那面已经发白了的信号旗在暮色中懒洋洋地飘拂着。

我刚想总算出了隧道，看到那凄凉的岔口栅栏那边，挨个地站着三个脸颊红扑扑的小男孩。他们全都是矮矮的个头，就像被那阴沉沉的天空压缩成似的，而且身穿着跟那镇边的凄凉景物相同颜色的衣服。三个孩子一边仰望着火车通过，一边一齐举起小手，拉高尖厉而幼嫩的嗓门，极力地迸发出一阵无法听懂的喊声。

就在这一刹那，只见那个小姑娘把半个身子探出窗外，伸出生满冻疮的手，在一个劲儿地左右挥动。突然，约莫五六只黄灿灿的惹人喜爱的橘子从空中纷纷飘落在目送火车驶去的小男孩身边。我不由得愣住了，而且也正是这一瞬间，明白了所有一切。小姑娘，这位多半是去当女佣的小姑娘把藏在怀里的几只橘子从车窗扔下去，酬劳那三个特地赶到岔口来为自己送行的弟弟。

暮色笼罩着镇边铁路岔口，仿佛小鸟般尖叫的三个小男孩，以及飘落在他们身边的鲜艳的橘子颜色，所有这些情景虽然只是顷刻间一闪而过，却深深印刻在我的脑海里，我不禁感到一阵无可名状的快慰。我昂然地抬起头来，判若两人似的重新打量着那位小姑娘，仿佛她是另一个人。不知几时，小姑娘已重新端坐在我前面的那个座位上，依然把满是横裂纹的脸颊蜷缩在浅黄色的毛线围巾里，同时抱着大包裹的手里，紧紧捏着一张硬席车票。

我只有在此刻，才得以暂时忘却那无法形容的疲劳和困倦，以及那神秘低级、无聊的人生。

（日）芥川龙之介

亲爱的，我还活着

在多伦多的住宅区里，如果住的是平房的话，一般都有前后两个院子。喜欢养花弄草的人都会把前院收拾得五颜六色，尽管花不多，但草会修剪得整整齐齐。黄昏散步，路过不同的花和一样的草，也是件极赏心悦目的事。特别是在夏天，草长得疯快，剪草机的声音此起彼伏，草香四溢。

剪草通常都得用电动剪草机，而像康奈尔太太那样剪草的，还是极其罕见。康奈尔太太家花园的草是用剪草机剪过后，再用尖刀一下一下细细地修剪过的。

路过的人，总会惊讶于这片草地的完美，康奈尔太太干干瘦瘦、眼睛不甚明亮却很有神。只要天气不坏，她总是戴着一顶大草帽，不厌其烦地在那片草地上忙碌。

康奈尔太太70多岁了，已退休多年。儿女都长大了，也搬出去了。康奈尔先生身体不好，他动得不多，常常看见他坐在临窗的椅子，有点苍白的脸上挂着模糊的笑容。

康奈尔太太极健谈、热情，笑起来皱纹都成菊花状。见到年轻人，她都要走过来聊聊，问问近来好不好，学校忙不忙，有没有想家，也会亲切地给个拥抱。

有时候，邻居的中国留学生做了中国炒面，会端一盘过去，康奈尔太太看见了，会向姑娘活泼地眨眨眼睛，也不去接，直直地走到屋子旁，敲敲开着的门，对着康奈尔先生大声地说：

"打扰一下，康奈尔先生，有美女来访。"然后自己忍不住呵呵笑起来。姑娘笑着放下炒面，走过去拉拉康奈尔先生的手。他抬起有些浑浊的眼睛，问："怎么，还没有恋爱？"

"没有啊，康奈尔先生，我忙得一塌糊涂，哪有时间恋爱啊。"

"天气这么好，你又那么年轻，不恋爱干什么呢？"

"就是就是。"康奈尔太太也帮腔了，"我这么老了，还恋爱呢，你说是不是，老头子？"

她拥着康奈尔先生那瘦得见了骨头的肩膀，很自然地亲亲他稀疏的头发。康奈尔先生回过头，四目对视，温馨柔情在静静地流淌。那时，康奈尔先生的身体已经很差了。

9月下旬，街上还有人薄衣飘飘地挽留着夏天仅剩的余热。第一阵凉风里，秋天不可抗拒地来临。那时候，康奈尔先生病逝了。

整整一个星期，草坪上没有了康奈尔太太的影子，几棵杂草也蹿出头来。她家的窗子放下了薄纱帘子。邻居不放心，跑过去敲门，那常开的大门紧紧闭着，上面贴着一张康奈尔太太手写的字条：亲爱的邻居，我很好，我很好，请放心，我只是需要一点时间，谢谢。

康奈尔太太再出现的时候，已经要穿着风衣了。草仍然碧绿，只是康奈尔太太瘦了些，精神还可以。见到送中国炒面的姑娘，她脸上浮上一抹虚弱的微笑，上前将她紧紧地抱住。姑娘心一酸，眼睛就不禁红了。

"Are you OK？"姑娘吸吸鼻子问道。

"I'am fine."康奈尔太太笑笑说，"你看，"她指着她的花圃，"你看，花开花落，草长草枯，生命就是这样的。"

她叹口气，抬头望着晴朗的天空，眼睛斜斜地望向康奈尔先生常坐的那个窗子，像是对康奈尔先生说："亲爱的，我还活着，就要好好地继续生活。你说是不是，亲爱的？"

又是一个迟起的早晨，远远地看见康奈尔太太向姑娘招手。"早上好！"姑娘挥手喊道，她笑着回她一个飞吻。姑娘做倾心状接住飞吻，握在胸前。"呵呵，呵呵。"她大声笑起来，

惊飞了早起觅食的小鸟。

是啊，活着，好好地活着，多好。

花开花落，草长草枯，生命就是这样的。要知道生命的自然性是一切都留不住的，当我们拥有时，好好珍惜，当生命消逝，就让它过去。

泰尔玛·瑞

泰尔玛在下面的海滩上挥手招呼我。她工作时赤脚站在沙子里，蓝色牛仔裤卷至膝盖，满头卷发被海风吹散在脸上。泰尔玛36岁了，但她看起来就像我一样只有十几

岁。虽然我们相差18岁，却成了彼此最好的朋友。她再次向我挥手，笔记簿从她的膝盖上滑落到了沙滩上。

对别人来说，这种度周末的方式似乎有些奇怪，但对我们来说，这几乎已经成了一个传统了。泰尔玛和我都热爱写作，而辛普森海滩是个能激发灵感的地方。我们两个总是各带一本笔记簿，各找一个舒服的位置坐下。分开坐是因为怕彼此忍不住聊天会影响写作。我们各干各的，但又是在一起工作——一起在浪花拍岸、海鸥歌唱的海滩上工作。在离岸很近的水里有一块酷似狼的岩石立在那里——"睿智的老泰蒙"，这是泰尔玛给它起的名字。

我从离海滩10英尺高的礁石上爬下来，我刚才就是在那里写作的。显然，工作时间结束了，现在该是玩的时间了。

我和泰尔玛一起坐在被阳光晒得暖暖的沙滩上；我们一起在水边奔跑，浪花溅在身上，而笔记簿一会儿工夫就被抛在脑后了。我们像小孩一样，把小块碎木头扔进海浪里，等着浪花再把它们卷回来。接着，我们跑去看南面礁石边上那个海浪冲成的小水塘。泰尔玛喜欢用手指轻戳那些小海葵，我几乎不敢碰它们，但是单看它们用长长的吸盘吸住岩石，也是很有趣的事情。有时我们发现了海星和小螃蟹，总是把它们捧在手里欣赏好一会儿再放回水里。每次去辛普森海滩我们都会有新的发现，在那里度过的每一个下午都是充实的、难忘的。

也有很多次，我们整夜坐在海滩上直到黎明。难怪我们会是最好的朋友，我们有那么多共同的喜好：都喜欢中国菜、轻音乐、俄勒冈海滩，当然还有一点，就是都特别热爱写作。在我们的长谈中，泰尔玛带着哲学意味的话为我的生活指引着方向。她经常说，要听老人言。

"拥有却不需要，比需要但却没有要好得多。"她经常这样说。这只不过是她喜欢的无数箴言之中的一个。我不知道那些是她自己想出的还是从哪里读到的，但时至今日，这些句子仍会在某个时刻回响在我的耳边。

等我到了可以约会的年龄，她告诉我寻找那个完美的精神伴侣时需记住两件事：一是要正确判断一个男人的性格，就要观察他与孩子和狗如何相处。如果他愿意花时间与他们在一起，他将来也会如此对你。当时我觉得这话听起来很可笑，但后来的事实证明，真是千真万确。

"第二，"她说，"你永远也找不到一个完美的男人，所以你要找的应该是一个适合你的男人，你要能包容他的缺点。"

永恒的光芒 | STORY

当时我想，她是否曾想过寻找她的精神伴侣。几年前的一次事故中，她失去了朝夕相伴10年的丈夫，从那时起便一直独身。

在25岁时，我最终遇见了合适的伴侣，结婚了。虽然和泰尔玛相处的时间减少了，但我们仍然是最亲密的朋友。结婚不久，我生下了女儿。那段时间泰尔玛一直陪我待在产房里，和我一起度过了生产的15个小时。女儿出生后，医生为我缝合的时候，她始终紧握着我的手，似乎在为我传达一种无声的力量。我给女儿起名叫泰莎·瑞，用了泰尔玛中间的名字。我永远不会忘记泰尔玛一遍又一遍重复婴儿名字时脸上放出的光彩。

从那以后，情况变糟了。我丈夫找了新工作，上班的地方离家有3小时的路程。我们不得不搬走。有一段时间，泰尔玛的身体状况很差。我整日为她担心，和她一直保持着联系。我试图说服她搬到离我近一点儿的地方，她却坚持不肯。直到有一天，我在工作时接到了她从医院打来的电话。

她得了癌症，已经到了晚期，医生没有及时发现癌细胞。我惊呆了，笨拙地把话筒紧贴在耳边，却差点儿掉在地上。那些话像雷声一样在我脑海中轰鸣。

"我就来了。"我听到自己轻声说。

"你能带些柠檬甜甜圈来吗？"她问道。一想到她神采飞扬的蓝眼睛流露出的期盼神情，我几乎忘了她是个垂危的病人，忍不住微笑了。

我到的那天傍晚，医院很安静，但泰尔玛的房间却满是嘈杂声和陌生人的脸。我走进她的房间时竭力表现出一副勇敢的样子。泰尔玛还是像平常一样充满活力，乐观开朗，她正坐在床上，与护士们开着玩笑。我突然间明白了，她是在教我如何保持乐观。

然而，癌细胞依然无情地迅速从淋巴扩散到骨骼、大脑。我每天握着她的手，眼看着她慢慢衰弱下去却无能为力。后来，我那聪明活泼的泰尔玛几乎不能说话了。

最后一次去看她时，她已经说不出话来了，但是当我把小泰莎·瑞放进她怀里时，她开心地笑了。泰尔玛吃力地举起双手最后一次和小泰莎·瑞做游戏。我凝视着泰尔玛曾经湛蓝、现在却那么空洞无神的眼睛，再次回忆起辛普森海滩的旧事。

现在，我依然珍藏着那些记忆。我把我们之间的那些故事，还有泰尔玛充满智慧的话语讲给泰莎·瑞和她的弟弟们听。我也一直坚持定期写作，只要有时间就经常去吃中国菜，去俄勒冈海滩静静地独立一会儿。你看，泰尔玛对我而言是这样特殊的一个人——她不仅是我最好的朋友，也是我的妈妈。

永生的鲜花

一刹那间我收住了脚步，眼前又是那幢木屋，那株高大茂盛、年轻时一直望着我的窗口、清晨渐渐染上一层蔚蓝的白桦，那扇歪歪斜斜的花园栅门。我家的木屋完好无损，却又变得那样矮小！比我们从乌格利奇来到这里时更加矮小，但它完好无损。确实，我家对面一幢相仿的木屋已经全部炸平，但这显然不是现在，甚至不是今天的事，因为火焰已经熄灭，废墟散发出一股冷灰的气味。然而炮弹还在频频爆炸，并且是在不远的地方爆炸。突然地面一阵震颤——那是附近不知什么地方掉了一枚炸弹，转眼之间，警报器便像巫婆似的尖厉而又疯狂地吼叫起来，接着又有一枚炸弹带着死亡的呼啸轰的一声炸响，而天上银光闪闪的云海里，也随着发出越来越响的隆隆声。我喘了口气，想起我得和弥留中的奶奶告别，便朝我家的木屋走去。

……在我从小记得的那个房间里，两扇窗户之间挂着的那面大镜子已经寿终正寝——镜子似乎蒙上了一层永不消散的迷雾，再也不能映照什么。房间里很亮——那是隐匿死神的隆隆作响的银白色云海投下的光亮，只有墙角上尼古拉的大幅圣像沉浸在一片昏暗中。我们从小就害怕这幅圣像，我入团以前便是从这幅圣像开始了我的"反宗教斗争"。现在主的仆人尼古拉面前点着一盏红色的长明灯，因此老人那张骄矜的棕脸在教堂式冠冕下，衬着黑色的背景，显得更加古板，更加死气沉沉；当年"反宗教斗争"中我恨之入骨的无花果长得极快，枝叶繁茂，简直像是一群张牙舞爪的怪物；房间里弥漫着早已忘却的忧郁的神香味。我在走进房间的一刹那间便发现和感到了这一切，旋即我又十分惊奇地发现这里笼罩着一种分外安详、近乎庄严的气氛，奶奶看上去是那样心安理得，那样令人难以置信的淳朴。瓦莉娅姑妈戴着中间印有红十字的护士帽站在她脚边——瓦莉娅姑妈在亚历山德罗夫医院，确切地说，无产者医院工作。现在这座医院重又改成了军医院，并且因为地处前线，被认为是一座前线医院。

她看到我便不慌不忙地走过来，温柔地吻了吻，然后平静地轻轻说道：

"她还清醒。看到你会高兴的。"

我不知为什么摘下头巾，走到奶奶床前。这时，一声强烈的爆炸震撼了我家的小屋。主的仆人恬淡的面孔前那盏红色长明灯开始左右摇晃。瓦莉娅姑妈踮起脚尖，把灯扶住。奶奶枕着枕头，像个农村妇女似的扎着白头巾。她的脸变得十分瘦小，布满皱纹，眼睛深深陷了下去，然而这对深陷的眼窝里的目光却是那样聪颖和开朗，闪烁着某种生命的独特光彩。最使我吃惊的是她胸口上那双交叉的手：这双手大得出奇，青筋暴突，手指上尽是疙瘩和趼子。这是一双辛劳一生的女人的手——在87年的生命历程中她干活干了整整80年，这是一双慈祥的母亲的手——她生养了14个孩子，把他们一个个拉扯成人，又抚育了许多孙子和重孙，她比子孙中的许多人长命，她参加了他们的葬礼，用这双大手为他们合上眼睛，又在他们墓穴里撒下了第一把土。我望着她那瘦小而又奄奄一息的脸，望着她那闪着生命光彩的眼睛，望着她那双大手，心里涌起了前所未有的不安，甚至恐惧。突然我想起有生以来我还从未给奶奶——瞧，长着这么一双生气勃勃的眼睛，这么一双大手的奶奶——做过一件好事，说过一句好话……这是怎么搞的？我怎么能这样？突然我又想起她带我去澡堂洗澡的情景，她把我抱进盛满凉水的澡盆，从我眼睛里吸出灼人的肥皂沫子，随后在澡堂门口给我买一只黑糊糊的怪甜的羊角面包，或者给我买一杯酸溜溜的克瓦斯。可我呢？我为她，为瓦莉娅姑妈，为父亲做了什么呢？什么也没做。我顾不上他们，我没时间：第一个五年计划，突击工程，掌握理论，个人生活——建立自己新的家庭——咳，我顾不上他们，顾不上他们！我在建设新社会，奶奶和姑妈仍然过她们的"命名日"，过她们那种忙碌碌的小市民生活……

奶奶似乎处于半昏迷状态，两眼望着墙壁。我在她床边坐了下来。

"妈妈，"瓦莉娅姑妈唤了她一声，"莉莉来和你告别了。"

她的眼睛多了几分生气，那双大手开始动作。

"瓦尔卡，"她严厉地说，"你怎么这种时候扔下医院跑这儿来了？"

"那儿有人替我，"瓦莉娅姑妈顺从地回答，接着又重复了一句："莉莉看你来了，你看见了吗？"

奶奶朝我转过头来，一言不发，久久凝视着我，目光里流露出无限的温柔和爱怜。

"莉列奇卡……我的大孙女……你不信上帝……共青团员……不过，还是让我祝福你吧。你不生气？"

"不，奶奶。"我回答。

在她伸出满是疙瘩、几乎像生铁那样粗糙、但又相当灵巧的手替我慢慢画上十字时，猛烈的爆炸又一次震撼了我家陈旧的木屋。我把嘴唇紧紧贴在她那已经冰凉的手上。

"这不，"她说，声音轻得勉强可以听见，忽而吐字清楚，"总算见到了一个孙女……穆西卡呢，穆西卡在哪儿？"

"她在莫斯科，奶奶……"

"莫斯科……也在扔炸弹？"

"也在扔炸弹，奶奶……"

"莫斯科在哪儿？在哪个方向？"

我没有完全听懂她的问题，胡乱指了指她身边的那堵墙壁。

"在这个方向，奶奶。"

她朝墙壁稍稍转过身去，重又抬起自己那只操劳过度的大手画了一个小小的十字——她已经没有力气把十字画得大些：

"主啊，救救你的奴仆玛丽娅和你的红色首都莫斯科吧……"

突然，一种从未有过的感觉，仿佛火红的朝霞一样在我心中慢慢升起。

"瞧，她是怎么死的：不慌不忙，泰然自若……又是告别，又是祝福……她就是这样投入战争的，她做了力所能及的一切……这是她一生中最后一次劳动。这不是死亡，这是最后的事业。遵照俄罗斯风俗慢慢死去，确切地说，慢慢离去，视死如归，心里明明白白。对她来说问题不在上帝，完全不在上帝。据说巴甫洛夫死的时候，一直注视着自己的身体状况，不断向坐在身边的助手口授自己的感觉。突然有人敲门，想来看他，但他回答：'巴甫洛夫很忙——巴甫洛夫正在死亡。'人类的天才和我愚昧的奶奶……为什么她是愚昧的？难道勤劳，爱，无限的爱，直到生命的最后一刻还想着亲人，想着祖国，不是精神最纯洁的高峰？是的，天才巴甫洛夫和我奶奶在弥留之际的心态一模一样——没有丝毫恐惧，始终想着生活，并且为了生活不遗余力地去完成最后的事业……这决不是死亡，这是挑战……是向降临在我们头上，在我们周围疯狂肆虐的死神的挑战。这是战士的死亡。难道我们不也是这样死亡的吗？我们，所有遭受炮击、在隆隆作响的云层里作战的人们？是的！不顾死亡，仅仅想着生活。

既然这样，那就是说……就是说，死亡并不存在，丝毫不用对它害怕。难道这是真的，死亡并不存在？"

我心潮起伏，万千思绪大致就是这样一浪推着一浪汹涌向前。我情不自禁地从奶奶越来越凉的掌心中抽出手来，看了看表："我得去单位，然后再去区委，去电台……"她明白我的手势，就像大人朝做错了事情的孩子那样亲切而又略带宽厚地微微一笑。

"去吧，莉列奇卡，"她温柔地说，"去吧，亲爱的，别等……我啦……"

"奶奶，请你原谅，"我回答，仿佛不是和她永别，仿佛明天我还会来看她，"我真的该走了，这你知道……"

"我全知道，我的孙女儿，我的孩子，去吧……去吧！"

奶奶

她是个女人，手里拿着扫帚、簸箕、抹布，或是汤匙。你看她早上哼着歌儿切馅饼皮，中午往餐桌上送新出炉的馅饼，黄昏收拾吃剩的冷馅饼。像个瑞士摇铃手叮叮当当地把瓷杯摆放整齐；又像个真空除尘器，一阵风走过每一间屋子，找出没弄好的地方，把它弄弄整齐。她只须手执小泥刀在花园里走上两趟，花儿就在她身后温暖的空气中燃起颤巍巍的红火。她睡得极安静，一夜翻身不到三次，舒坦得像一只白色的手套。但是天一亮，手套里又插进了一只精力充沛的手。她醒着时总像扶正画框一样，把每个人都弄得端端正正。

可是，现在呢？

"奶奶。"大家都在喊，"祖奶奶。"

现在她仿佛是一个庞大的数学式子终于算到了底。她填满过火鸡、家鸡、鸽子的肚子，也填满过大人、孩子的肚子；她洗擦过天花板、墙壁、病人和孩子；她铺过油毡，修理过自行车，上过钟表发条，烧过炉子，在一万个痛苦的伤口上涂过碘酒。她的两只手忙忙碌碌，做个不休，这里整一整，那里弄一弄。把垒球和鲜艳的捶球棍放回原位，给黑色的土地撒上种子，给馅饼包皮，给红烧肉浇汁，给酣睡的孩子盖被，无数次地拉下百叶窗、吹熄蜡烛、关上电灯——于是，她老了。回顾她所开始、进行、完成的30亿件大大小小的工作，归纳到一起，最后的一个小数加上去了，最后的一个零填进去了。现在她手拿粉笔，退开了生活，她要沉默1小时，然后便要拿起刷子，把这个数字擦去。

"我来看看，"祖奶奶说，"我来看看……"

她不再忙碌了。她绕着屋子不断转来转去，观看每一样东西。最后，她到了楼梯口，谁也没有告诉一声便爬上了3道楼梯，到了她的屋子，拉直了身子躺下，准备死去，像一个化石的模印打在越来越冷的雪一样的被窝里。

"奶奶！祖奶奶！"又有声音在叫她。

她要死了。这消息从楼梯间直落下来，像层层涟漪，荡漾进每一间屋子，荡漾出每一道门、每一个窗户，荡漾进榆树掩映的街道，来到苍翠的峡谷口上。

"来呀！来呀！"

一家人围到她的床边。

"让我躺躺吧。"她轻声地说。

她的病痛任何显微镜也查不出来。那是一种轻微的然而不断加重的疲倦，一种压在她那麻雀样身子上的朦胧压力。困倦了，更困倦了，困倦极了。

她的孩子们和孩子们的孩子们仿佛觉得她如此简单的动作——世界上最轻微的动作，不可能引起这样严重的恐慌。

"祖奶奶，听我说，你现在不过是在闯过难关。这屋子没有你是会塌的呀！你至少得让我们有一年的准备时间。"

祖奶奶睁开了一只眼睛，90年的岁月像是沙尘鬼从迅速撤空的屋顶上的窗口飘了出来，静静地望着她的医生。

"汤姆呢？"

汤姆被送到她那悄声低语的床边。

"汤姆，"她说，声音微弱而辽远，"在南海的岛屿上每个人都有这么一天。那天到了，他自己也明白，于是他和亲友们握手告别，坐上帆船离开了。他走了，那是很自然的——他的时候到了。今天也是这样。我有时非常像你，星期六要看日场演出，到晚上9点才回来，还得打发你爸爸去接你。汤姆，当你看到同样的西部英雄在同样的高山顶上跟同样的印第安人打仗的时候，那就是离开座位往剧院大门走的时候了，你必须毫不留恋，不要回头。因此，我也该在看得津津有味的时候离开剧院了。"

第二个被叫到身边来的是道格拉斯。

"奶奶，明年春天叫谁去给房顶换木瓦呢？"

从有日历以来每年4月你都以为听见啄木鸟在啄屋顶。不，那是奶奶心醉神迷地哼着小曲在钉钉子，是她在九霄云里给房顶换木瓦！

"道格拉斯，"她细声细气地说，"不觉得盖屋顶挺有趣的人就别让他去盖。"

"是，奶奶。"

"到了4月，你向四面看看再问，'谁愿意盖屋顶去？'谁脸上放出光彩你就叫谁去，道格拉斯。在房顶上你可以看到全城的人往乡下走，乡下的人往天边走，往波光粼粼的小河上走；还看得到清晨的湖泊，脚下树梢上的小鸟。最舒畅的风在你周围呼呼地吹。这些东西哪怕只是为了一样，也值得找一个春天的黎明往风信鸡那儿爬一趟。那是很动人的时刻，只要你有机会去试试……"

她的声音低弱了，像在轻轻地颤动。

道格拉斯哭了。

她鼓起劲来，"哎呀，你哭什么？"

"因为，"他说，"你明天就不在了。"

她把一面小镜子转向孩子。在镜子里他看了看她的脸，看了看自己的脸，又看了看她的脸。她说："我要在明天早上7点钟起床。我要把耳朵后面洗干净。我要跟查理·伍德曼一起跑到教堂去。我要到电气公园去野餐。我要去游泳。打着光脚板跑。从树上落下来。嚼薄荷口香糖……道格拉斯，道格拉斯，你真丢脸！你剪手指甲吗？"

"剪的，奶奶。"

"你的身子每7年左右就全体更新一次，指头上的老细胞，心上的老细胞都得死去，新的细胞长出来。你不会为这个哭吧？不会为这个难过吧？"

"不会的，奶奶。"

"那么，你想想看，孩子。那把剪下的手指甲收藏起来的人不是个傻瓜吗？你见过把蜕去的蛇皮保存起来的蛇吗？今天躺在这里的我也就跟手指甲和蛇皮差不多，一口气就能把我吹得片片飞落。重要的不是躺在这儿的我，而是那个坐在床前回头望我的我，在楼下做晚饭的我，躺在车房汽车底下的我，在藏书室里读书的我。起作用的是这许许多多的新我。我今天并不会真正死去。人只要有了家就不会死了，我还要活许久许久，1000年后会有多得像一座城市的子孙，坐在橡胶树荫里啃酸苹果。谁拿这种大问题来问我，我就这么回答他！好了，快把别的人也都叫进来吧！"

全家人来齐了，站在屋子里等着，像是在火车站给旅客送行。

"好了，"祖奶奶说，"我在这儿，很荣耀。看见你们围在我床边，满心欢喜。下一周该让孩子们给园子松土和打扫厕所，也该买衣服了。既然你们为了方便起见称之为祖奶奶的那一部分我不会在这儿督促你们了，我的另外的部分，你们称做贝特大伯、利奥、汤姆、道格拉斯等等的部分，就要接过我这项工作，每个人都会有自己的工作。"

"是的，奶奶。"

"明天不要举行什么告别仪式，也不要为我说些动听的话。这些话我在自己的日子里已经满怀骄傲地说了。一切食物我都吃过了，一切舞我也跳过了。现在我要吃下最后一个我还没尝过的糕饼，用口哨吹出最后一曲我还没吹过的小调。但是我并不害怕，我还真感到好奇呢！我要把它吃得干干净净，不会在嘴边给死亡留下一点点碎屑。不要为我难过。现在，你们都走吧，我要去寻找我的梦了……"

门在某个地方静静地关上了。

"我好过一点儿了。"在温暖雪白的亚麻布和毛毯铺就的被窝里，她感到舒适妥帖。贴花被子的颜色和往日马戏班的旗帜一样斑驳陆离。她躺在那儿，感到自己还很小，很神秘，好像80多年前的某些早晨一样。

那时她一觉醒来，在床上心满意足地伸伸她的嫩胳膊嫩腿。

很久很久以前，她想，我做了一个梦，做得正甜时却不知叫谁弄醒了——那就是我出生的日子。现在呢？我来想想看……她的心又回到过去。那时我在哪儿？她努力回忆。我到哪儿去寻找那失去的梦？它的线索在哪儿？它是什么模样？她伸出一只小手。在那儿……是的，那就是它。她微笑了。她在枕头里转动转动脑袋，让它更深地埋进温暖的雪堆里。这样就好些了。现在，是的，她看见它在她心里静静地形成，平静得像沿着蜿蜒无尽的岸滩流淌的海洋。她让那久远的梦碰了碰她，把她从雪堆里举起，让她从那几乎被遗忘的床上飘了起来。

在楼下，她想到，他们在擦银器，在清理地窖，在打扫厅堂。她听得见他们在屋子的每一个角落生活。

"好的。"祖奶奶小声地说，梦把她飘了起来，"像生活中每一件事一样，这是恰当的。"

大海把她送回到岸边上。

（美）雷·布拉德贝利

深情的祝福

很多年以前，那是在20世纪初，我还很小的时候，我父亲是小城艾特顿的一个小教堂里的一个授洗牧师。我们热爱艾特顿和那里的人们，但是爸爸每月100美元的薪水很难维持家用，要不是爸爸的弟弟罗伯特每年12月1日总会寄来500美元的支票，我们的日子会更难混的。而实际上，我们整年都在期待着那笔额外的收入。

家里的每个人在圣诞节那天都能从这笔钱里分到一小部分，我们会花上好几个星期来计划如何用分到的这笔钱去买自己最想要的东西。

我7岁那年的圣诞节是我最难以忘怀的。罗伯特叔叔的信准时到了。跟往常一样，爸爸拆信时，妈妈和我们这些孩子们围在厨房里爸爸的椅子周围。可是这一次，一切都不是我们所期待的那样。爸爸急促地喘着气，然后用微微发颤的声音念道："亲爱的乔治：对我来说，圣诞节只给你们寄支票似乎显得太冷漠一点了。因此，今年我准备给你们寄礼物，希望你们会喜欢（它们）。爱你们的罗伯特。"

爸爸没有表露出他的失望，而妈妈却哭出声来。爸爸对上帝给他的赐予怀有一个孩子气的信念；而从来，上帝的赐物就是妈妈。正是她前思后虑却又心灵手巧的操持使得他的祈祷得以实现。现在，甚至她都帮不上忙了。

装着罗伯特叔叔的礼物的盒子到了。我们没有启封就把它带进了起居间。好几天来，我们都在谈论着我们的礼物会是什么，大家都有自己的希望。我们决定在圣诞节的早晨打开礼盒。

圣诞节的早晨，爸爸当着全家人打开了礼盒。啊，天，我们的希望全部破灭了！那些昂贵、漂亮的礼物没有一件是我们想要的。

我是个有点男孩子气的小姑娘，我希望我能够得到一双运动鞋，但是给我的礼物却是一个洋娃娃；我哥哥罗伯得到了一副望远镜，而他要的是一盒精制的玻璃弹子。

爸爸一心想要一双洗礼时穿的靴子；可是他的礼物却是一件闲暇时穿的夹克衫——那是令人难过的，因为他虽然缺钱，但更缺少闲暇。

妈妈憧憬的东西令我们大家吃惊。她想要一个缝纫机的新式电动马达，那样她就不必用脚去踩缝纫机了。她的礼物是一只漂亮的，闪闪发光的大手提包。这样的手提包由银行家的妻子提着才合适，妈妈如果提着它去教堂，就连我看着都觉得古怪。

当最后的一个礼物被打开后，我们坐了下来，礼物放在我们的膝盖上，周围是漂漂亮亮的包装纸。大家鸦雀无声，谁也不知该说些什么，最后，爸爸站了起来。

"芳妮亚，孩子们，"他温和地说道，"我相信我们大家都觉得今年罗伯特叔叔没有理解我们的需求和希望，他使我们失望了。但恐怕是我们没能理解他。大家都知道，我弟弟是个没有结过婚的人。每年圣诞节，我们跟妈妈祝福，互相祝福，而他没有能像我们那样被祝福。我肯定他在这种时候一定很孤独，可他今年为我们买了礼物。想一想如果他是一个像格雷斯那样无忧无虑的10岁小孩或者像我这样的中年父亲会要什么，他给了我们一片心意啊！"

"假如我们发现收到的礼物与我们通常喜欢的有些距离的话，我们也能发现它们为我们开辟了新的天地。"说着，他把夹克衫披在他那褪了色的毛衣外面，"我的这件夹克会激励我从繁忙的工作中多抽一些时间出来。"

他向我们一个一个地提示这些礼物将给我们的生活带来怎样的变化。"我们希望弥尔德莱德的洋娃娃会在她结束孩提时代时，引起她对家务的兴趣；罗伯的望远镜则会使他不时地把视线从操场转向天上的星星。"

然后，他转向妈妈，"芳妮娅，亲爱的。我相信你会发现你的这只漂亮的手提包会给我们沉闷呆板的服装带来优雅的变化。"

我们大家都开始带着新的眼光来看我们的礼物和送礼的人。爱充盈了整个房间，似乎摸得到，看得见。

妈妈开始翻看手提包，描述它的奇妙之处。

"里面是绿颜色的山羊皮里子和一把琥珀色的小梳子。还有一个带按钮的小暗袋哩！"

她将手指伸进去抽出一张绿颜色的折起来的纸，纸已经皱巴巴的了。这是一张500美元的支票！

这时，爸爸的声音在房间里响了起来，好像他早就想到会有这样的奇迹似的。"感谢上帝赐福予我们。"我们大家都跟着他祷告起来。

这是最美好的圣诞节。

（美）弥尔德莱德·莫丽丝

弗利克斯回来了

1921年圣诞前夜，将近6点钟，普赖斯一家刚刚互赠了节日礼品，父亲摇摇晃晃地站在一张椅子上，身子紧贴着圣诞树，用他那沾湿了的手指在掐灭淡红色的小小烛焰。母亲在外面厨房里忙碌着，她把餐具和土豆色拉端进了起居间，说道："小香肠马上就热了！"她的丈夫爬下椅子，高兴地拍拍手，大声对她说："有芥末吗？"她没有答话，回身取了盛芥末的瓶子嘱咐说："弗利克斯，买芥末去！小香肠已经热好了。"

弗利克斯正坐在灯下摆弄着一只廉价的小照相机。父亲轻轻地打了这个15岁的男孩一巴掌，厉声说道："以后还有时间玩，你把钱拿着，快去买芥末！带上钥匙，回来你就不用按门铃了。还要我赶你走吗？！"

弗利克斯拿起盛芥末的瓶子，似乎还想用它来拍个照。他接过钱，拿了钥匙就上了街。

店主们都不耐烦地站立在店门里边，认为命运亏待了他们。所有楼房的窗子里都闪烁着圣诞树的微光。

弗利克斯信步走过无数家商店，朝里面张望，什么也没有看到。他心中飘飘忽忽，把芥末和小香肠的事抛到了九霄云外。他沉浸在幸福之中，以至芥末瓶子不知不觉地从他手里滑落在地。橱窗前哗啦啦地落下了百叶窗，这时，弗利克斯发现自己在城里已逛荡了1小时。这么长时间小香肠肯定早就煮爆了，弗利克斯吓得不敢回家。两手空空，一点芥末也没有买着……而且回去这么晚！偏偏要在今天挨耳光，他受不了！

普赖斯夫妇吃着没放芥末的小香肠，一肚子怒气。8点钟了，他们开始担起心来。他们报告了警察。一连等了3天，音讯杳然！他们又等了3年，仍不知所终！久而久之，他们的希望破灭了。最后他们不再等了，从此陷入了绝望的忧伤之中……

打这起，圣诞前夜成了这孤寂的老两口生活中的忌辰。每到这一天，他们总是默默地坐在圣诞树前，端详着那架廉价的小照相机和一张儿子的相片——那是他受坚信礼时的留影，孩子穿着蓝色西服，戴着齐耳的黑色毡帽。

老两口太爱孩子了，以至父亲有时信手就揍他几下，可他并不是发火，不是吗？

——圣诞树下每年都摆上他昔日送给父亲的10支雪茄和送给母亲的暖和的手套。老两口每年吃土豆色拉加小香肠，但出于忌讳，都不放芥末，他们再也吃不出香味了！

老两口并排坐着，他们眼泪汪汪，燃着的蜡烛看上去像是圣诞树上闪闪发光的大玻璃球；他们并排坐着，父亲每年都要念叨这句话："这次的小香肠可真不错。"母亲照例答道："我还要去厨房把弗利克斯的那份给你取来。现在我们再也等不到他了。"

闲话少说。弗利克斯回来了！

那是1926年的圣诞前夜。6点刚过，母亲把煮热的小香肠端了进来，这时父亲说道："你什么也没听见吗？刚才门上不是有动静吗？"他们屏息静听，一面继续进餐。有人进了屋，他们不敢回头看。一个颤抖的声音说："买来了！这是芥末，爸爸！"接着，一只手从二老之间伸了出来。一点不假，一个满装芥末的瓶子放到了桌子上……

母亲双手合十，深深地低下了头。父亲擦着桌子站起身，虽然热泪盈眶，却微笑着回过身来，举起胳膊给了儿子一记响亮的耳光，说道："去了这么长时间！你这个调皮鬼，坐在那边去！"

要是小香肠凉了，世上再好的芥末又有什么用呢，不过，小香肠凉过——这倒是千真万确的！

"绞死他！"

"这件事发生在1805年，"我的一位老相识开始说，"奥斯特里茨战役发生前不久。我在其间任军官的那个团驻在摩拉维亚。

"严禁我们骚扰和欺压当地百姓；虽然我们也算作是他们的盟友，但是他们仍然对我们侧目而视。

　　"我有一个勤务兵，原是我母亲的农奴，名叫叶戈尔。他为人诚实、温和；我从小了解他，对他像朋友一样。

　　"就这样，一次我住的那家屋子里爆发出一阵吵骂和哭闹声：房东太太的两只鸡被偷了，她咬定是我的勤务兵偷了鸡。他申辩一番后就把我叫去作证人……'他怎么会偷呢，他，叶戈尔·阿夫诺莫夫！'我劝说房东太太要相信叶戈尔说的是实话，但是她什么话也听不进。

　　"突然沿街传来齐整的马蹄声：是司令官带了手下的一班人马来了。

　　"他身体虚弱，垂头丧气，带穗的肩章低垂到胸口，骑马走着慢步。

　　"房东太太一见到他——便奔向前去拦住了马头，扑通一声跪倒在地，她一副痛不欲生的样子，头上什么也不戴，开始大声诉说起我的勤务兵来，一面用手指着他。

　　"'将军先生！'她喊道，'大人！请评评理吧！帮帮我！救救我！这个士兵抢了我的东西。'

　　"叶戈尔站在屋子的门口，双手下垂身体挺直，手里拿着军帽，连胸也挺出了，双脚并拢，俨然一个哨兵——可就是一句话也不说！他大概被站在马路中央的这位将军和手下的一班人吓慌了，或者面对压顶之灾惊呆了——我的叶戈尔只知道站着眨眼皮，面如土色！

　　"司令官漫不经心、郁郁不乐地瞥了他一眼，气呼呼、闷声闷气地说了一声：

　　"'嗯？……'

　　"叶戈尔像个木偶般地站着，龇着牙！从旁边看去，他的样子像在笑。

　　"这时司令官一字一顿地说：

　　"'绞死他！'他往马的腰部推了一下，又继续走去了——开头还是慢步走，然后便快速小跑起来。一班人马都跟着他快跑起来；只有一个副官骑马转过身来，向叶戈尔扫了一眼。

　　"不服从命令是不可能的……叶戈尔当即被抓起来，送去就刑。

　　"这时他完全发呆了，只吃力地大声喊了一两遍：

　　"'老天！老天！'然后轻声说道：'上帝看见——不是我！'

　　"跟我告别时他非常伤心地哭泣起来。我绝望了。

　　"'叶戈尔！叶戈尔！'我喊道，'你怎么一句话也不对将军说呢！'

　　"'上帝看见，不是我。'可怜人哽咽着又说了一遍。房东太太本人也吓坏了。

她怎么也没有料到会有这么可怕的决定，这回轮到她大哭了！她开始央求所有人，向一个个人恳求宽恕，要大家相信她的鸡都找回来了，说她愿意自己去把事情说清楚……

"当然，这一切毫无用处。先生，军人就是秩序！纪律！房东太太越来越大声地号哭起来。

"叶戈尔已向神甫作了忏悔并领了圣餐，对着我说：

"'长官，请告诉她，叫她别伤心……我已经宽恕了她。'"

我的老相识重复了他仆人的这句话，接着轻轻说道："叶戈罗什卡，亲爱的，真是一个好人啊！"——说着泪珠沿着他苍老的面孔滚落下来。

（俄国）屠格涅夫

礼物

今天是老奶奶格兰特的生日。

她早早地起了床，等待着邮件。如果有邮差沿街走过来的话，她能从二楼的一个套间里看见。她很少有信或其他邮品；若有了，底楼的那个小男孩约翰尼会给她送上楼来的。

她今天确信会有邮件。尽管平时女儿米拉很少写信来，但是米拉是不会忘了母亲的生日的。米拉很忙，她丈夫去年当上了市长，米拉也因十分孝敬老人而获得了奖章。

女儿以此为荣；她也为女儿感到骄傲。她还有一个女儿伊尼德，更是她所疼爱的。伊尼德没有结过婚，她能同母亲生活在一起，并在街头拐弯处的一个小学校里教书，就似乎已经很满足了。直到有一天晚上，她说："母亲，我已经讲好了，请穆列森太太来照顾您几天。明天我不得不去住医院了。哦，不过是个小手术。我不久就会回家来的。"

第二天早上她就去了，但她再也没有回家，而是永远地住在了那凄风四起的山丘墓地里。米拉赶回来参加了葬礼，并以高效率的办事能力，安排穆列森太太住在家里照顾妈妈。

这已是两年前的事情了。米拉以后曾三次回来探望母亲，但她丈夫从未来过。

老奶奶今天八十岁了。今天她穿上了她最好的衣服。也许，也许米拉能回来吧！老奶奶心想。毕竟八十寿辰是具有特殊意义的生日。

万一米拉不回来，她会收到一份礼物的。老奶奶坚信这点。她的两颊泛起了红云，她激动异常——简直像个孩子似的。她多么喜欢过生日啊。

昨天穆列森太太已特地把套间打扫了一遍；老奶奶还准备好了一个大蛋糕。小男孩约翰尼带着一口袋钱币上楼来了，他说他等邮差来了再出去玩。

"我猜你收到了许多礼物，"小男孩说，"上星期我六周岁时也收到了许多礼物。"

老奶奶喜欢什么呢？她喜欢一双拖鞋或是一件羊毛衫？或许她喜欢一个台灯，这样织起毛衣来就不会那样多地漏针了。或许她喜欢一个小钟，上面有清楚的黑色的数字。或许她喜欢一本有关旅游的图书。或许她还喜欢许多别的东西。

她靠近窗户坐着，瞧着。终于，邮差骑着自行车在拐弯处出现了。她的心飞快地跳动着。约翰尼也看见了，并马上跑到了大门口。

然后，听到上楼的脚步声了。约翰尼在敲她的房门。

"奶奶，奶奶！"他大叫着，"我拿来了你的邮件。"

他递给她四封信。三封未封口的信是由老朋友寄来的，第四封信封了口，是米拉写来的。老奶奶此时感到一阵失望的痛苦。

"没有小邮包吗，约翰尼？"

"没有呀，奶奶。"

也许包裹太大了不能够信汇，寄包裹会来得晚一些。就是这样！她现在只能这样解释了。

她几乎是勉强地撕开了信。在一张精美的卡片中，夹着一张支票。卡片上印着"生日快乐"几个字，下方写着这样一句话："您用这张支票自己去买些好东西吧。米拉和哈乐德。"

支票像一只折断了翅膀的小鸟，飘落到地板上。老奶奶慢慢地把它捡了起来。这就是米拉送来的礼物，老奶奶所期待的礼物！老奶奶用她那颤抖的双手，把它撕成了小碎片。

生命的冒险

亚瑟被推进手术室做肾脏切除的时候，心情不禁有些激动。亚瑟要切除自己的肾脏，不是因为他的肾脏坏了，而是因为它太好了，要用它换取一枚邮票。

亚瑟的父亲是个老集邮家，一生献给了集邮。老集邮家没有遗传给他的两个儿子——亚瑟和杰西收藏邮票的激情，兄弟俩从小就搞不懂，父亲为什么对那些陈旧得发黄的小纸片入迷。几个月前，老父亲死了，亚瑟和弟弟继承了这笔邮票遗产。兄弟俩商量后，一致同意把这些邮票拿去卖掉。

在邮票拍卖店里，老邮票商吃惊的眼神令兄弟俩惊诧：这些邮票值几十万美元，可以买几栋楼房。老邮票商告诉他们，尽管这些邮票很值钱，但物品的价值不等于金钱。生命热情的对象是无价之宝，可以让热情者倾家荡产去获取，一旦获得，就是金不换的。他们把老父亲的邮票卖掉，等于把老父亲一生的激情卖掉了。老邮票商说他不能买这些激情。

老邮票商的激情没有让兄弟俩感动，倒是被这些"价值几十万美元"的邮票搞得激动起来。

兄弟俩放弃了自己喜欢做的事，给收藏室安装警报器，窗户装上铁栏，买来一条大狼狗，整天守护着这些邮票。这些他们本来根本没有感觉的邮票，激起了兄弟俩的热情，或者说邮票的价值，引发了他们的欲望。

老父亲临死之前一直在寻找一套意大利的蓝、黄、红三色飞船邮票，费了十几年已经弄到蓝色和黄色的两枚，但至死都没有弄到红色飞船。兄弟俩开始模仿起父亲的集邮激情，四处搜寻那枚红色的意大利飞船邮票。

兄弟俩打听到有一位邮票商可以弄到红色飞船邮票。但那邮票商说，有这枚邮票的人不卖，因为无价之宝从来不出售，只可以交换，比如用红色飞船邮票换一枚自己更喜欢的邮票。那邮票商说自己刚好有那人想要的这张邮票，但这是他的无价之宝，没有必要非换红色飞船不可。不过，邮票商说他女儿的肾坏了，他爱女儿胜过爱那张邮票。如果亚瑟愿用自己的肾来换那张红邮票，他就愿意用自己的无价之宝去换红色飞船。

要自己的肾，还是要邮票？亚瑟真还有几分犹豫。弟弟杰西说，自己的肾不如亚瑟的好，邮票商要的不是他的肾，不然……言下之意，亚瑟还不够激情。亚瑟听了这话，鼓起激情躺到手术车上去了。

换肾手术被安排在一个寒冷的夜晚。弟弟守在手术室门外，好像手术刀也割开了自己的身体。手术很顺利，兄弟俩拿着那枚红色的邮票回家了。

塞格林根的小理发师

人千万不可去试探上帝，也千万不可去引诱凡人。就说去年秋天吧，一个军队里来的陌生人，走进了塞格林根的一家酒店里。他满脸长着大胡子，模样怪里怪气，看上去很不好惹似的。他在要吃要住之前，先就问老板："贵地难道连个能给我刮脸的理发匠都没有吗？"

老板回答有，连忙去把理发铺的师傅给找了来。陌生人便对理发师说："给我修修面，我这脸皮可有点敏感啊。要是你能不刮破我的脸皮，大爷我赏你4个克隆塔勒（约合450芬尼）。可要是你刮伤了我，大爷便一刀捅死你。你可并非头一个哟。"

理发师傅胆战心惊（因为陌生大爷的样子并不是闹着玩儿，在他旁边的桌子上确实放着一把寒光闪闪的尖刀），听完便溜之大吉，回头便派来了一个伙计。陌生大爷对伙计照样说了刚才那些话，伙计一听也逃之夭夭。最后派来了个小徒弟，这小家伙可就叫钱把眼睛给打花啦，心里想："咱来干。要是闹得好，没刮伤他，咱就可以拿这4个克隆塔勒去年市上买件新上衣外加一根放血器。就算没闹好吧，咱也自有办法对付他。"一边想一边就动手刮起来。陌生人也静静待着，全不知道自己正处在可怕的死亡的危险之中。大胆的小徒弟呢，不慌不忙地让剃刀在陌生人脸上和鼻子周围游来荡去，就跟在挣6芬尼和割一块火绒或者吸水纸什么似的，根本不是为了4个克隆塔勒在干着一件性命攸关的事。终于，他刮干净了陌生人脸上的胡须，侥幸地既未碰伤他的皮，也未刮出他的血，可在做完活后仍在心里嘀咕了一句："感谢上帝保佑！"

陌生人站起来，在镜子里把自己端详了一下，用毛巾擦干面孔，然后一边给小学徒4个克隆塔勒，一边说："我要问你，小伙子，是谁给你胆量替我刮胡子的？你的师傅和师兄可都吓得逃回去了啊。要知道只要刮破我一点儿皮，我就会一刀捅死你。"

小徒弟笑嘻嘻地谢过了客人给他的丰厚报酬，回答道：

"老爷，您才捅不到咱哩。只要您一哆嗦，表明咱把您脸皮刮破了，咱就会抢在您前头，用剃刀割断您的喉管，然后拔腿便跑。"

听了这番话，陌生人才想到自己刚才所冒的风险，顿时面无人色。他额外又赏了小伙子一个克隆塔勒，从此再也不对任何理发师讲："当心别刮破咱一点皮，否则咱一刀捅死你！"

麻雀死后飞到哪儿？

孩提时我经常想：麻雀死后飞到哪儿？我想不明白，一直对此迷惑不解。现在我看见一只麻雀没了生命，静静地躺在那儿，悄无声息。我知道它没死。一定是什么东西伤害了它：这种东西把它，一个迷途的灵魂，在黑夜里带走了。

6岁的时候，我最要好的朋友是街上的一个男孩。我们常在沙箱里玩，讲那些早被大人忘记的事——像永远这么小点儿，或者讲藏在床底下、衣橱里面的妖怪。他叫汤米，但我叫他麻雀，因为对他的年龄来说，他长得有些瘦小。现在想起他的名字有着莫大的讽刺含义：他也死了。

我忘不了知道汤米要死的那天。那天我在沙箱里等着汤米，边等他边漫不经心地用沙子堆我们以前就开始堆的城堡。没有汤米，我不会专心玩的，所以我在等他，等似乎需要永远等下去的人。天开始下雨了。不一会儿，我就隐约地听到屋子里电话铃声。大约10分钟以后，妈妈出来了，打着伞，但脸湿了。我们朝屋子走去。在我刚要进门的时候，转身发现雨把我和汤米的城堡浇倒了。

我走进屋子，刚刚喝完一杯热咖啡，妈妈把我叫到桌子前，拉着我的手，妈妈的手在抖。我立刻感觉到：汤米出事了。妈妈说医生刚刚给汤米做了血化验，汤米得了白血病。我不知道白血病是什么，我用迷惑的眼神看着妈妈，妈妈说人们得了汤米所得的病——不，是病找到汤米——一定会死。我不愿他离开我，我要他留下来，和我在一起。

第二天我必须见汤米。我一定要看看这一切是不是真的。我在汤米家下了车，刚一进门，汤米妈妈说汤米不想见我。她不知道她多么轻易地就伤害了一个小女孩，像打碎薄玻璃那样击痛了我的心，我哭着回了家。到家不久，汤米打来电话说，等我爸爸妈妈睡着以后到沙箱那儿找他，我答应了汤米。

他看来没什么变化，也许脸色有点苍白，可他还是汤米。他真的在等我。我们一边堆城堡一边讲那些大人们无法理解的东西。汤米说我们能住进像这个小沙堡一样的房子里，永远不长大。我完全相信他的话，我们在那睡着了，沉浸在纯真的友谊之中，躺在温暖的沙子上，城堡为我们守望。

我醒的时候天还没亮。沙箱像一个小岛。四周是望不到边的草的海洋，只是一部分被后院和街道隔断了。孩子的想象力是最丰富的，一颗露珠也会在那想象的海洋中闪闪发光。我记得当时伸出手去碰露珠，看它是否会在草海上泛起涟漪，结果没有。我转过身，看见汤米就一下子回到现实中。他已经醒了，凝视着城堡。我也去看城堡。坐在那儿，城堡那令人敬畏的魔力把我们两个深深地吸引住了。

汤米打破了沉默："我要到城堡里去。"我们像木偶那样挪到城堡跟前，好像知道我们要做什么，我想在某种程度上是知道的。汤米的头放在我的腿上，昏昏沉沉地说："我现在要到城堡里去了，你要来看我，不然我会寂寞的。"我诚心向他保证我会去的。他闭上了眼睛。我的麻雀飞走了，飞向所有麻雀死后都飞去的地方。沙箱里只留下我，抱着那只没有灵魂，不再完整的小鸟。

20年后，我来到汤米的墓前，把一个小玩具城堡放在墓上，城堡上刻着这样的字："给汤米，我的麻雀。有一天我会走进城堡，永远和你在一起。"

等我准备好了，我会回到沙箱那儿，想象出我们的城堡。然后，我的灵魂，像汤米那样变成一只麻雀，飞回城堡，飞到汤米身边，和别的所有迷失的麻雀在一起，重新变成一个6岁的小女孩，一个永远不长大的小女孩。

怀念墨菲太太

因为高速公路驾驶的速度与争先恐后太让人感到无聊，去年夏天我的丈夫和我决定走"比较少人走的路"到海边去。

当我们停在马里兰州东岸一个不知名的少镇时，发生了一件我们永生难忘的事。

开头很简单。交通信号变成红灯，我们停下来等绿灯时，我瞄到了一间简陋的小疗养院。

前廊白色藤椅上坐着一位老太太，她的眼睛专注地看着我，似乎在召唤我到她身边去。

绿灯亮了。忽然间，我说："吉姆，把车停在旁边。"

我示意吉姆把车开向朝疗养院的小路——吉姆停了车。

"等等，我们谁也不认识。"我温柔地劝解，让我的丈夫相信我这样做是有道理的。

用有磁力的眼光使我来到这儿的女士缓缓地站起来，拄着拐杖，慢慢走向我们。

"很高兴你们停了下来。"她感激地微笑。"我多么希望你们会停下来。你们可以坐下来闲谈几分钟吗？"我们跟着她到前廊的阴凉处。

我对这位女主人自然散发的美丽印象深刻。她很窈窕，但绝不单薄。除了她淡褐色眼睛边的皱纹外，她象牙色的肌肤十分光滑，近乎透明。她如丝般的银发整齐地在后脑勺绾成了髻。

"很多人经过这儿，"她开始说，"特别是夏天，他们从车窗内往外望，只看到一间住着老人的老建筑物。但你们看见我：玛格丽特·墨菲。你们停了车。"玛格丽特充满思虑地说："有些人认为老人没用了，事实上，我们只是非常寂寞。"然后，她半开玩笑他说："至少我们这些老家伙还在喋喋不休地说话，不是吗？"

玛格丽特指着她棉质花洋装的蕾丝衣领上发出钻石光芒的卵形玛瑙浮雕，问我们叫什么名字，从哪里来？当我说"巴蒂摩尔"时，她的脸发亮，眼睛闪烁着光芒。她说："我的妹妹，愿上天保佑她的灵魂，她一生都住在巴蒂摩尔的哥鲁希大道上。"

我很兴奋地解释道："我小时候住在离那儿不远的农场街上。你的妹妹叫什么名字？"我立刻记起玛莉·吉布森斯。她是我的同班同学，也是我最好的朋友。超过一小时的时间，玛格丽特和我一起怀旧聊起年轻时的往事来。

当护士拿着一杯水和两颗粉红色的药丸来时，我们谈得正水乳交融。

"对不起，打断你们……"她愉快地说，"但你吃药和午休的时间到了，玛格丽特小姐。我们必须按规定来，你知道的。"她说完后，微笑地把药递给玛格丽特。吉姆和我对视了一眼。

玛格丽特马上吞了药丸。

"我可以和我的朋友再聊几分钟吗？巴克斯特小姐？"玛格丽特问。她很和蔼而坚定地问，护士拒绝了。

巴克斯特小姐帮忙把玛格丽特搀起身来。我们向她保证下周从海滩回来时会再回来看她，她才转忧为喜。

"太棒了！"玛格丽特说。

享受了一个星期的阳光后，吉姆和我返家的那一天天色相当阴霾。在乌云笼罩下，小疗养院别具萧瑟之感。

等了几分钟后，巴克斯特小姐出现了，她给我们一个小盒子，里头装着一封信。当我读那封信时，她握着我的手：

我亲爱的人：

　　自从我所爱的丈夫亨利在两年前去世以后，过去的这几天是我拥有的最快乐的时光。我再一次拥有被关心的感觉。

　　昨晚医生又来诊视过我的心脏。无论如何，我觉得很好。我心情很愉快，要感谢你们俩把欢乐又带进我的生活中。

　　碧佛莉，亲爱的，我给你的礼物是我们相识那天我戴的玛瑙胸针。1939年6月30日，我丈夫在结婚那天把它送给了我。它本来属于他的母亲。希望你喜欢它，并希望将来某一天它会属于你的女儿和她们的孩子。我永远的爱随着玛瑙胸针一起给了你。

　　　　　　　　　　　　　　　　　　　　　　　玛格丽特

我们见面后第三天，玛格丽特在睡梦中平静地去世了。我握着玛瑙胸针，泪珠滑下了我的脸颊。我轻轻仔细端详它，并看到它的镶银边上的几个字：

"爱即永恒"

——亲爱的玛格丽特，我会一直怀念你。

祖母的礼物

从我有记忆的时候起，我就会叫祖母盖姬的名字。当我还是婴儿时，我嘴里吐出的第一句话是"盖盖"，而我骄傲的祖母确信我企图说出她的名字，她到现在还是我的盖姬。

祖父去世时已经90岁了，和祖母婚龄超过50年。盖姬因此深感痛苦，她的生活失去了中心焦点，从这个世界中退缩，进入无休止的哀悼期。她的悲哀持续了5年。在这期间，我每一两个星期都去看她一次。

有一天，我去看盖姬，希望把她从我祖父过世后她通常的昏睡状态中唤醒。但她却坐在安乐椅上摇着。当我还来不及为她的明显转变感到惊讶时，她已对我招手。

"你不想知道为什么我如此快乐吗？你难道一点儿也不好奇？"

"当然，盖姬。"我向她道歉，"原谅我一时反应不过来。告诉我，为什么你这么快乐？为什么你焕然一新？"

"因为昨晚我得到了答案，"她表示，"我终于知道为什么上帝带走你的祖父并留下我一个人。"

盖姬充满喜悦，但我必须承认我真的被她说的话吓了一跳。

"为什么，盖姬？"我问。

然而，就好像要揭露世界上最大的秘密一般，她压低了声音，安乐椅上的身子向前倾，安详而坚定地说："你的祖父知道，生活的秘密就是爱，而他每天都在爱中生活。他在行动上也有无限的爱。我明白他无限的爱，但并没有完全在爱中生活。这就是为什么他先走，而我必须留下来的原因。"

她顿了一下，好像在考虑她该说什么，然后继续说："这一段时间我一直认为自己为了某种原因而被惩罚，但昨晚我发现我被上帝留下来是一种礼物。他让我留下来，以便转变我的生活进入爱中，你看！"她以一只手指指向天空，继续说："昨晚我明白，离开这儿我就学不到这堂课。爱必须在人间才能体验。当你离开时就太迟了。我被赠予了生命这个礼物，所以我从现在开始要学习生活在爱中。"

从这天开始，每一次拜访她，听她说她朝向目标所完成的事，都成为一个新的惊喜。有一次我去看她时，她兴奋地大力摇动安乐椅，并说："你绝对猜不出来今天早上我做了什么。"

当我回答我猜不出来时，她兴奋地说："今天早上，你伯父对我做的事很生气，但我眉头都没皱一下！我接收了他的怒气，把它转变成爱，变成快乐还给他。"她的眼睛眨呀眨的，"有趣的是他的怒气消失了！"

虽然她的年纪越来越大，但她的生命更新了，变得生气蓬勃。在这几年后的每一次拜访，盖姬都在实习她爱的课程。在她以后的12年中她有了生活的目标和继续活下去的理由。

在盖姬人生的最后几天，我常到医院中看她。有一天当我走向她的房间时，一个照顾她的护士看着我，说："你的祖母是个非常特别的女人，你知道……她像光一样。"

是的，目标照亮了她的生命，一直到生命尽头，她变成其他人的亮光了。

公园的午后

有一次，一个小男孩想去见见上帝，他知道要到达上帝居住的地方要走很远的路程，所以他在手提箱中装满了巧克力和6瓶淡酒，踏上了旅程。

当他走过了3个街区，他看到一位老太太，她正坐在公园里全神贯注地盯着鸽子。小男孩挨着她坐下来，打开手提箱，拿出淡酒正要喝，这时他注意到老太太看上去很饿，所以他给了她一块巧克力。她感激地接受了，微笑地望着他，她的笑是那么完美，男孩想再看一次，因此他又给她一瓶淡酒，他再一次看到了她的微笑，男孩高兴极了。

他们整个下午都坐在那里，边吃边笑，但是他们从未有一句对话。

这时天黑下来，男孩感到十分疲劳，他站起身来离开。但是没走几步，他返回来，跑回到老太太身边，紧紧拥抱了她一次，她给了他最美的一个微笑。

当男孩不一会儿推开家门走向自己的房间里时，他的母亲为他脸上洋溢着的快乐而惊奇。

她问他："今天干吗了，你这么高兴？"

他答道："我与上帝共进午餐了。"但在他母亲能作出反应之前，他补充道："你知道那是什么吗？她给予了我曾经见到的最美好的微笑！"

与此同时，老太太也容光焕发地回到她的家。

她的儿子为她脸上洋溢着安详平和的表情所惊异。他问道："妈妈，你今天干什么了，这么高兴？"

她答道："我在公园里与上帝共同吃了巧克力。"在她儿子能作出反应之前，她补充道："你知道，他比我想象中的要年轻得多。"

（美）朱丽叶·A.曼罕

永恒的光芒 | STORY

STORY

米达斯的金手指

米达斯的金手指

　　米达斯国王一直都是被作家们描绘成狂热喜爱金子的人。在南森尼尔·霍桑对这个故事的再创作中，米达斯国王既爱金子又爱他的女儿——金玛丽。不幸的是，米达斯国王将这两种爱纠缠在一起，并渴望能给女儿留下世界上从不曾有过的一大堆金子。米达斯国王不再喜爱花朵（除非这朵花是金的），对音乐也失去了兴趣（成堆的金币在一起叮当作响的声音除外）。他整天钻在昏暗的地下室，在他的金子中傻子般地陶醉，对自己窃窃私语着他的快乐。

　　一天，一位英俊的陌生人出现在地下室中。米达斯国王一定是动了脑筋，他居然猜到这位容光焕发的青年一定是位神。很快这位来访者就了解到米达斯国王并不满足于比世界上任何人都有钱。

　　"那么，"这位好心的陌生人问道，"什么能使你快乐呢？"

　　米达斯国王想象不出他想要的那堆金子到底有多大，但他觉得要是他每碰到一个东西，那个东西都会变成金子，那真是再好不过了。这位神问他，可否有什么东西会使他后悔拥有这个金手指。米达斯国王说再没什么东西能使他比拥有金手指更快乐了。这位英俊的陌生人说："那好吧，明天一早你就会拥有这种力量。"然后这位神浑身上下变得越来越亮，最后像一道灿烂的光柱，消失了。

　　米达斯国王的快乐没有持续多久就消失了，他痛苦地发现他既不能吃也不能喝，食物在他嘴里都变成了金子，更糟糕的是，虽然他一直认为他的女儿要比金手指珍贵1000倍，然而当他像往常一样亲吻她时，她却变成了金子。虽然他总是喜欢说他的宝贝女儿值和她真人一样多的金子，可这真的变成了现实。遭受到悲惨打击的米达斯国王突然又一次认识了他面前的金子。当他再次被神询问时，米达斯国王忏悔说一杯水、一块面包，当然还有他的女儿金玛丽都要比那金手指宝贵得多。

　　"你比以前聪明了，米达斯国王！"神说，"你还能够明白，每个人拥有的最普通的东西，都比世人羡叹和追逐的财富要宝贵得多。"

　　神告诉米达斯国王去河里冲洗自己，把水泼到被他变成金子的每一件东西上。如果他幸运的话，每一件东西，包括金玛丽，都会变成原来的样子。他是幸运的。

故事的结尾是多年以后，米达斯国王一边颠逗着坐在他膝盖上的外孙子，一边告诉他们他现在是多么讨厌看见金色的东西，当然，除了他女儿金色的头发。

财富属于享受它的人

一位正直的老人在酷热难当的天气里亲手耕犁他的土地，亲手把纯净的种子播撒进松软的地里。

忽然，在菩提树的宽阔树荫下，一个神的幻象出现在他的面前！老人非常惊讶。

"我是所罗门，"这个幽灵用亲切的口吻说，"你在这儿做什么，老人？"

"如果你是所罗门，那你还问什么？"老人回答说，"在我童年的时候，你叫我到蚂蚁那儿去，我看到它们的所作所为，从它们那里学会勤奋和积蓄。我从前学到什么，我现在就要做什么。"

"你只把功课学会了一半，"幽灵说，"再到蚂蚁那儿去一次，还要从它们那儿学会在你生命的冬天里去休息、去享受自己的贮藏。"

痛苦的俭省

一个妖精得到一批贵重的金银财物，埋藏在地下。它接到了直接从魔鬼大王那里传下来的命令，要它越过大海和陆地，执行一次非常重要的任务。这样的差使，不管妖精们本人乐意不乐意，既然是命令，就一定要执行。妖精十分苦恼，拿不定主意：它走了以后，怎样确保金银财物的安全呢？谁可以万无一失地把它看管好呢？把它锁起来，雇一个人看守吧，太费钱了。就这样随它去吧，一定会有丢失，时时刻刻都要担心它会出什么乱子：盗掘呀，打开金柜呀！——金钱是逃不过人的眼睛的。妖精伤了好久的脑筋，才想到了它应该采取的办法。凑巧它的房东是个吝啬鬼。妖精带着全部金银财物，在出发之前去找他，跟他说道：

"亲爱的房东，我今天刚知道我得离开家到外国去。我和你一向相处得很好，作为朋友之间临别的赠品，我希望你不会拒绝我这些小小的财货！吃啊，喝啊，随你老人家高兴，这些金元你可以随意花费。当死亡结束了你尘世的忧患时，我就来当你的唯一的继承人，我只有这么一个要求。说到这一点呢，我还希望你长命百岁哩。"

妖精交代之后便出发了。十年过去了，又是十年过去了，妖精完成它的任务后，回到美好的故土，回到甜蜜的家里。

啊，多么令人高兴的景象！全部金元原封未动，守财奴靠着金柜饿死在那里，手里还紧紧地握着钥匙哩。妖精从守财奴那皱缩的饿瘪的手指中悄悄地取出了钥匙，找到了这样一文钱也不花的看管人，妖精当然是满心高兴的。

改变一生的小故事 | STORY

磨坊主的金子

从前有个磨坊主，他对金子的爱超过了一切。这种爱占据了他的整个身心，以至于他变卖了他的所有家当来买回他所深爱着的金子。然后把他所有的金子都熔铸成一大块，把它埋到地里。每天黎明，他都急急忙忙赶到地里，把他的这一大块闪闪发光的财宝挖出来，把玩亲昵一番。

有个小偷注意到了磨坊主每天早上这些偷偷摸摸的举动，于是在一天夜里，他挖出了磨坊主的宝贝，把它偷走了。

第二天早上，磨坊主挖呀挖呀，但什么也找不到。他痛苦地号哭起来，这哭声撕心裂肺。最后一位邻居走过来，看到底发生了什么可怕的事情。

当邻居听说是金子被偷了时，他对磨坊主说："你这么悲痛干什么？你根本就没有金子，所以你什么也没有丢。你就假想你有金子，现在你也可以假想你还拥有着金子。就在你埋金子的地方埋一块石头吧，假想一下那块石头就是你的财宝，这样你就会再次拥有金子。当你真的有金子时你从来就不用它，现在只要你决定还不用它，你就永远不会失去它。"

17岁的百万富翁

达瑞出身于美国的一个中产阶级家庭。父母对他生活上要求很严，平时很少给他零花钱。在达瑞8岁的时候，有一天他想去看电影。因为没有钱，他面临一个基本的问题，是问爸妈要钱还是自己挣钱。最后他选择了后者。他自己调制了一种汽水，把它放在街边，向过路的行人出售。可那时正是寒冷的冬天，没有人前来购买，只有两个人例外——他的爸爸和妈妈。

他偶然得到了和一个非常成功的商人谈话的机会。当他对商人讲述了自己的"破产史"后，商人给了他两个重要的建议：尝试为别人解决一个难题，那么你就能赚到许多钱；第二个建议就是，把精力集中在你知道的、你会的和你拥有的东西上。

这两个建议很关键。因为对于一个8岁的男孩而言，他还不会做的事情有很多。于是他穿过大街小巷，不停地思考，人们会有什么难题，他又如何利用这个机会，为他们解决难题。

这其实很不容易。好点子似乎都躲起来了，他什么办法都想不出来。但是有一天，父亲无意中给他指出了一条正路。吃早饭时他让达瑞去取报纸。这里必须补充一点，美国的送报员总是把报纸从花园篱笆的一个特制的管子里塞进来。假如你想穿着睡衣舒舒服服地吃早饭和看报的话，就必须离开温暖的房间，冒着寒风到房子的入口处去取，不管天气如何都是如此。虽然有时候只需要走二三十米路，但也是件非常麻烦的事情。

当达瑞为父亲取报纸的时候，一个主意诞生了。当天他就挨个按响邻居的门铃，对他们说，每个月只需付给他一美元，他就每天早上把报纸塞到他们的房门底下。大多数人都同意了，达瑞很快有了七十多个顾客。当他在一个月后第一次赚到了自己的钱的时候，他觉得简直是飞上了天。

高兴的同时他也并没有满足于现状，他还在寻找新的机会。成功了一次之后，他很快就找到了其他的机会。他让他的顾客每天把垃圾袋放在门前，然后由他早上运到垃圾桶里——每个月加一美元。他喂宠物、看房子、给植物浇水。但是他从来不以小时计费，因为用其他方法计费挣的钱更多。

9岁时，他学习使用父亲的电脑。他学着写广告，而且他开始把孩子能够挣钱的方法写下来。因为他不断有新的主意，所以很快就有了丰厚的积蓄。他母亲帮他记账，好让他知道什么时候该向谁收钱。

他也雇别的孩子帮他的忙，然后把收入的一半付给他们。如此一来，钱如潮水般地涌进了他的腰包。

一个出版商注意到了他，并说服他为此写了一本书，书名为《儿童挣钱的250个主意》。因此，达瑞在他12岁的时候就已经成为了一名畅销书作家。

后来电视台"发现"了他，邀请他参加许多儿童谈话节目。人们发现，他在电视里表现得非常自然，受到许多观众的欢迎。15岁的时候他有了自己的谈话节目。现在，他通过做电视节目以及广告收入挣的钱真的多得让人难以置信。

当达瑞17岁的时候，他已经拥有了几百万美元。

（德）博多·舍费尔

一条冻鱼的魅力

有一个皮革商喜欢钓鱼，他经常到离家不远的纽芬兰海岸去钓鱼，那里有世界著名的纽芬兰渔场，鱼类资源非常丰富。有一年冬天的一个早晨，下了一夜的大雪也未能阻止他来到纽芬兰海岸。天气很冷，凉凉的风削在脸上像刀割一样。皮革商费了很大的力气才在结冰的海上凿了个洞，然后他坐下来，点上一支烟，就开始钓鱼。这几天，他心里老琢磨一件事：钓的鱼一放在冰上，很快就冻得硬邦邦了，这种冻鱼只要身上的冰不融化，过个三五日也不会变味，味道还像鲜鱼一样鲜美，这是什么原因呢？难道食物结了冰就能对其起保护作用？如果把鱼冻起来，是不是也能像冻鱼一样保持新鲜呢，如果是这样，我何不……想到这里，他眼前一亮，一个不安分的想法使他急急收起鱼竿，匆匆回了家。

皮革商开始他的试验。经过多次反复试验，他发现牛肉和蔬菜冻得结了冰，也能够保鲜。而且所有的食品冷冻后的味道和保鲜度跟冷冻的速度和方法有关，精明而善于思考的皮革商打算研制一台能使食物快速冷冻的机器。

又经过多次的试验、分析、总结，他终于成功地掌握了这种技术，被疲劳和睡眠不足困扰的皮革商没有犹豫，立刻向国家专利局为他的食品冷冻法申请了专利权。接着，他向外界宣称，他将卖出这一技术。由于这是一种具有极大潜力和发展前途的新技术，一时间，全国各大公司纷至沓来购买专利。他没有轻易出手，各公司看好其发展前景，出价越来越高，高得简直离谱。皮革商把握时机，以3000万美元的高价卖给了美国通用食品公司。

这位皮革商就是美国人巴尔卡。

幸运的爱迪生

在一个人的一生中，常常有许多事并不是他特意去做的。但幸运常常可能发生。然而，我们要牢记：虽然幸运时时刻刻都可能存在，但它总是只属于那些已经有准备的人们。

重要的不在于机会的多少，而在于它们到来时你是否能抓住那些机会。我们来看看伟大的发明家爱迪生的故事。当他还是一个青年的时候，他成功的第一步，完全是由于一个偶然的机会——一次幸运的遭遇。如果他在那一次机会降临时不那样做，他的一生或许会与现在完全不同！没有一个人能够准确地说清楚，这次机会对于他的意义有多大。在当时，他也不知道这对于他的一生会产生什么样的影响。虽然他当时还不能看出它的重要性，他还是没有让机会从他手中溜走。

有一次，他偶然到罗氏标金交易所去玩，正碰上所里的标金记录器坏了，全所的人都在为此骚动吵闹着。这是一种机会。和一般的人比起来，他对于这次机会是有一定优势的。他站在正在修理机器的工人后面，专心地看了一会儿，便说："我看这机器并没有出什么特别的毛病……我想我能够马上修好它。"

"来！快来！看看你能有什么办法。"焦急的罗氏立刻回答道。

爱迪生一只手还插在口袋里，另一只手拿了一把小钳子。他走上前去，甚至连插在口袋里的左手都没有动。他把一个已经松了的发条移了一下，因为这根发条放错了位置，所以跌落在机轮中间从而卡住了机器。等他拧紧了那根发条后，这架机器马上又如从前一样欢快地转动起来了。

罗氏十分高兴，立刻和爱迪生交谈了起来，他对这个小伙子很感兴趣。

"这个机器还不错吧？"

"是吗？"爱迪生回答的声音带着一种怀疑的口气。

"你能对它作进一步的改进吗？"

"这个我倒没想过，不过，差不多每台机器都会有改进的可能的。"

罗氏又进一步问了几句，爱迪生便从容不迫地在几分钟之内，指出了这台机器所有的优点和缺点。他惊人的知识使罗氏感到非常惊奇。

"你什么时候研究过这台机器？"罗氏问。

"我还没有机会研究它。不过刚才工人在这里修理时，我已看出了这些地方。"

爱迪生并不是在吹牛，罗氏也知道了他有真实的本领，于是给了他一个管理机器的位置。

对爱迪生来说，这是一个不错的机会。但是如果他不懂得电学，他还是不能抓到它。在这个新位置不久，他就发明了一架新机器，这是他成功的真正开端，这架机器就是现在交易所里的市价通信器。

那天早晨罗氏标金交易所的门口，并没有在牌子上写着"机会"两个大字。也没有人对爱迪生说："现在你的机会来了，把你的本领显出来给他们看看吧！"

爱迪生本人恐怕也并不知道这就是一个千载难逢的机会。当时，主动站出来修理机器，在他看来只不过是一种他可以帮忙的事情，于是他做了。这对于我们也是很有启发的。当我们回首往事时，才知道我们做的有些小事情，很有可能是我们一生事业上的一个很重要的转机，做了这种偶然碰巧的事情，我们便不知不觉地发现了我们的机会。

常怀一颗感恩的心

肯尼亚是一名修理工，在经济不景气时，他和几名同事一起接到了老板的解聘通知书。面对这一无情的打击，早就对老板怀有怨恨的几名同事跑到老板那里，对老板进行了一番辱骂，临走时还踹破了公司的大门。老板很理解这些失业者的心情，因此没有和他们过分计较，但令老板吃惊的是，在解聘的人当中，唯有肯尼亚没有参与这次"辱骂"行动，他便决定找到肯尼亚问个明白。

当老板找到肯尼亚时，他还穿着那身油腻的工作服，正在车间修理一台机器。那认真的工作劲头，像丝毫没有接到解聘书一样。

"你不怨恨我吗？"老板问。

"哦，不，先生。我一直都非常感激你，感激你为我提供了这个工作机会，而你今天之所以这样做，我想是因为公司受大环境的影响，我相信你作出这个决定也是迫不得已的，因此，我很理解你，也很同情公司目前的处境。你看，现在离下班时间还有半小时，我得抓紧时间干完再走。"肯尼亚说完，又埋头工作起来。

3个月后，正在街头寻找工作的肯尼亚忽然接到了前任老板的电话，说是公司经济开始好转，只要他愿意，马上可以回去上班。当肯尼亚兴奋地回到公司时，才发现这次公司只招聘了他一个人，而当初和他一起被解雇的同事，现在依然在人才市场上奔波。

一双短袜

一个天气宜人的下午，我走在第五大道上，突然间想起该买双短袜了。我为何单单只想买一双短袜，这无关紧要。我走进映入眼帘的第一家短袜店，一个年纪不会超过17岁的少年店员迎上前来。"您想买点什么，先生？""一双短袜。"他的眼睛顿时一亮，语气中带着一股激情："您是否知道，您进了世界上最好的商店买短袜？"我对此一无所知，因为我进来完全是出于偶然。

他兴奋地说："请随我来。"我跟着他来到商店的里面，他开始从一个接一个的货架上搬下一只接一只的盒子，取出盒子里面装着的袜子，供我一一挑选。

"等一下，年轻人，我只买一双短袜！""我知道的，"他答道，"不过，我想让您瞧瞧这些短袜有多漂亮啊！多棒的短袜啊！"他的脸上露出庄严神圣而又欣喜若狂的神情，仿佛在向我揭示他所笃信的宗教的神秘所在。

我对他产生的兴致远远超过了对短袜的兴趣。我愕然地望着他。"朋友，"我说，"如果你能这样持之以恒，如果你这种热情不仅仅是出自一时的新鲜感，不仅仅是因为得到了一份新的工作，如果你能坚持天天如此热情，那么10年之后你将成为美国的袜子大王。"

这个男孩对销售工作的自豪感和喜悦之情，我为之惊异不已，本文的读者诸君恐怕也难理解。在大大小小的商店里，顾客常常不得不耐心等候店员的接待。待到最后，某个店员降尊纡贵垂顾到你，你几乎感到像在打扰他。他要么陷入沉思冥想，痛恨别人的叨扰，要么在与年轻的女店员卿卿我我，你置身其间似乎感到万分歉疚。

无论是对你还是对他拿着薪水去销售的商品，他都兴趣索然。可是十有八九，现在冷若冰霜的这位店员在刚刚踏上工作岗位时，也充满了希冀和热情。日复一日枯燥乏味的工作令他不堪忍受，新鲜感逐渐消磨殆尽，他只能在工作时间之外寻找乐趣。他成了一个机械麻木，而不是富有激情的推销员。变得机械麻木之后，在工作上他也逐渐不能胜任；接着，他会看到对工作积极热情的年轻店员获得升迁，跃居他之上。他变得阴阳怪气、心存不满。他走到了职业生涯的尽头，已是身无长物。

在三教九流形形色色的人中，我曾耳闻目睹不少这种令人感伤的生活颓废，因此我得出这样一个结论，机械麻木地对待工作注定了要走向失败这条死胡同。例如，世界上没有比《圣经》更为伟大的文学著作，没有比宗教更为激动人心的话题。可是我聆听许多福音牧师在教堂诵读《圣经》时，发现他们既没有丝毫的兴致，也没有强调的气势，而他们本来应当仿佛刚刚通过无线电接收到万能的上帝口传的福音那样诵读《圣经》的。我听过成百上千次机械呆板、单调乏味的布道，要是把布道者换成一只学舌的鹦鹉，感染力也不会因之逊色多少。无论是在中学还是大学，都有不少教师似乎比他们最愚钝的学生还要愚钝；他们敷衍塞责、装模作样地讲授课程，实际上如同电话机一样缺乏亲切感。

在阅读《爱德华博克的美国化》这部佳作时，博克关于商业竞争的言辞令我印象深刻。作为一个初出茅庐的年轻人，博克在刚进入某一行业时曾预计会遭遇最惨烈的竞争。可是实际上，他没遇到任何竞争，而是发现，假如一个人为自己创造必要的条件，世界上最易如反掌的事莫过于获得成功。

博克与其他几个小伙子同在一家公司供职。他是唯一提前上班的人。在午间用餐时，其他人对生意上的事情从来都只字不提，谈来谈去都是他们的女友、体育活动或各种放荡不羁的话题。他是唯一下班后仍然留下来工作的人，他也相信自己是晚上唯一脑子中依然考虑工作的人。

博克不费吹灰之力便得到了晋升，脱颖而出，究其原因有二：首先，他使自己成为公司不可或缺的人物；其次，他从工作中而非工作之外的放浪形骸中，获得了最大的人生乐趣。

一个人被一份新工作的新奇感所吸引，这是再简单不过的事情。真正困难的是，在人生中的每一天都保持这种创业时的热情，每天清晨上班时都满怀激情。我相信，每个人都应该将人生中每一天视作自己在人世间的第一天和最后一天。

每个人都需要放松，需要娱乐；但是，一个人的主要乐趣不应在其日常工作之外而应在工作之中。儿童的快乐与成人的快乐之间，首要差别在于儿童的快乐取决于和日常生活不同的事，如野餐、远足或其他形式的休憩。但是对于有事业心的男男女女而言，快乐在于日常工作本身，而不是打破生活常规。人们希望生活别出现变化，希望他们保持身体健康，以便继续从事他们为之倾心的职业。

童年自有童年的享乐，成年自有成年的乐趣。但不幸的是，有些人终其一生都处在童年时期。

（英）鲁迪亚德·吉卜林

米达斯的金手指 | STORY

轻信带来的烦恼

一天夜里，两个惯贼蹿入一位富有的骑士的住宅，这位骑士是当地的知名人士，而且以其智慧超人著称。他听见有人进入宅内的脚步声便醒了。他分析进来的人是窃贼。

两个贼刚要打开他住着的那个房间的门，他便轻轻地推醒了妻子，然后小声地说："我听见了两个窃贼的脚步声，我要你一个劲地问我是从什么地方，通过什么办法弄到这么多钱的，你要大点声恳切地问，我要不愿说时，你就连劝带哄，直到我把全部的底细告诉你时为止。"

他的太太也是个聪明精细的人，便开始装腔作势地问起丈夫话来："我说，老爷，你今天晚上就把那个我一直想知道的事告诉我吧。你告诉我你是怎样发了这么大财的。"

他支支吾吾地不肯讲实话，但是拗不过她一个劲地恳求，最后他说："夫人，我不理解你为什么非要知道我的秘密？你丰衣足食又有人侍候，还不满足吗？世界上没有不透风的墙，许多事情一说出来就会坏事，过后就悔之晚矣了，所以我还是劝你不要多问。"

这番话不仅没有使太太改变主意，反而使她追问得更紧了。最后迫于无奈，骑士说："我们的全部家产——这话可千万不能对任何人泄露——都是偷来的。的确，我的钱没有一分是我自己挣来的。"

太太听了不信，逼他讲出详情。

"你不相信我吗？那我就把全部经过告诉你：我从小就和一帮小偷混在一起，我的手指头几乎就不曾有闲着的时候。他们中有一个人非常赏识我，教了我一个绝技，一念叨他教给我的咒语，就能使我突然抱住月光，然后我从高高的窗户上飞到地面，又抱着月光从地面飞到房顶，就这样我什么时候想得到点东西，什么时候就抱着月光飞上飞下。我把咒语念完七遍，月亮就把房子里的全部钱财和珠宝藏在什么地方显示给我，我就抱着月光飞上飞下地去拿那些宝物。我就是这么发的财，再也没有什么别的秘密了。"

在门口偷听的那个贼听得入了神，而且对骑士讲的话深信不疑，因为远近皆知这位骑士是一个诚实而有身份的人。贼首恨不得马上试验一下他听来的话是否灵验，他把咒语念了七遍，然后抱着月光跳了下去，他想从这个窗子飞到那个窗子，结果头朝下摔倒地上，月亮对他真还算开恩，没有让他摔死，只摔断了他的两条腿和一只胳臂，他疼得大喊大叫，恨自己愚蠢，过于轻信别人的话了。

正当他躺在地上等死的时候，骑士走了过来，那个贼求他饶命，说他最痛心的是竟糊涂到了能轻信这种话的程度，他恳求说，既然他已用话伤了他，就不要再加害于他了。

（西班牙）比德佩